意林

公元787年，唐封疆大吏马总集诸子精华，编著成《意林》一书6卷，流传至今

意林：始于公元787年，距今1200余年

U0812101

意林®轻文库

轻小说 青春最美，梦想出发

中国式优质轻小说第一品牌

俏娇妃闹皇宫

柳扶疏 著

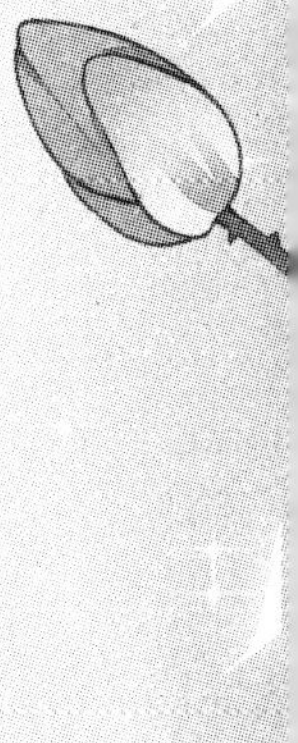

吉林摄影出版社
·长春·

意林轻小说 出品

图书在版编目（CIP）数据

俏娇小仙闹皇宫 / 柳扶疏著. -- 长春：吉林摄影出版社, 2015.7

（意林轻文库. 绘梦古风系列；014）

ISBN 978-7-5498-2239-3

Ⅰ. ①俏… Ⅱ. ①柳… Ⅲ. ①长篇小说－中国－当代Ⅳ. ①I247.5

中国版本图书馆CIP数据核字(2015)第144872号

俏娇小仙闹皇宫

Qiaojiao Xiaoxian Nao Huanggong

著　　者　柳扶疏
出 版 人　孙洪军
总 策 划　安　雅　张　星
责任编辑　朱薏楠
图书统筹　凉小葵
特约编辑　杨　宁
绘　　图　黄晶荃　程　莹　郑方园
书籍装帧　胡静梅
美术编辑　张云丽
开　　本　700mm × 1000mm　1/16
字　　数　200千字
印　　张　13.5
版　　次　2015年7月第1版
印　　次　2015年7月第1次印刷

出　　版　吉林摄影出版社
发　　行　吉林摄影出版社
地　　址　长春市泰来街1825号
　　　　　邮编：130062
电　　话　总编办：0431-86012616
　　　　　发行科：0431-86012602
网　　址　www.jlsycbs.net
经　　销　全国各地新华书店
印　　刷　北京市兆成印刷有限责任公司

书　　号　ISBN 978-7-5498-2239-3　　定价：23.80元

目录

目录

第一章

锦澜仙君爱种菜

这世间的一切生物都是有灵气的，不管是动物还是植物，若是勤加修炼，皆可获得修为。而大部分修炼的生物还可以获得精魄，通俗地说，就是成了妖。妖和人一样，都是有好有坏，好的自然还是占大多数的。成了妖之后，要么继续勤奋修炼成百上千年，要么在机缘巧合之下，修炼成仙。

杨淙淙就是这么一个绝对不勤奋，恰恰比别人多了那么点儿“机缘”的洋葱小仙。

什么？你说见过花仙、树仙，为什么洋葱也能修炼成仙？

呃……其实杨淙淙自己也在思考这个严肃的问题。

在杨淙淙的记忆里，完全不记得当自己还只是一棵小洋葱时的事情，也完全不记得是怎样修炼的。似乎只是睡了一觉，一睁开眼就是现在这样了。

这样的话说出去，说不定会遭到无数修炼多年却还没得道的小妖的围殴，但的确是真的。杨淙淙也曾经就这个问题问过锦澜仙君，锦澜仙君挠挠头，用无比真挚的眼神望着她，半晌说出两个字：“忘了。”

杨淙淙简直要晕倒。

说起自家的这位锦澜仙君，杨淙淙实在不知道该怎么评价。在三百年前刚睁开眼的一刹那，她看到一个身穿粗布衣衫的男子蹲在自己身边，目不转睛地盯着她看。她看了看他的年纪，嗯，二十来岁，还算年轻。她又看了看他的容貌，嗯，五官清秀，还算俊朗。她刚想对他打个招呼，忽然听到他站起身来喊：“出来了！终于出来了！”

刚出生的杨淙淙虽然身体只有婴儿般大小，但身为仙体，智力已经是成年人的水平了。看到眼前有这样一个人如此欢迎自己，她不由得暗喜，但还是故作淡定地说：“我……”

话还没有说完，就在这时，她忽然意识到自己没有穿衣服！

虽然身体只是一个小小婴儿，但也不能这样吧，好歹她的心是颗正值花季年华的少女之心啊！杨淙淙尖叫起来，用手捂住了自己的眼睛：“不要看！你这个色狼，不要看！”

捂了一会儿，叫了一会儿，却什么也没发生，她听到那个人还在不停地感叹：“出来了，终于出来了，这么久的心血啊……”

杨淙淙把捂着眼睛的手放了下来，发现那个人的目光看上去像是在看着她，其实是从她的头顶越过，看着她的身后。她转过头去，发现自己身后的土壤里冒出了一点点嫩绿，看上去依稀像是一棵大白菜的嫩芽。

原来他根本不是在看她，原来她刚刚以为的一切都是自作多情？

杨淙淙忽然觉得有点儿生气，气鼓鼓地站起身来走了出去。那个人仿佛这时候才注意到了她，立刻追上去说：“哎呀，杨淙淙，我刚刚只顾着看那棵翡翠白菜了，没有注意到你，别生气嘛……”

她原本正在生气，一听到这话，不由得说道：“咦，杨淙淙？这是我的名字吗？还挺好听的呢。”

男子的脸色有一瞬间微妙的变化，不知道是无语还是尴尬，过了片刻才小声地说：“其实……我刚叫的不是杨淙淙，而是……洋葱葱……”

“什么！”

她整个人都愣住了，原来……原来她竟是一棵洋葱！

这就是她和锦澜仙君的初次见面。

后来有一次，她一边吃着锦澜仙君亲手做的蒜蓉烤茄子，一边问：“仙君，洋葱就洋葱嘛，干吗还要叫‘洋葱葱’，肉麻死了。”

“以前我去人间，看到人间的父母叫小孩儿都是这样的啊，吃饭要叫‘吃饭饭’，喝水要叫‘喝水水’，睡觉要叫‘睡觉觉’……”锦澜仙君往正在烤的茄子上最后撒了点儿盐，夹到她的盘子里，说，“来，吃茄茄。”

杨淙淙“咕咚”咽了下口水，看着他一脸认真的表情，同样认真地回答：“谢谢你，仙君君。”

锦澜仙君的鸡皮疙瘩掉了满地，从那以后，他再也不对她说叠字了。

虽然最开始只是误会了锦澜仙君说的话的意思，但“杨淙淙”这个名字还是保留了下来。锦澜仙君甚为赞赏这个名字，说从中听出了气吞山河之势。杨淙淙暗想：照这样说来，打个嗝也能从中听出对天下苍生的大爱无疆了。

锦澜仙君修炼了上千年，但是相貌还是二十多岁的样子，总是乐乐呵呵，偶尔有点儿健忘，似乎对什么都不太在意。但杨淙淙听人说起过，三百年前的他并不是这样的，那时候他修为高深，在天庭中掌管众神仙经历仙劫之事，是极其重要的人物。

在普通人看来，神仙没什么可烦心的，其实并不是这样。每位神仙都要每隔若干年下界经历一次仙劫，若渡得过去，那么修为可增高数倍；但若渡不过去，将十分危险。掌管仙劫可是大事，每位神仙都不能避免，所以那时候在天庭里，没有哪位神仙不来和锦澜仙君搞好关系。

但后来的情况就不一样了，三百年前，锦澜仙君在经历自己的仙劫时受到重创，失去了大半仙力，险些丧命。自那之后他就不再担任原来的职务，只在天庭中挂个闲职，也没什么事做，平时最喜欢的事就是在自家菜园里种些蔬菜瓜果以及烹制美食，还有欺压杨淙淙。

"欺压"这个词是杨淙淙说的，锦澜仙君并不承认。但杨淙淙觉得，他长了一张看起来单纯无害的脸，每次眨眨眼睛，说几句软话就能让她毫无抵抗能力地去为他干活儿，这种"软刀子"比任何强硬的手段都有效，谁让她就是这样嘴硬心软呢?

杨淙淙在听说锦澜仙君威风凛凛的往事之后，有一段时间她时常缠着他让他讲，但每次总被他用无比真诚的一句"下次再讲吧"简单地打发掉，但到了下次，也就没有"下次"了。时间一久，连杨淙淙自己也忘了。

从当初锦澜仙君在园中与她第一次见面，到现在已经过去三百年了。杨淙淙的身体也从小女婴长成了妙龄少女，照她自己的话说，虽然长得不算倾国倾城，但还是勉强能看的。在听到这句话的时候，锦澜仙君默默地加了句："也只是'勉强'而已……"

杨淙淙喜欢穿浅紫色和淡红色的衣服，这可能跟她身为洋葱的本质有关，但她从来不喜欢别人提起她是一棵洋葱的事实。在天庭里，各种神仙都有，有的是从人修炼来的，有的是从花朵修炼来的，有的是从鸟雀修炼来的，怎么说都比从一棵洋葱修炼来的要好听得多，况且如果要深究起来，她还不算是自己修炼成仙的。据锦澜仙君说，有一次他无意中路过人间的菜园，被其中一种圆圆的紫色蔬菜吸引了，于是拿了一棵回到天庭栽种到自家菜园里。后来有一次他给洋葱旁边的那棵翡翠白菜锄草，不小心把手划破了，一滴血滴落到了洋葱身上，于是杨淙淙就出现了。

杨淙淙本来对自己身为一棵洋葱的事实就够沮丧了，如今听锦澜仙君这样一说，不由得更加沮丧了。锦澜仙君安慰她说："万事万物都有其存在的价值，都是有用的，如果没了洋葱，那很多菜都没有现在这么好的味道，对吗？"

杨淙淙觉得他的话分外有道理，于是她对生命意义的第一次思考就这样在锦澜仙君的一句话中不出意料地结束了。

锦澜仙君跟别的神仙不一样，他生活很简朴，从来不穿华衣锦服，家里的布置也是简单朴素的。有一次他带杨淙淙出门，在路上遇见释白仙君，身后带着一位小仙，两个人都打扮得华丽无比。杨淙淙以为他们是去赴宴的，最后才知道原来他们是去参加天界小仙比武大会。

释白仙君看到衣着简朴的锦澜仙君和杨淙淙，讥讽说："哟，刚才远远看去，我还以为是个捡破烂的呢，走近一看才发现原来是你们两个啊。"

他身后的那个名叫坞邕的小仙也随声附和："原来锦澜仙君喜欢养一棵洋葱当宠物啊，真是奇特的爱好呢。"他神情嚣张，鼻孔都要扬到头顶上去了。

杨淙淙要冲上去揍他，被锦澜仙君拦住了。

两个人走后，杨淙淙愤愤不平："仙君，别人都欺负到我们头上来了，你干吗还拦着我？”

“我问你，以你的修为，打得过坞邕吗？”锦澜仙君说。

“打不过。”虽然十分生气，但杨淙淙不得不承认这个事实。自从出世以来，她就没有好好练过一天功，总是想尽办法偷懒，仙君虽然嘴上说她，但也舍不得她辛苦，对于她练功的事也就睁一只眼闭一只眼了。她是有那么一点儿修为，不过也全用来收敛自己身上的洋葱气息了。

“那我再问你，以我的修为，打得过释白仙君吗？”

“这个……我……”杨淙淙不好说，虽然知道自家仙君当年很厉害，但听说他三百年前因仙劫而失去了大半修为，实在是不好说。

“那我告诉你吧，我打不过他。”锦澜仙君说，“既然我们两个打不过他们两个，干吗还要去挨揍呢？”

杨淙淙不得不承认锦澜仙君说得很有道理，但也不由得很泄气。

仙界比武大会每三百年一次，修炼一千年以下的小仙都可以参加，对于最后获胜的那位，天帝可以满足他一个愿望。这次的比武大会杨淙淙并没有去看，但比武结束之后获胜者的名字很快就传遍了天庭，令杨淙淙甚为郁闷的是，这个获胜者正是小仙坞邕。他获胜之后，向天帝提出给他三百年修为的愿望，天帝答应了。

那些天，天界里几乎所有的神仙都在谈论这件事情，以往比武大会的获胜者，有要珍宝的，有要升职的，但从来没有过要修为的。坞邕原本就有三百年的修为，现在又增加了三百年，等三百年后的下一届仙界比武大会时他就有九百年的修为了，获胜者毫无疑问还将是他。

杨淙淙听了，心里非常不爽，但也只能生闷气。她跟锦澜仙君说起这件事情，锦澜仙君一开始还坐在躺椅上听，听着听着竟然睡着了，这让她更加郁闷。

所幸除了锦澜仙君之外，杨淙淙还有另外两个好朋友，那就是白猪小妖白珠珠和蒜头小仙白算算。

白珠珠的家在凡间的蒲罗山上，她最初是被一位婆婆从瘟疫后的村落里某户人家的后院中捡回去的，婆婆收养她并教她修炼，同时被收养的还有其他很多被遗弃的动物。哪知道婆婆收养他们并教他们修炼只是表象，真实的目的是取得他们的内丹来救自己曾经心爱的人，还好白珠珠侥幸逃脱。后来，婆婆失败了，魂飞魄散，白珠珠又回到了蒲罗山旁的平乐镇，和喜欢她的蝙蝠妖路飞一起过着简单的生活，虽然平凡，却很开心。

白算算，听这个名字就知道其本体是一个蒜头了。在天庭中，锦澜仙君有位好朋友——太虚仙君。有一次，太虚仙君和景若仙子赌气，在她东莱花苑的水仙池里恶作剧地种上了一棵大蒜，景若仙子竟然没发现。那大蒜在水仙花的掩护之下越长越好，绿油油的很是喜人，却迟迟不开花。景若仙子心里奇怪，前去查看，却发现这棵大蒜本身很有灵气，又因为长期受仙气浸染，已经成了一位身穿绿色衣裳的小姑娘，眨着大眼睛望着她。景若仙子明白过来是怎么回事了，觉得好气又好笑，又觉得这个小姑娘十分惹人心疼，于是将她留在自己的东莱阁中了。

东莱阁虽然也属仙界，但并不在天庭之中，所以很久以来杨淙淙都没见过白算算，也不知道她的存在。直到有一次锦澜仙君带着她到东莱阁中参加仙界赏花大会，她才知道原来除了身为洋葱小仙的自己以外，还有个蒜头小仙。在此之前，白算算身为一个蒜头，也受到了不少嘲笑，这次初见杨淙淙，不由得有一种见到亲人的感觉。她们一见如故，热泪盈眶地聊了许久，从那以后就再也没人能把她们俩分开了。

一次，她们偷偷下界到人间的澜泠河去，听说其中有很华美的水下宫殿，想进去看看，但一直没能找到。没过多久，白算算饿了，她们决定从河中捞鱼上来烤，第一网就捞了条全身火红的鲤鱼，看上去奄奄一息的样子。杨淙淙觉得这鲤鱼看上去半死不活的，可能得了什么病，吃下去说不定会闹肚子，于是把它丢回了河里。

但是后来，她们怎么捞都捞不到鱼，身上也没有银子，肚子饿得“咕咕”叫。这时候，白珠珠出现了，她刚从镇上买了酒菜回家，杨淙淙和白算算看着她手中篮子里冒着香气的烤鸡和红烧鱼，可怜兮兮地望着她……白珠珠被看得浑身发毛，终于把吃的都给她们了。

从那以后，她们仨便结识了。两仙一妖能成为好朋友，在别人看来似乎是不可想象的事，在她们这儿却心安理得。她们仨成立了“最佳损友三人组”，时常一起去玩，一起去吃好吃的，也一起去闯祸。锦澜仙君知道这件事，但他从来不多加过问。

这天，锦澜仙君受孔雀仙子的邀请去她家赴宴。孔雀仙子对锦澜仙君有意，这是众所周知的事，锦澜仙君原本想要婉拒，但孔雀仙子说很多仙人都会来，于是他也就只好前去了。这次，对赴宴从来不含糊的杨淙淙却破天荒地说自己决定好好修炼，不去了。锦澜仙君感动地看了她一眼，说：“淙淙，你终于觉悟了，我会替你打包好吃的带回来的。”然后就开开心心地赴宴去了。

锦澜仙君走后，杨淙淙开始忙起来。打扫屋子，煮饭做菜……过了一会儿，白算算来了，对她扬了扬手里的金丹，她们神神秘秘地笑了。之后，她们一路有说有笑地来到南天门外一个不起眼的小角落，看到了已经按照约定时间在那里等着的白珠珠。

“珠珠，快点儿吃下去！”白算算把那颗金丹交给白珠珠，“这可是我给太上老君打扫了半天花园才得来的，他可抠门儿啦，好不容易才要到一颗。吃下去就会暂时掩盖住儿你身上的妖气，我们两个用仙气包裹你，这样你就可以进入南天门啦！”

白珠珠想来天庭旅游已经很长时间了，一直没能如愿，今天终于有机会了。

“好闪亮的一颗金丹啊！”白珠珠端详了片刻，放进嘴里。

“怎么样，好吃吗？”杨淙淙问。

“没什么感觉……”白珠珠挠挠头，一脸无奈。这杨淙淙不问她感觉金丹有没有效，反而问她好不好吃，似乎搞错重点了吧……

“好了好了，快走！”在白算算的催促下，她们仨向南天门走去。

按理说，进南天门是需要腰牌的，但守门的天将一般不会盘查面熟的人，只有在没有见过来人的情况下才会查看腰牌。但这也没关系，杨淙淙已经准备好了一块假腰牌给白珠珠。

虽然十分心虚，但白珠珠还是装出一副无比淡定的样子向里走去。她们仨一边走一边说笑，聊的是之前听别人提起的坞邕喜欢一位仙子，而仙子却根本不理他的糗事，这是她们早就商量好特意来说的，不仅是为了装得自然，也是为了解气。

“几位仙子，请留步。”眼看就快要走进去了，守门的天将却忽然叫住了她们，她们心里都“咯噔”一下。

杨淙淙转过身去，问：“怎么了？”

天将说：“这位仙子看着面生得很，不知是哪路仙家？”

太上老君的金丹竟然不管用！杨淙淙在心里暗叫，可被他害死了！擅闯南天门可是大罪，她自己受罚倒没什么，如果因此连累了白珠珠和白算算那可就惨了。

唉，都怪我！杨淙淙在心里埋怨着自己，绞尽脑汁想着脱身之术。

“我？我……”白珠珠虽然紧张，但心理素质还是不错的，表面还是很淡定。她正想着怎么说才能搪塞过去，忽然看到守门天将走过她的身边，直勾勾地盯着白算算。

“你问我？”白算算得知是问自己，心里松了一大口气，正色说道，“我是东莱阁中景若仙子府上的白算算，有什么问题吗？”

“白算算？我怎么没有见过你？”

当然没有见过了，你整天在这里守门，怎么可能到东莱阁去……白算算心里这样说着，表面还是做出一副娇憨动人的模样，说：“哎呀，天将哥哥，我平时都是在东莱花苑里的嘛，到天庭来得少，公务繁忙、为天庭每天尽心尽力的你自然没有见过我啦。”

白算算这马屁拍的，面不改色心不跳，还频频地向天将眨眼，连一旁的杨淙淙和白珠珠都受不了了。

“仙子，你……眼睛不舒服？”

一听天将如此正经的问话，白算算悲伤地看着他，有一种恨铁不成钢的感觉。这一招是白珠珠教她的，她说她每次买东西要砍价的时候都会这样，屡试不爽，当然，前提是对方必须是男的。但同样的一招，效果也差太多了吧？

天将要白算算出示她的腰牌，可巧了，她刚才把腰牌落在杨淙淙家里了，这下怎么解释都解释不清了。

正巧这时候，一位神仙从南天门外面走了进来。她们仨定睛一看，正是杨淙淙的仇家——坞邕！

之前释白仙君和坞邕嘲笑锦澜仙君和杨淙淙的事，白珠珠和白算算都知道了，作为死党，白珠珠和白算算对他们俩也是恨得牙痒痒。好几次白算算在路上碰到坞邕都没理他，可巧了，不是冤家不聚头，现在居然在这里遇见他！

杨淙淙有点儿紧张，这个家伙不会落井下石，趁机报复她吧？

“天将大哥，这位仙子我认识，的确是东莱阁中的白算算仙子，因为不经常来天庭，所以难免有些面生，还望天将大哥能放她进去。”

什么什么？没听错吧？坞邕居然在帮她们！

“既然如此，刚才是我失礼了，还请白算算仙子海涵。”天将说完这句话，转身正要回到岗位上去，忽然又转回身来认真地说了一句，“对了，仙子，如果你眼睛不舒服的话，还是尽早去看仙医吧，否则延误了病情就不好了。”

白算算表情僵硬地挤出一个笑容，说：“好……多谢天将大哥。”

终于有惊无险地过了南天门，但杨淙淙的心里还是有点儿犯嘀咕：坞邕真会这么好心帮她们？不会吧，说不定有什么诡计！

“这个……算算仙子，我能不能……能不能……请你到寒舍喝杯茶？”走到了一个长廊边上，坞邕停了下来，憋了半天才结结巴巴地说出这句话。

不是吧，一向以嚣张、好战著称的坞邕居然也会这么局促？

白算算原本对坞邕也没什么好感，此前只是在仙界赏花大会上见过他一次，之后就没什么交集了。坞邕忽然这么说，把她吓了一跳。

他该不会是想报复她前几次见了他却没理他吧？

“这个……我，我……”坞邕的脸憋得通红，“其实在仙界赏花大会上见到你的时候，我就想认识你了，奈何一直没机会……”

听到这句话，杨淙淙惊得下巴都要掉下来了。什么？原来坞邕喜欢的那位仙子就是白算算？

显然，连白算算自己也被惊到了，一向以豪放著称的她此时也别扭起来，完全没了刚才向守门大哥抛媚眼时的潇洒，老半天才说：“啊，那个……多谢你的好意，不过我和我朋友约好了，还有事情，就先行一步了，这件事情下次再说。”说完，她拉着杨淙淙和白珠珠就走。

“好的好的，一言为定。”坞邕显然把白算算的婉拒当成了答应，有点儿羞涩又很郑重地说，“那你一定要照顾好自己，尤其是眼睛的病，千万不能再拖了。”

白算算强力忍住想掀桌的冲动，笑了一下，说：“好的，那我们先走了。”

望着她们三个离去的背影，坞邕不由得感慨：“算算仙子真是气质特别、蕙质兰心啊！”

已经走出老远的白算算忽然打了个大喷嚏。

在被杨淙淙、白珠珠贼笑着“恭喜”了一路后，她们三个终于有惊无险地开始了“天庭一日游”。

说是天庭，其实主要的目的地还是锦澜仙君的府上。白珠珠第一次到天庭来，看到无数美轮美奂的宫殿不由得啧啧称赞，每经过一处华美建筑的门口都要问：“淙淙，是这里吗？”白算算看着她那满脸期待的神情，想告诉她实情的想法涌上来几次，终于还是被压下去了。

走了很久，周围的建筑也渐渐稀少了，还是没到。白珠珠不由得问道：“怎么还没到？”

“快了快了！”杨淙淙伸手指向前面，兴奋地说，“就是那里！”

白珠珠顺着她手所指的方向看去，那是一座简朴得甚至有些寒碜的宅子，门口种着一棵歪脖柿子树，树上挂了几个不怎么红的柿子，看上去蔫了巴唧的。

什么？就是这里？白珠珠惊得下巴差点儿掉到地上。

杨淙淙显然把她的惊讶当成了赞叹，一脸自豪地说：“怎么样，是不是很特别，很有仙气？”

“嗯……特别，的确是很特别……”不过有仙气，白珠珠实在不敢苟同。这宅子看上去分明跟她们村口那个卖肉的张屠夫家无比神似啊！

这真的是神仙住的地方吗？

杨淙淙热情地招呼白珠珠和白算算：“快点儿进来啊，别在门口站着了。”说完她自己先转身进去了。白算算走上前来，拍了拍依然没有回过神儿来的白珠珠的肩膀，深有感触地说：“我第一次来这里的时候，也是你这种反应。”

白珠珠紧紧地握住了白算算的手，忽然有了一种找到组织了的感觉。

屋里的陈设很简单，但屋里打扫得很干净，这是杨淙淙为了迎接好朋友们而特意打扫的，这对于一向好吃懒做的她来说可着实不容易。杨淙淙带着白珠珠四处参观，俨然一副主人的架势，却被白算算说成“山中无老虎，猴子称霸王”。

锦澜仙君家里除了他自己以外，也只有杨淙淙一个了。有一次他说：“淙淙，我在这世上再没谁了，你就是我唯一的家人。”而语气里却没有一丝伤感的意味，而且是在吃东西的时候说的，此情此景让杨淙淙想爱心泛滥都没办法。

说到这里，杨淙淙有些气闷。那棵翡翠白菜，对，就是在她出世时锦澜仙君一直盯着看的那棵白菜，也不知道它到底有什么特别，总之锦澜仙君对它真是爱得很。即使那白菜三百年来只长了一丁点儿，还是那种黄不黄绿不绿的颜色，他也依然每天给它施肥浇水，丝毫不含糊。杨淙淙时常怀着醋意暗想：其实这棵白菜才是你唯一的家人吧？

之前有一次，杨淙淙在和别的小仙聊八卦的时候听她们说起锦澜仙君的往事，听说锦澜仙君的仙力之所以散去了大半，就是为了保住他深爱的人的一丝魂魄。这是一个感人肺腑的故事，连一向没心没肺的杨淙淙听了都有些难过，原来自家仙君是这样深情之人。回去以后，她很认真地问锦澜仙君是不是真的有这回事，结果却被他不屑地否认：“坊间传言你也信啊，都能把猫说成老虎。”

杨淙淙撇了撇嘴，但也不得不承认他说得有道理。

总而言之，锦澜仙君对那棵翡翠白菜绝对是疼爱无比的，所以杨淙淙看到那棵白菜被白珠珠踩了一脚之后，心里立刻浮上一个念头，那就是——完了。

其实事情很简单，就是锦澜仙君前些日子有事外出，交代杨淙淙要好好给菜园锄草，但是杨淙淙忘记了。没多久杂草就长满了菜园，郁郁葱葱的还蛮好看的。白珠珠在屋里屋外参观了一番后，注意力很快就被后院的菜园吸引了，当她见到这一园子的杂草时，两眼都放光了，激动地喊了一声：“车轱辘菜！”然后她就冲到菜园里拔草去了。

杨淙淙忽然想起来，白珠珠最爱吃的东西就是车轱辘草，她说那是草，白珠珠一定坚称它是菜。不管是草也好，菜也罢，总之白珠珠一见到它就把持不住了。

杨淙淙正想提醒她小心脚下，千万不要踩到锦澜仙君的那棵宝贝翡翠白菜，就听到白珠珠“咦”了一声，然后抬起脚来看着地下，说：“这是什么？”

杨淙淙冲过去一看，那棵原本就长得不大的白菜几乎被踩扁了，叶子可怜兮兮地贴在了地上，她简直要晕倒了。她们用尽了仙力、妖力，奈何这棵白菜就是不为所动，刚才怎么样现在还是怎么样，一点儿变化都没有。

白珠珠和白算算走后，杨淙淙一直在绞尽脑汁地想怎么把这件事掩饰过去。她从门口的柿子树上折了几根细细的树枝下来，用它们撑住那棵已经歪七扭八的白菜，使它看上去能勉强精神一些。

菜园里的车轱辘草全被白珠珠拔去了，菜园里又整齐了，但那棵白菜也因此显得尤为突兀。杨淙淙提心吊胆地等着锦澜仙君回来，祈祷着他不要发现她闯下的这场大祸。

不久，锦澜仙君回来了，杨淙淙立刻满脸堆笑地迎上前去，殷勤地给他端茶倒水。锦澜仙君像看一只妖怪一样看着她，半天才说出来一句话："无事献殷勤，非奸即盗。"

我既没奸又没盗好吗，只是不小心干了点儿坏事而已……杨淙淙在心里弱弱地说。

"仙君，你今天去孔雀仙子家赴宴的情况如何？"她立刻无比明显地转移了话题。

"我原本以为她真的邀请了很多仙人去，没想到只有我一个……"

"啊？"杨淙淙愣住了，"那你……没被她占便宜吧？"众所周知，这个孔雀仙子性格豪放，做事是出了名的不拘小节，而且对锦澜仙君觊觎已久。仙君他该不会……

锦澜仙君惆怅地叹了口气："罢了罢了，我去菜园里散散心。"

别人散心都是去花园，只有他是去菜园。杨淙淙一听这话急了，立刻冲上去说："仙君，你饿了吧？我给你做饭去。"

"我不饿。"

"那你一定累了吧？我给你揉揉肩。"

"我不累。"

"那你……"

"淙淙啊，"锦澜仙君看着她，"你是不是有什么事情瞒着我，怕被我发现？"

"不不不，怎么会呢？"杨淙淙立刻一脸郑重地摆手，"那棵翡翠白菜绝对没……"

"翡翠白菜？"听到这里，锦澜仙君惊呼一声，几步就跨出了屋子，来到了菜园。杨淙淙呆呆地站在那里，恨不得把自己的舌头给咬掉。

菜园里，所有的杂草都被拔得一干二净，那棵翡翠白菜就在菜园的中心，看上去似乎没什么问题。杨淙淙松了口气，刚想跟锦澜仙君解释，忽然一阵风吹过，她好不容易用几根树枝撑起来的白菜就这么软绵绵地倒下了。

杨淙淙心想这下完蛋了，虽然仙君平时对她纵容得很，不过这次也的确是她的错，这棵白菜他这么珍爱……杨淙淙像霜打的茄子似的低头站着，谁知道锦澜仙君却什么都没说，过了半晌才幽幽地叹了口气。

"淙淙啊，你在天界修炼有三百年了吧？"

"对呀。"杨淙淙不明白锦澜仙君问这话是什么意思，难不成他被孔雀仙子吓过以后变得这么健忘，连这个也忘了？

“三百年了……”锦澜仙君似乎很感慨，杨淙淙正想问他怎么了，他就说道，“这三百年来，你修炼得如何？”

杨淙淙干笑了一声，说：“这个嘛……应该还说得过去……吧……”

天知道为了说出这句看似自谦的话，她在心里斟酌词句有多久，用了多大的自信。

“那就好。”锦澜仙君很严肃地点了点头，“这么看来，你可以下凡历练一番了。”

什么？下凡？她下凡的次数还少吗？隔三岔五地跟白珠珠、白算算去聚个小会什么的，去凡间的次数也的确不少了。

锦澜仙君继续说道：“你一直在仙界，过得无忧无虑，并不了解凡间的事情。我已经认真地思考过了，为了让你更加有所长进，下凡历练是必需的。”

虽然之前在她做错事的时候，锦澜仙君也经常用“下凡”威胁过她，但她知道那是开玩笑的，可这次情况跟以前不同，从仙君的语气和表情来看，她知道他是认真的。

杨淙淙一下就慌了，说：“仙君，你也知道我不怎么长进，下了凡估计结果也差不多，何必浪费你一番心意呢？不如就让我留在……”

“淙淙，我何尝不想让你留在仙界？但是如果你不外出历练，就如同闭门造车，修为根本无法获得进步。仙人修炼其实也同凡人一样，每到一定程度就会遇到一个瓶颈，这种时候是最困难的时期，但若是突破了，修为就能大为长进。依我看来，你已经到瓶颈期了。”

这么说来，我这三百年来一直是瓶颈时期吧……杨淙淙虽然这样想着，但心里真的是十分着急：“仙君，我真的会好好修炼的！”

“你说好好修炼这种话，就跟说‘我饿了’一样，每天至少三次。”锦澜仙君很忧愁地看着她，“让你下界去，历练只是原因之一，除此之外还有一个原因，那就是要你帮我找一样东西。”

“什么东西？”

“这个嘛……现在还不能告诉你，反正你先下界去就是了，机缘到了它自然会出现的。”

看样子仙君心意已决，这个凡她是下定了，要找的东西究竟是什么、什么时候会出现，就真的只有看“机缘”了吧。

“仙君，我舍不得你。”杨淙淙有点儿伤感，毕竟这三百年来她最多也就是离开锦澜仙君几天而已，这一下界就不知道多久才能回来了。

锦澜仙君一点儿都没感觉到杨淙淙好不容易涌上来的那点儿小伤感，说：“昨天我让你出门帮我送封信的时候，你也是这么说的。”

杨淙淙顿时语塞。仙君啊仙君，在这种离别的场合你就不能配合一下周围的环境和气氛吗?

“仙君，你还有什么要对我交代的吗？”杨淙淙可怜巴巴地望着锦澜仙君，听说别的小仙下凡历练，家里的仙子、仙君一般都会给他们个护身法宝什么的，自家仙君怎么好像一点儿要给她东西的意思都没呢?

“对哦，我怎么忘了！”锦澜仙君仿佛忽然记起什么来了，“在凡间，你可能会经历一些困难和危险，这种时候不要慌张，我给你一个护身符。”

杨淙淙两眼顿时放光。

锦澜仙君认真地说：“这个护身符就是句口诀。当你遇事自己实在不能解决的时候，就对着天空大喊三声‘锦澜仙君最帅’，这样一来，你就会感到好像我在你身边一样，就会浑身充满力量了。”

真是贴心的宝物啊……杨淙淙简直要泪流满面了。

第二章

洋葱小仙初下凡

人间，飞絮城。

杨淙淙之所以选择来飞絮城，是因为她之前虽然游玩过人间的很多地方，却一直没来过这里，这下正好有机会了。

此时正值初春，天朗气清，惠风和畅，杨淙淙走在郊外，脚下是软绵绵的像地毯一样初生的小草，踩上去很是舒服。这一切都令杨淙淙无比惬意，开心极了。

天界有什么好？一年四季都是那副样子，八百年不变。看上去祥云缭绕，气势恢宏，其实无趣得很，处处都是规矩，稍不留神就会得罪哪路神仙，对杨淙淙这种天生喜欢自由的小仙来讲，说实话，在凡间反而更开心些。

有一条河流从郊外流过，水流宽阔而平静，清澈得很。这条河叫涓冷河，源头在北方雪山之中，流经了好几个城镇，流经飞絮城的已经是下游了。春天温暖的阳光洒落在河面上，一片波光粼粼，整个河面都被染成了一种金灿灿的颜色，实在是美不胜收。杨淙淙来到河边，顺着水流的方向往前走去。

其实，她也不知道自己要去哪里，索性就像锦澜仙君说的那样，随缘吧。

沿着河岸走了一会儿，杨淙淙发现前面有个人。

那个人在河边站着，低着头，一动不动。微风吹来的时候，他的衣襟才微微地动一下，但整个人依然像根木头一样。杨淙淙能明显感觉到他的身上散发出一种非常忧愁、伤感的气息，仿佛与这明媚的春光格格不入。

就在这时，那个人又往河边迈进了一步，只要再稍微往前一点儿，就会坠入河中。

不好，他要跳河自杀！

“不要跳！”这个念头冒上来的一瞬间，杨淙淙来不及多想，不管三七二十一就扑了上去，她怎么能眼睁睁地看着一个生命在自己眼前消失呢?

男子在杨淙淙的猛扑之下，不由自主。只听得“扑通”一声，水花四溅，两个人一起掉进了河里。

“救命啊！我……我不会游泳……”杨淙淙被呛了好几口水，在水里拼命地挣扎着。她虽然有一些仙力，但是下界的时候已经被削弱了好多，此时想自救都难了。

忽然，一只手从背后抱住了她。

杨淙淙惊慌之下完全没有意识到身后的人是要救她，她本能地在水中不停地挣扎着，几次挣脱那人的怀抱，又几次再度被抱住。当杨淙淙又一次从那人怀中挣脱的时候，背后的人终于忍不住了，一个手肘敲在她的后脑勺儿上。

杨淙淙眼前一黑，昏了过去。

昏迷前，她心里的最后一个念头是：“此仇不报非女子！”

“姑娘，醒醒，醒醒！”

昏迷中，杨淙淙依稀听到有人在叫她。“姑娘”这个词是人间对未婚女子的称呼，她觉得很好听，喜欢得紧，尤其是听到人世间那些穿着长袍的书生小哥温和地唤一声“姑娘”时，简直心都要化了。

但是现在耳边的这声“姑娘”，听起来似乎并不怎么美好。

杨淙淙想醒来，眼睛却怎么也睁不开，脑袋里晕晕乎乎的，竟然又做了一个梦。梦里的她正躺在草地上睡觉，天上却忽然下起了冰雹，好大的雹子，“稀里哗啦”全砸在了她的脸上，她一痛，醒了。

眼前是一张年轻男子的脸，浓眉大眼，鼻梁高挺，生得还挺俊朗。若是在平日里遇见了俊秀公子，杨淙淙是无比乐意和其搭话的，而现在面对眼前的这个人，她却对他生不出一分好感。

为什么？因为她终于明白刚刚梦里砸在脸上的冰雹是怎么回事了——眼前的这个人在用巴掌扇她！

凭什么啊？她好心救人，反被人打，天下哪有这样的事！

杨淙淙愤怒地坐起，胸口却感觉闷得慌，好像被什么堵住一样。她也不管这些，一心想跟这人理论，刚一张嘴就不由自主地吐出一大口水。

“你终于醒了，水也吐出来了。”见她醒来，男子长长地舒了一口气，“刚看你昏迷不醒，还怕你会出什么意外呢。”

“会出意外的是你吧！”杨淙淙怒吼一声，一巴掌就往男子脸上扇去，谁知男子却像早预料到般，一把抓住了她的胳膊。

“疼疼疼！”杨淙淙拼命把胳膊从他手里抽出来，疼得龇牙咧嘴。这个人看上去斯斯文文的，居然有这么大的力气？

“姑娘见谅，刚才是我失礼了。”男子说。

“只是失礼而已吗？”杨淙淙气不打一处来，“我救了你，你反而打我，真是岂有此理！”

“之前在水中我几度想救你，但你总是拼命挣扎，我只能把你击昏，这才将你拖上岸来。但你还是昏迷不醒，无奈之下，我才出此下策。”

原来是误会他了。原本想救人，却反被人救，还误会了人家，杨淙淙顿时窘得脸都红了。

“这这这……”她一连说了好几个“这”，却不知道该怎么道歉了。她这个人嘛，向来是嘴巴硬得很，即使知道自己错了也不好意思道歉，总是被锦澜仙君念叨。男子看着她那局促的样子，终于明白了："我知道了，姑娘，你一定是因为身上盘缠不够，所以十分担忧对不对？不用担心，我这里有一些银子，应该够你用了，就当是感谢姑娘对我的救命之恩吧。"

男子拿出几锭看上去颇有分量的银子，白花花的特别可爱。

"这怎么好意思呢……"杨淙淙一边嘴上客气着，一边没有丝毫犹豫地把银子收入囊中。这也实在不能怪她，临走的时候锦澜仙君只给了她一点儿碎银子，还是从孔雀仙子那儿讨来的，就她家仙君这副两袖清风的样子，能给那么点儿银子都难为他了。她并不是贪财的人，但是在凡间生活，没有银子实在是寸步难行，饿死都有可能，更别说历练了。

在给自己做了一连串的思想工作之后，杨淙淙心里的那点儿愧疚终于淡了一些。

"刚才看你在河边站了很久，好像有很多烦心事似的，有什么不开心的事情不如说出来……"

"让你开心开心，是吗？"男子接口。

"不是不是！"杨淙淙连连摆手，她虽然平时大大咧咧的，但还不至于这么没心没肺，"只要活着，就有希望。你把烦心的事说出来，或许我可以帮你想出解决的办法来。"

说到这里，她的肚子忽然叫了一声，周围静悄悄的，这一声显得尤为响亮。

杨淙淙恨不得找个地缝儿钻进去，在这种时候肚子叫，真是太丢人了啊……经过刚刚那番折腾，她早就饿了，只是一直在说话，没留意而已。

男子"扑哧"一声笑了出来，杨淙淙的脸更红了。她低头站了许久，然后悄悄抬头看他。

这是她第一次见这个人笑……他笑起来的样子，还真挺明媚的。唇红齿白，眼睛里盛着细碎的阳光，就好像波光粼粼的湄泠河面。他的身上带着淡淡的龙涎香的味道，好闻得很，有一种淡淡的温暖。

还真是一个挺好看的人呢。

"御江山"是飞絮城中最知名的小吃楼，其中的各色美食，令人目不暇接。之前他说要带她来吃饭的时候，她的本意是吃一碗面或者馄饨就够了，没想到他居然带她来到了这里。要知道，她对美食的抗拒力可是零啊！

椒盐鸭下巴，千层叉烧酥，窝蛋牛肉粥，椰奶红豆糕，水晶虾饺，泡椒凤爪，酱香牛肉……一大堆好吃的很快就端上了桌，顿时香气扑鼻。面对着这色香味俱全的一桌佳肴，饿了很久的杨淙淙再也顾不上形象，埋头猛吃起来。

杨淙淙时常念叨一句话："人生在世，吃睡二字。"只要吃好了，睡好了，就会烦恼全消，整个世界都会变得无比美好。此时此刻，在美食面前，她终于再一次体会到了这句话的含义。

吃饭的时候，杨淙淙问对面的男子："对了，我还不知道你叫什么名字呢。"

"我姓沈，大名嘛……很久都没人叫了，你叫我沈仪心就好。"

"沈仪心，这名字挺好听的，很文雅。"杨淙淙表示了赞赏。

"那你呢？"

"我叫杨淙淙。"

没想到，听到这句话，沈仪心居然狂笑起来。

"什么？洋……洋葱葱……怎么会有人叫这种名字？"他笑得上气不接下气，连话都说不顺畅了。

"我叫杨淙淙！杨树的杨，流水淙淙的淙，不是洋葱葱！"杨淙淙气得跺脚大喊，但沈仪心还是笑，笑得腰都直不起来了。

让你笑我，让你笑我！杨淙淙咬住一个奶黄包，气鼓鼓地塞进嘴里狠命地嚼着，想象着奶黄包就是坐在她对面的那个家伙。

"好了好了，我不笑了。"沈仪心终于止住了笑，说，"杨淙淙，嗯，这名字取得真好，其中蕴含了气吞山河之势。"

等等……这句话，怎么跟锦澜仙君曾经说过的一模一样？

吃饱了以后，杨淙淙想到之前沈仪心还没回答的问题，就问道："你到底有什么烦心事？说出来呀，我帮你想想办法。"

沈仪心原本带着笑意的眼睛忽然就暗淡了一下，过了好久，他轻轻地叹了口气，摇头说："你帮不了我的。"

"那可未必，你不说出来，怎么知道我帮不了你呢？"

沈仪心想了一会儿，说："我的家在京城里，当年爹在世的时候，家境还算殷实。但我十岁的时候，爹过世了，留下娘带着我艰难度日。我有一位叔叔，表面上他对我们母子很好，事实上是想夺取爹给娘和我留下来的家产。"

"这有什么好担心的？你现在都是这么大的人了，又不是小孩儿，难道还怕你叔叔不成？家产是你娘和你的，那就是天经地义，他怎么夺也夺不走。难道他就不怕街坊邻居戳他的脊梁骨吗？"

"话虽这样说，可实际的情况真的很复杂。你说对了，他就是不怕街坊邻居戳他的脊梁骨，只要能达到目的，他才不会在乎这些。"

那事情真的有些难办了……杨淙淙蹙眉，她没想到他家里的情况这么复杂。人间有这样一句话，“清官难断家务事”，说明家庭矛盾真的是很麻烦的。

“这些事情可以暂且放到一边，眼前的一件事才是燃眉之急。”沈仪心说，“我娘为了对付我叔叔，想拉拢当地一户很有权势的人家当靠山，让我娶他家的小姐……”

“那小姐长得如何？”杨淙淙忽然想到这个问题。

“长得……很有特点。不过相貌什么的倒在其次，重点是我虽自小跟那小姐认识，但一直把她当妹妹看。现在娘忽然这样提起来，我真的……”

“真的很矛盾，对吧？”杨淙淙理解，一边是家业的兴衰、母命难违，一边是自己的幸福，要和自己根本不喜欢的女子成亲，真是太矛盾、太痛苦了。

“事情还远不止这些。半年前，叔叔介绍了一个女子给我，貌美又有才华，但我对她无意，无奈迫于叔叔的压力，我只好娶了她，但从来没碰过她一下。她是我叔叔派来的人，表面上在照顾我，其实在监视我的一举一动。我每天生活在这样的环境下，真的感觉生活太没有希望了。”

“那你这次离家，是……”

“逃婚。”沈仪心说，“我娘之前已经给我定好了日子，但我实在不愿自己的一生就被这样锁住，所以找了个机会就逃出来了。他们找不到我，也就拿我没办法了。”

杨淙淙觉得沈仪心真的挺可怜的，要面对那么多家庭矛盾，承受那么大压力，怪不得第一眼见他的时候觉得他那么惆怅呢。这也坚定了她要帮他的念头，仙君说过，予人玫瑰，手有余香。帮助别的人同时也是在增加自己的修为，这也是修炼的一种方式。

杨淙淙拍了拍他的肩，很仗义地说：“你救了我，又请我吃了一顿这么好吃的饭，你的事情，我帮定了！”

沈仪心显然没有想到眼前的这位女子在听说情况复杂后不但没退缩，反倒更加坚定地要帮他。一时间他竟不知道该回答什么好了，过了半晌才说：“谢谢杨姑娘的好意，不过……我实在不想让你蹚这趟浑水。”

“姑娘我最喜欢的就是浑水了！”杨淙淙有点儿兴奋，她骨子里的古道热肠已经完全被沈仪心的遭遇激发出来了，“不要再姑娘姑娘地叫我啦，怪见外的，叫我淙淙就好，我家仙……”

她原本想说“我家仙君就是这样叫我的”，却忽然想到在这里是不能提这些的，于是顺势说道：“我家先前的一名跟班就是这样叫我的。”

仙君啊……不是我要故意把你说成跟班的，实在是这话没办法接下去了呀，不然要怎么说？先前的爹？先前的娘？都不行啊，只有说成跟班了，你可千万别怪我……杨淙淙默默地在心里忏悔着。

“原来你之前也有跟班？”

“是啊……不过后来他不干了。”

“为什么？”

“他喜欢种菜，种了一大园子的瓜果蔬菜，当宝贝似的对待，连我都比不上那些菜，所以后来他就回家种菜去了。”杨淙淙说着，心里想到了锦澜仙君，不免又把他对号入座了。

“那你现在没有跟班了？”

“是啊。”

“那我做你的跟班怎么样？”

杨淙淙正在吃一个小笼包，被这句话一惊，整个包子顿时卡在了喉咙里，不由得连连咳嗽，呛得连眼泪都流出来了。沈仪心连忙拍她的背，老半天那个包子才被吞下去。

她没有听错吧，这样一个富家公子，竟然主动要求做她的跟班？

“这个……咳咳，”她喝了一杯水，嗓子终于舒服了点儿，说，“我可没有工钱给你啊。”

“我不要工钱。”

奇怪了，这个世上还有干活儿不要工钱的人？

“那你要什么？”

“什么都不要。”

“那你为什么要做我的跟班？”

“我嘛……”沈仪心有点儿不好意思地笑了一下，说，“我之前一直在家里生活，习惯了被人伺候的日子，现在想尝试一下伺候别人的感觉，体会一下普通人的生活。而且呀，你为人热情善良又开朗率真，我觉得和你在一起挺开心的。”

这个马屁拍得不露痕迹，杨淙淙非常受用。她刚想说什么，又听到他说了一句：“在此之前，我平时根本没有机会开心大笑。”

看来做大户人家的公子还挺憋屈的，一点儿都不自由，做什么事情都要受限制，真不如和自家仙君去种菜来得开心呢，杨淙淙心想。

“你真的决定好了，要做我的跟班？”

“决定好了，君……君子一言，驷马难追！”

“好！”杨淙淙快活地答应了，反正她在这里也是要闯荡的，与其一个人孤零零地四处乱走，倒不如和沈仪心一起，遇事还有个可以商量的人。

杨淙淙之前一直被仙君“压迫”，没想到忽然间就翻身做主人了。她看着眼前这个俊朗的小跟班，表面上无比淡定，心里却早已乐开了花。

但是，很快地，杨淙淙就知道了什么叫乐极生悲。

照例来说，跟班是要照顾主人、按照主人的命令去做事的，沈仪心显然也知道这一点，他也努力去做了，但是做出来的结果往往不怎么尽如人意。就比如那天晚上，杨淙淙说走了一天脚很累了，沈仪心听后自告奋勇地要给她打洗脚水来，杨淙淙心里感动得不得了，从小到大这是第一次有人主动要给她打洗脚水啊！她说要热水才有消除疲劳的功效，沈仪心满口答应，不一会儿便打来了满满的一盆水，上面还漂着几片玫瑰花，看上去好看极了。杨淙淙早已被感动得热泪盈眶了，挽起裤腿就把双脚结结实实地放了进去，然后，热泪盈眶就变成了泪如泉涌。

老天啊，她只是说要热水啊，这家伙居然给她打了一盆开水来！

还好她的脚只是在其中放了一秒钟都不到的工夫，不然一定会被烫成猪蹄。尽管如此，疼痛还是免不了的，一阵阵痛楚袭来，幸好房中原本就有一盆凉水，杨淙淙立刻把脚泡在凉水里，这才好了一些。

“怎么……很烫啊？”

杨淙淙真是无比生气，不过一看到沈仪心那一脸纯真的表情，有怒火也发不出来，只能把两脚在冷水中晃了一下又一下，心里默默念叨着要淡定、淡定。

再比如另一次，沈仪心非要去城中的一个地方——媚香楼不可。

那晚，两个人在街上闲逛，无意间经过媚香楼的门口，只听得里面言笑晏晏，丝竹彻耳，阵阵香风从门里溢了出来。沈仪心好奇地问：“这是什么地方？”

杨淙淙没想到他居然不知道这是什么地方，印象中，那些富家公子不是应该经常去这些有歌舞姬的地方寻欢作乐的吗？怎么他还不如自己这个偶尔偷偷跑下凡间玩的小仙知道得多？

面对着沈仪心充满纯洁的求知欲的眼神，杨淙淙艰难地说：“这……这是酒楼……”

“酒楼？那为什么门口有两个那么好看的姑娘，还笑得那么灿烂？”

拜托……那是好看吗？那分明是艳俗好不好！

“那……那是因为她们要为酒楼招揽生意呀。”

沈仪心点了点头，脸上疑惑的表情终于消失了。杨淙淙刚刚松了一口气，却听到他说：“那我们去这家酒楼里吃饭好不好？”

杨淙淙顿时有种想把这个呆子揍上一顿的冲动。之前见他的时候，觉得他还挺正常的，怎么相处一段时间后发现他其实好多事情都不懂，比她还“不食人间烟火”？难道是常年高门大户的生活让他变傻了？

尽管如此，她还是得捺着性子跟他解释。

“这家酒楼里的饭不要吃，我以前来过的，回去就拉肚子了。”杨淙淙无视门口那两个女子频频冲她翻白眼，说，“我们还是去别家吧，我请客！”

沈仪心还是不愿放弃：“可我觉得这家酒楼很好啊，你胃口那么好，每天吃那么多东西，说不定是吃了别的东西拉肚子了。”

杨淙淙无奈了，只能拿出主人的权威来，说：“我命令你，不许到那里去吃饭！”

沈仪心不说话了，站在那里，一脸委屈。

“好啦好啦，”她捺着性子继续安慰，“我保证去一家比这家更好的酒楼，好不好？”

沈仪心满脸不情愿地点了点头，被杨淙淙拉扯着走了。之后的半天，他的情绪一直有点儿低落，杨淙淙想尽办法逗他开心，好不容易才使他恢复了正常的状态，她却已经累得半死。

杨淙淙在心里哀号，她真的是收了个跟班吗，怎么好像收了个小祖宗一样？

但是很快，杨淙淙就对沈仪心刮目相看了。

那天两个人去著名的穹川瀑布游玩，在进山的路上遇见一位老爷爷带着小孙女，他们也来玩。走到半路，忽然下起了雨，路上滑得很，老人不小心滑倒了，脚踝肿得老高，没办法再走。这时节山里的人不多，又是在半山腰上，他们只能暂时躲到一个山洞中避雨。

沈仪心观察了老人的伤势后，一句话也没说就转身离开了，叫也叫不住，气得杨淙淙大骂他没良心。谁知过了半个时辰，他抱着一束草药回来了，浑身被雨水淋了个湿透。他找来一块石头把草药捣碎，给老人敷在了伤处。两个时辰后雨停了，老人脚踝的肿消了大半，但依然不便走路。沈仪心二话没说，背上老人就走，杨淙淙则抱上小女孩向山下走去。天快黑的时候一行人终于到了山下，老人无比感激地邀请他们到他家里去住，两个人不好推脱，也就去了。去了以后才知道，原来老人的家族是当地一户颇有名望的书香世家。

第二天一大早，就有许多人来到老人的家里，年老的年少的都有，穿着的衣服也是各式各样，三教九流都有。

院子中央搭了一个大擂台，那些人就聚集在擂台旁边，一个中年男子站在擂台上面。杨淙淙是个天生喜欢热闹的人，拉着沈仪心往人群中挤，好不容易挤到了最前面。

中年男子拱了拱手，说：“各位兄弟姐妹，父老乡亲，比赛为期三天，今天是最后一天。前两天，秦公子战胜了所有的对手，如果今天还是没有人能战胜他，那么他就是最终的胜利者！”

说话间，秦公子走上了擂台。他锦衣华服，看上去颇有几分风度。

中年男子说：“还是老规矩，挑战者和应战者轮流出对子，对不出来的那方就失败了。”

原来是比文大赛呀。

台下有人来挑战秦公子，秦公子摇着折扇，不疾不徐地应对，一连击败了好几个人。下面不断有人高呼“秦公子真厉害”，势头已经被他占尽了。

杨淙淙悄悄地对沈仪心说：“那个秦公子不是什么好人，之前咱们在媚香楼门口，我看到他在里面左拥右抱的。”

沈仪心愣了一下，似乎终于明白媚香楼是什么地方了，也知道那时候杨淙淙为什么死活也不让他去里面吃饭了。想到这儿，他的脸不由得微微发烫，还好杨淙淙正专心地看着上面的比赛，没有发现他的异样。

那个秦公子扬扬得意地站在台上说：“奉劝诸位还是不要跟我争了，在这方圆百里，没有谁的诗文比得上我秦霸天。”

原来叫秦霸天……杨淙淙心想，果然是个恶霸的名字。

就在这时候，一位身穿青色长衫的男子走了上去，看上去是名书生。秦霸天冷笑一声，说道：“又一个自取其辱的来了。”

书生没有理会他的挑衅，只淡淡说道：“请出题。”

秦霸天出：“风云三尺剑。”

书生对：“花鸟一床书。”

“不错嘛，能对上我的对联的人可不多。”秦霸天说，“到你出题了。”

书生朗朗道来：“古木枯，此木成柴。”

秦霸天对：“女子好，少女更妙。”说着，轻浅一笑，得意极了。

下面围观的人听到这句，全部叫起好来。

秦霸天又出：“闲看门中木。”

书生对：“思间心上田。”

“对得真棒！”杨淙淙在下面拍手叫好，而周围却没一个人附和。杨淙淙有点儿为书生鸣不平，书生对得明明比秦霸天雅多了，那些人却只奉承秦霸天。

书生向杨淙淙投来感激的一眼，又出题道：“绿水无忧，因风皱面。”

秦霸天终于被难住了，一直在摇的折扇也收了起来，支着脑袋想着，却怎么也想不出，汗都要流下来了。杨淙淙暗自高兴，看来这位书生应该是冠军了。

“青山不老，为雪白头。”

擂台下面一个声音传出，所有的目光都向那里聚去，原来是沈仪心对出来了！

杨淙淙真的很想把他摇醒，老天，他什么时候对对子不好，偏偏这个时候对……这个公子哥儿到底要干什么啊？

台上的中年人说道：“台下这位公子对出了对子，那么，秦公子败。现在，守擂的一方是李公子。台下这位公子身为挑战者，请上来应战。”

秦霸天灰溜溜地下去了，沈仪心走了上去，丝毫没觉得有什么不妥。

姓李的书生显然没有料到半路会杀出个程咬金来，感到很意外，不过他依然礼貌地冲沈仪心拱了拱手，说：“请赐教。”

按照规矩，是守擂方先出题，书生说道：“观海沧，沧观海，海海皆沧观沧海。”

沈仪心略一思忖，正想回应，忽然听得擂台下的杨淙淙惨叫一声，倒在了地上。她浑身发抖地蜷缩着，看上去是在经历着巨大的痛苦。

沈仪心一看，脸色就变了，立刻就要冲下台去。

“公子，这是擂台赛，如果你下了擂台，就算输了。”中年人急忙在一旁提醒。

“我不比了，算我输！”沈仪心头也没回，箭步冲了下去。

“小……小跟班……”杨淙淙连说话都仿佛耗费了极大的力气，“我肚子好疼，送我回房间……”

“好！”沈仪心二话没说，抱起杨淙淙就往房间冲去。

在他的怀里，杨淙淙偷偷抬头望去。

第一次这么近地看沈仪心，她才发现原来他的睫毛好长，比她的都长。长长的睫毛下是黑曜石一般的眼睛，眉头紧蹙，满眼焦急。

杨淙淙在心里窃笑，但同时又很感动，还有一点儿小愧疚。

到了房间里，沈仪心把杨淙淙放在床上，急忙给她盖被子、倒热水。说起来也奇怪，这个小跟班平时做事笨手笨脚的，现在反倒麻利极了。

片刻后，主人——也就是昨天的那位老人来了，同行的除了大夫外，还有刚才擂台上的中年男子，以及一位气质脱俗的姑娘。

大夫替杨淙淙诊了脉，没有发现什么问题，又问了问她现在的情况，她说就是刚才那一下非常疼，现在已经好了。大夫说没有大碍，可能是刚刚情绪波动较大导致的，休息一段时间就好了。沈仪心听了，终于放下心来。

中年男子是老人的长子，也就是昨天和老人在一起的那个小女孩的父亲，对两个人做了自我介绍后，又介绍了身旁的姑娘："这是舍妹紫涵，听说两位昨天救了我们父亲，今天又在擂台上大放异彩，特地来探望两位的。"

原来气质脱俗的姑娘是这家的小姐，紫涵。

几个人寒暄了一阵，见杨淙淙没什么事，便让她好好休息，然后他们依次离开了。紫涵最后走的，她走到门口的时候，看到前面所有的人都离开了，于是回过身来施了个礼，说："今天多谢两位了，两位的大恩大德，紫涵终身不忘。"

说完，她就离开了，屋里只剩下了杨淙淙和一头雾水的沈仪心。

"她为什么这么说啊？我们今天做什么了吗？"沈仪心疑惑地说。

"你这个呆瓜！"杨淙淙一下从床上跳了起来，"你知不知道，你今天险些拆散一桩大好姻缘！"

沈仪心不明所以。

杨淙淙继续说道："难道你没看出来吗？今天的比文大赛不是一场普通的比赛，而是比文招亲！"

"啊？"沈仪心完全惊呆了。

"在下面围观的时候，我就听到旁边的人说，这个紫涵小姐和一位姓李的书生情投意合，那书生很有才华，只不过家境贫寒，紫涵的家里怎么都不同意他们的婚事。最后他们商议，召开一场为期三天的比文招亲大赛，谁是最后的获胜者，谁就能娶得紫涵。"

"那你怎么知道最后的那个书生就是紫涵喜欢的人？"

杨淙淙说："比文招亲的时候，紫涵就在后面阁楼上的窗边观战。别人比赛的时候，她都是躲在帘子后面的，只有那位书生出现的时候她才掀起帘子一直在看。况且她哥哥在台上也介绍了，那个书生姓李，你说哪有这么巧的事？"

沈仪心不说话了，原来事情是这样的，可惜他当时光顾着听他们对的对子了，根本没注意别的。如果他知道这是一场比文招亲，怎么也不会上台去啊。还好还好，最终没酿成大祸。

"多亏我足智多谋，在最后一刻灵机一动装病倒地，不然你……"

"什么？"沈仪心忽然反应了过来，"你是装病？"

杨淙淙知道自己说漏了嘴，连忙捂住了嘴巴，过了半晌才小声地说："你是不是气我赶走了你的桃花运啊……"

沈仪心原本正在气杨淙淙骗他，一听到这话顿时笑了："你担心我啊？"

“你臭美！”杨淙淙立刻反驳，“你家里都有一个半老婆了，我是怕你阻碍了人家姑娘的大好前程！”

“一个半老婆？”

“一个是在叔叔的压力下娶的，一个是在母亲的压力下即将娶的，不是一个半吗？”

沈仪心被她的话逗笑了，不过笑容有点儿苦涩。在和杨淙淙外出游历的这段时间里，那些烦心的事情原本他已经忘得差不多了，此刻又忽然全部涌了上来。很多事情，逃避只是暂时的，不管逃避多久，都终将要面对。

杨淙淙看出了他的情绪变化，立刻岔开了话题：“对了，最后的那副对子，你究竟对出来没有啊？”

一说到这个，沈仪心立刻精神起来：“当然对出来啦。他出的是‘观海沧，沧观海，海海皆沧观沧海’，我对‘望天空，空望天，天天有空望空天’，工整吗？”

“工整是很工整，而且很大气，不过就是少了几分生活气息。”

沈仪心挑挑眉：“这么说，你有更好的下联了？”

“那当然，你听好了。”杨淙淙清了清嗓子说，“饭好吃，吃饭好，好好去吃饭吃好。”

听完她对的下联，沈仪心愣了几秒钟，然后伸出了大拇指：“这是我此生听过的最有生活气息的对联了……”

难得被他夸奖，杨淙淙开心地说：“那你现在有什么感悟？”

“感悟就是……”沈仪心看着她，无比认真地说，“我饿了。”

第三章

小跟班有大来头

杨淙淙跟沈仪心在外游历已经有段时间了，两个人的关系说起来是主人和小跟班，其实就是实实在在的朋友。

刚下凡的时候，杨淙淙还心心念念地惦记着锦澜仙君让她在历练的同时顺便找的那样东西，但一直没有任何发现。

如今每天的日子都是多姿多彩的，加上有沈仪心一路相伴，杨淙淙觉得比以前自由和快活多了，也就把找东西的事忘了个一干二净。

和沈仪心相处久了，杨淙淙渐渐觉得这个小跟班有些不一般。

他对一些生活常识的掌握虽然不敢恭维，但在学识方面可是令人刮目相看的，常常能说出一些让她很佩服的话来。除此之外，他对国家大事也特别关注，有时候在吃饭时听到旁人谈起当朝皇帝平庸无能，朝政被摄政王把持的事，他也是颇为愤慨的，很有几分忧国忧民的意味。

杨淙淙建议他去参加科举，他也不置可否，耸耸肩就这么过去了。

两个人行走的路线很简单，基本是沿着湄泠河走着，从下游逆水而上，一路上经过了很多地方，也遇见了很多事情，经历可谓丰富。

在沿着河边走的时候，杨淙淙时而往水里看，仿佛总能看到一抹火红从眼角划过，再定睛一看，就什么也没有了。

一路往上走，地形从开阔平坦变得陡峭难走，到了河流的源头——建州，已经无法再沿着河走了，于是两个人决定改去附近最近的镇子——辰宁镇。

辰宁镇是个不大的镇子，说是镇，其实比有些村落大不了多少。两个人来到镇里唯一的一家小客栈吃饭，刚一坐下，小二就上来招呼。

沈仪心看着这家店里悬挂着的招牌，说："来一斤手撕牛肉，再随便上几道素菜就行了。"

小二说："客官，不好意思，手撕牛肉没有了。"

"那换成红烧蹄髈吧。"

"也没有了。"

"那油焖鸡呢？"

"还是没有……"

沈仪心无奈了："这都是你们招牌上的菜啊，怎么都没有？"

小二有点儿为难地说："客官有所不知，最近附近闹灾荒，好多田里都是青黄不接，颗粒无收的。虽然我们这个镇上还没到灾荒的程度，不过也挺紧张，这些肉啊什么的都没了，菜也只有萝卜和土豆两种，您看要不要？"

“什么，闹灾荒？”

“是啊，”小二接着说，“尤其是建州，听说已经断粮好久了，甚至有卖儿卖女以求换得粮食呢。”

“不可能！”沈仪心拍桌而起，“我泱泱天朝，向来以孝德恭俭治天下，虽然时而有灾情出现，但朝廷都会很快派人送去粮食赈灾，绝不可能出现这种现象！”

“这位客官，小的说的的确是实话啊！”

杨淙淙赶紧过来打圆场：“好了好了，多谢小二哥了，麻烦你快通知一下厨房把我们的菜做好吧。”

菜很快做好端上来了，一盘清炒萝卜，一盘清炒土豆，连一点儿油星也没有，食之无味。

沈仪心忽然说：“淙淙，我们去建州吧。”

杨淙淙其实并不吃惊，因为在吃饭的时候她也想过这个问题。

锦澜仙君让她下来历练，绝不仅仅是吃喝玩乐而已，还要经历人间疾苦，去帮助那些需要帮助的人。

可是建州是灾荒最严重的地方，他们两个去那里，真的不要紧吗？

见她没说话，沈仪心说：“我一个人去就好了，我不会让你跟着我冒险的。”

杨淙淙撇撇嘴，这个沈仪心把她当什么人啦！她也没说话，只是笑嘻嘻地盯着他。

沈仪心被看得有些不自在，说：“干吗一直盯着我看？”

“你哪只眼睛看到我不想跟你去啦？我作为老大，怎么可能让我的小跟班孤零零地一个人去呢？”

沈仪心有点儿意外：“你愿意跟我一起去？不过那地方可能有些危险……”

杨淙淙叹了口气：“以你的智商，一个人去更危险啊。”

沈仪心顿时气结。

客栈小二知道他们要去建州，劝他们不要去，毕竟现在那个地方人人敬而远之。但他们两个心意已决，任小二怎么劝说还是要去。

小二没办法，最后只能建议杨淙淙扮成男子去，因为一个外乡女子去那里可能会有危险。

杨淙淙换上了沈仪心的一套衣服，把头发束了起来，看上去还有几分英气，连沈仪心都说她男装比女装好看。

杨淙淙想了半天也没明白他这句话到底是褒是贬。

出发前，杨淙淙问他要不要买一些粮食带去发放给灾民，沈仪心说不用了，整个建州城几万人口，这点儿粮食不过杯水车薪而已，先去看看情况再说。

去建州的路并不远，但都是山路，很不好走。一路上沈仪心都没怎么说话，杨淙淙跟他聊天，他也只是简单地应一两句而已。

三天后，两个人到达了建州。

建州的情况远远超出了两个人的想象，说是饿殍满道都不为过。曾经繁华的城镇现在无比萧条，几乎所有的店铺都关了门，破破烂烂地如同荒废了很多年。道路上看不到一个人影，空荡荡的，如同一座死城。

虽然之前已经做好了思想准备，但此刻真真切切地看到这般场景，杨淙淙还是觉得无比震惊。

人间啊……这就是人间的另一面？

沈仪心的脸色自打听说建州闹饥荒之后就一直沉着，真正到了这里以后，他的脸色已经不能用"沉"来形容了。

那是怎样一种悲愤，怎样一种哀恸，连心仿佛都坠入了无底深渊。

杨淙淙想安慰他，可是在这样的情况下，说什么也枉然。

就在这时，寂静的街道一端忽然传来了人声，两个人抬头看去，只见几个人追着一个少年向这边跑了过来。

那少年十四五岁的样子，瘦得几乎是皮包骨头了，但还是拼命地向前跑着，衣服里似乎还揣着什么东西。

看到杨淙淙和沈仪心，仿佛终于看到救命稻草一样，一边跑一边嘶喊着："救命啊！救命——"

后面的人很快追上来了，沈仪心跨出一步，将少年挡在身后。

"你们是谁？"追赶的那些人中为首的是个精瘦的汉子，语气非常不友善，"把这小子交出来！"

"不……不……"少年躲在沈仪心的身后直打哆嗦，"他们会打死我的！"

"打死你也是活该！"汉子说，"你狗胆包天，居然敢偷我们姚家的东西！"

"几位兄台请息怒，"沈仪心说，"他偷了你们什么东西？"

汉子冷冷说道："两个馒头。"

"什么？"杨淙淙惊呆了，"区区两个馒头也值得把人打死？"

"区区两个馒头？"汉子冷笑了一声，"你知不知道这年头儿，两个馒头能让人活，也能让人死！"

少年说："我爹去年给你们家做短工，你们不但扣他的工钱，还诬赖我爹说他偷了你们家东西，然后把他赶了出去，害得他含冤自尽。我娘现在病了，家里揭不开锅，我去你们家拿两个馒头又怎样？这是我们应得的！”

“小兔崽子，再乱说话当心我扒了你的皮！”汉子怒吼道。

“我说的句句属实，你们姚家为富不仁，和那狗屁州尹狼狈为奸。我早就听说朝廷已经送了大批的赈灾粮食来，都存在州尹府和你们姚家，你们却欺上瞒下，在这满城灾荒的时候硬是不开仓放粮，你们会遭天谴的！”

“胡说，哪有这种事！”汉子还在嘴硬，但底气显然有些不足，“你这小子满口胡言，今天我就送你去见你的老爹！”说着，几个人气势汹汹地就要上来。

“住手！”说话的是沈仪心，刚才他一直在听，现在终于开了口。

杨淙淙本以为他一开口说话的语气一定是非常气愤的，但恰恰相反，现在的他无比平静。

几名汉子没有理会他，一齐向少年冲了过去。

杨淙淙心想惨了，沈仪心要挨打了，她正准备拉着沈仪心和那名少年往旁边的一条小巷跑，忽然看到沈仪心出手了！

没错，沈仪心是会武功的，只是她一直不知道！

她终于明白为什么初见那天沈仪心抓她胳膊时力气那么大了，原来他本来就是有练过的。

刚才的那一瞬间，她没看清楚他是怎样出手的，因为他的速度实在是太快了，等她反应过来，那几个人全都倒在了地上，凄惨地哀号。

“我已经提醒过你们了。”沈仪心沉声说道，眉眼冷厉决然。

虽然有这样的想法很不合时宜，但杨淙淙还是觉得这时候的沈仪心实在是太帅了！

之前她只晓得他读书很多，学识广博，现在才知道原来他是文武双全啊！

杨淙淙的眼里冒出了无数个粉红色的爱心泡泡，飞到空中，然后“啪”地破碎了，因为她忽然反应过来，现在可不是犯花痴的时候。

“你……你们三个死定了！走着瞧！”精瘦的汉子从地上爬起来，带着那几个人一瘸一拐地走了。

“玉生多谢两位大哥的救命之恩！”少年一下跪倒在地上，连连给两个人磕头，原来他并没有认出杨淙淙是女扮男装。

第一次被叫作“大哥”，杨淙淙觉得有点儿想笑，而心里却沉沉的，笑不出来。

原来他叫玉生，多么好听的名字，看得出来，他的爹娘一定是把他当成宝贝一样疼爱的。

“好了，快回去看看你娘吧！”沈仪心说。

“哎哎，那么后会有期了。”

玉生再次谢了他们，才从地上起来。

他怀里一直揣着的东西因为他的这一动作而掉了出来，是两个干硬的馒头，看得出来已经放了很久，有点儿发霉了。

玉生连忙将它们捡起，仔细地吹了吹上面的灰，像宝贝一样小心翼翼地再次揣进怀里，然后离开了。

看着他瘦弱的背影缓缓消失在视线尽头，杨淙淙的心里酸酸的，一摸眼角，已经有眼泪流了出来。

沈仪心叹息道：“‘朱门酒肉臭，路有冻死骨。’枉我早就读过这句诗，却直到今天才知道它的含义。我之前去了那么多地方游玩，以为百姓的生活都是安定富足的，今天才看到人间疾苦，我真是太愚蠢了。”

杨淙淙第一次见到他如此失落的样子，连忙安慰：“你不用这么自责，愚蠢的不是你，而是当朝皇帝。做皇帝的自己在金銮殿里享乐，却让人民遭受这样的疾苦，还号称什么天子！”

沈仪心苦笑道：“你说得对，他早已不配当皇帝了。”

“哼，就是！”杨淙淙说着，自己也愤慨起来，“这样的皇帝，早晚……”

“你们两个，站住！”

忽然间有吵闹的人声传来，原来刚才那帮人又回来了，还带了更多人来，足足有几十人，个个都凶神恶煞的。精瘦汉子点头哈腰地站在一个矮胖男人身边，说：“员外，就是这两个人。”

这矮胖男人正是姚家的主人姚员外，他看了看两个人，说：“把他们绑起来！”

以沈仪心的身手，这些人自然是不在话下，但杨淙淙就不一样了。

她的仙力被封，不能使用，身手也很差，只会那么几招三脚猫的功夫，根本不是这些人的对手。

沈仪心为了保护她，处处要跟那些人周旋，身上免不了挨了好几下拳打脚踢，但还在坚持着。

那些人实在是阴险，居然从背后偷袭，杨淙淙看到了立刻高声提醒沈仪心，沈仪心猛地回头，把那偷袭的人一脚踢出去老远。

杨淙淙感到非常解气，正想告诉沈仪心干得漂亮，忽然脚下一滑，“嗵”的一声摔倒了。

杨淙淙肺都要气炸了，这些人也太无耻了，居然往地上泼油！

受她牵连，沈仪心也摔倒了。

那些人看到两人滑倒了，立刻上来拳打脚踢，沈仪心扑到杨淙淙身上将她护在身下，那些拳脚全落在了他的身上，没有伤她分毫。

傻瓜！怎么这时候还想着别人！

见到沈仪心这样，杨淙淙又气又急，眼角湿湿地又快哭了。

“把他们绑起来，架在火上烧！”姚员外冷冷地留下一句话，转身离去。

两个人被五花大绑着带到了城外一处破旧的院子里。院子里早已竖起了两根高高的木桩，下面堆满了柴，两个人被绑在了木桩上。

精瘦汉子看着他们，得意地说：“你们刚才救人的时候不是英雄得很吗，现在怎么不英雄了？哈哈哈……”

杨淙淙气愤地说：“善有善报，恶有恶报，你们作恶多端，必遭天谴！”

“天谴？”精瘦汉子说，“那现在看看是你们先遭天谴还是我们先遭天谴了。来人，泼油！”

往木柴上泼油是为了让火烧得更快更旺，有几个人端来了一大桶油，往两个人身下的木柴上泼着。

沈仪心很淡然，似乎毫不畏惧。

杨淙淙心里着急，却不怕，因为她有锦澜仙君给她的法宝——那几句口诀。

先前杨淙淙曾嫌弃过锦澜仙君给她的这几句口诀太自恋了，但现在她觉得它真是可爱无比。

虽然这种行为在别人看来有点儿不可理喻，甚至可能以为她脑子出了什么问题，但是她还是照做了——

杨淙淙抬头对着天空，大声喊道：“锦澜仙君最帅！锦澜仙君最帅！锦澜仙君最帅！”

周围的一切都安静了，所有人都奇怪地看着她，包括沈仪心和那个精瘦汉子，连泼油的人都停下了手上的动作，目不转睛地看着她。

杨淙淙早就料到了会是这样的结果，但她毫不在意，她在等待着奇迹发生。一秒，两秒，三秒，四秒……

十几秒过去了，什么奇迹都没有发生……

“你这小子是不是死到临头，开始胡言乱语了？”精瘦汉子说，“别说什么仙君了，就是佛祖来了也救不了你！弟兄们，点火！”

有人拿着火把走上前来，火苗“呼啦啦”烧得正旺。杨淙淙心想，这次真的完蛋了，仙君啊仙君，我可被你害惨了！

这个时候她担心的不是自己，而是沈仪心。

下凡之前锦澜仙君告诉过她，她是仙，是不会死的，如果在人间的躯壳死了，那么魂魄还是会回到仙界来，到时候他用仙力为她恢复身体就可以了。

但沈仪心不一样，他是凡人，死了就真的死了。

“慢着！”杨淙淙大喝，“你们放过他，我任凭你们处置！”

“哟呵，你这小子还挺重情义的啊，但你没资格讨价还价。可惜啊可惜，你们是两个男的，如果是一男一女，或许还能做一对绝命鸳鸯呢！”精瘦汉子笑得放肆无比。

泼了油的柴一下就被点着了，火苗“呼啦”一下蹿了上来。杨淙淙心里真的绝望了，她看着沈仪心，说：“对不起。”

沈仪心笑了笑，说：“你为什么要对我说对不起？你没有做错任何事，错的是我，如果我不让你和我一起来建州，你也就不会是现在这样了。”

杨淙淙想说话，却不知道该对他说什么，就在这时，柴上的火却忽然灭了。

“咦？奇怪……”点火的人转头对精瘦汉子说，“总管，火灭了。”

“再点！”

火又点了几次，每次都是刚烧起来就毫无原因地灭掉了，实在是奇怪。杨淙淙也觉得很蹊跷，难道是锦澜仙君在帮他们？

“没用！让开，我来！”精瘦汉子拿过火把，亲自点火。这次火把上的火连柴都点不着了。

“你们到底泼油没有？”精瘦汉子怒道。就在这时，原本晴朗的天空忽然阴云密布，风发出低吼，仿佛有什么东西在隐隐靠近一样。

下面的人顿时有些慌神了：“难道……难道是有妖怪作祟……”

精瘦汉子训斥道：“胡说什么，哪有什么妖怪！”

“谁说没有妖怪呀？”

一个柔柔的男声响起，听不出是来自哪里。

分明是男子的声音，却多了些女子的阴柔，再加上现在这样的环境，听起来实在让人毛骨悚然。

“谁！谁在那里装神弄鬼的？快点儿滚出来！”精瘦汉子腿都已经发抖了，还在虚张声势。

一道红色影子从他眼前掠过，倏地一下就不见了。

“你……你们看到没……一个红色的身影……”

下面的人面面相觑：“没有啊！”

在说出这句话的时候，那道红色的身影一闪而过，这次，所有的人都看见了。

“快跑啊！有妖怪！”不知道是谁大喊了一声，带头跑了。

一个人跑了，剩下的人顿时慌了神，争前恐后地往外跑去，包括精瘦汉子在内。不一会儿，院子里只剩下了杨淙淙和沈仪心两个人。

“还好我来得早，不然你们两个就要被烤成干儿了。”一个身穿红色衣服的男子从角落里走出，笑吟吟地说，“那些人也真够蠢的，我只捏着嗓子说话，再加上身法快了一些而已，就把他们吓成那样了。”他的声音里已经没了刚才那种女子般的阴柔，但还是十分动听。

在看到来人的时候，杨淙淙微微地蹙了蹙眉。

这是一个年轻的男子，一身火一样的红色衣服穿在他的身上丝毫不显得突兀，甚至散发出一种妖异的美感。他的眼睛是细长的桃花眼，看人的时候，仿佛能把人的魂魄摄去一样。

哼，妖孽。

杨淙淙在心里暗暗说道。

“感谢兄台及时相救。”沈仪心说。

男子走了上来，正要给他们松绑，忽然有马蹄声由远及近，听上去有很多人，还有马车的声音。杨淙淙说：“不好！是不是那些人又来了？”

沈仪心却仿佛早已料到：“不怕，是自己人。”

十几个身穿铠甲的人冲了进来，手上的刀明晃晃的，看到男子正在给沈仪心松绑，以为要对他不利，立刻冲了上来拿刀指着男子。

听沈仪心说“不可无礼”，那几个人才把刀放下。

这时候，有一个一身戎装的男子骑马冲了进来，一见到沈仪心就立刻跳下马来跪在地上，说：“属下蒋堃救驾来迟，恳请皇上恕罪！”

杨淙淙呆了一呆，她没听错吧，皇上？

沈仪心身上的绳子已经被解开，他背着手缓缓踱步下去，看着跪在地上的蒋堃，说道：“你们知不知道，若是你们晚来片刻，如今这江山可就易主了。”

他的语调很淡，但蒋堃的身子已经发抖了：“求……求皇上恕罪……”

“平身吧。”

“谢皇上不杀之恩！”蒋堃惊魂未定地站起来，冷汗涔涔，已经湿透了衣服。

杨淙淙这时才确信，沈仪心，这个跟她相处了几个月的人，这个有时候傻里傻气的小跟班，竟然是当今皇上，九五之尊！

不……不是吧，这比针尖还小的一点儿概率……竟然就恰好被她遇到了？

想到一路上她对沈仪心的各种欺压，杨淙淙的冷汗流了下来，对皇上这样，岂不是杀头之罪？

如果她在人间因为这个而稀里糊涂地死了，那也实在太郁闷了。

想到这里，杨淙淙决定找个机会悄悄溜走。

刚刚进来的时候她看到这个院子有道后门，此时所有人的注意力都集中在沈仪心身上，正是她溜走的好时机。

“啊，大哥哥，看到你们没事真是太好了！咦，你要去哪儿呀？”

一个惊喜的声音响起，门边出现了一位瘦瘦的少年，正是玉生。他看到杨淙淙刚刚走到后门跟前，不由得奇怪地问道。

所有人的目光“唰”地一下全集中在了杨淙淙身上。杨淙淙这时的感觉就像一个小贼刚想伸手的时候被人发现了一样。

“那个……我……我肚子疼……去一下茅厕……”

“原来是这样啊，这里我熟，茅厕就在不远处，我带你去！”玉生听杨淙淙这样说，很热情地要带她去茅厕。

一个男生要带她去茅厕……杨淙淙窘迫万分，只好搪塞道：“现在不怎么疼了，没事，过一会儿再去吧。”

这时候，蒋堃对沈仪心说：“皇上，自从几个月前您离宫出走后，太后焦急万分却又不敢声张，只能暗中发令全国寻找您。三天前，我们在辰宁镇的人收到了您的暗讯，得知您要来建州，于是臣立刻调集精兵前来，在刚入城的时候见到了这个少年，他告诉我说知道你们被抓来了这里，我们在他的带领下才顺利赶来。”

杨淙淙这才知道，原来刚才那些人要烧他们的时候沈仪心不慌不乱，是因为知道会有救兵前来。她也知道了玉生走后不放心他们又回来看，发现他们被抓走了，便暗中跟随，得知了他们被抓去的地方，这才能在蒋堃带兵进城的时候给他报信。

后面陆续有全副武装的士兵进来，小小的院子被围了个水泄不通。

就在这时，外面的士兵忽然向两边散开，仿佛在给什么人让道似的。

“皇——上——”

随着这一声长而响亮的呼喊，一时间，地动山摇，飞沙走石，沈仪心的脸色就在这一声呼喊之中变了。

如果说在这些人面前的他是最有帝王威严的，那么在听到了这声呼喊后，他的表情顿时变得窘迫了许多。

这时，在两排穿着铠甲的士兵队列之间的尽头，出现了一大团颜色。

没错，是一大团。

如果用“一团”来形容一个人的体积的话，那么此时出现的这个人，绝对称得上是一大团。

那是一个女子，体形说好听点儿是丰腴，说难听点儿就是肥胖。她的皮肤很黑，身上却穿了一大堆颜色鲜亮的绫罗绸缎，显得极其不协调。

她向这边跑来，由于跑得很急而且体形肥硕，所以显得分外沉重。杨淙淙觉得连地都在颤抖，但她一直告诉自己这是错觉。

女子终于跑到了沈仪心身边，气喘吁吁地说：“皇上，看到你没事，金兰就放心了！”

这个女子，正是当朝宰相唯一的千金——李金兰，正是太后想将她立为皇后的那名女子。杨淙淙看到她左手腕上戴了个金镯子，上面镶嵌着各种珠宝，一看就价值不菲。

沈仪心不露痕迹地岔开话题：“看看你满头的汗，快擦擦吧！”

“谢皇上关心！”李金兰分外感动，从袖子里掏出一方小小的罗帕来，拿指尖捏着文雅地擦额上的汗。从外表来看，体形分明是很彪悍的那种，却偏偏要努力地做出一副仪态万千的样子，实在是有点儿不和谐，但沈仪心已经见怪不怪了。

“你不是在京城吗，怎么也到这儿来了？”

“我之前听太后派来的人说皇上可能在湄泠河流域，于是就顺着河流找你，但一路都没有找到。后来在这附近遇到了蒋将军，知道皇上可能遇险，所以就赶来了。”

沈仪心很吃惊：“你找了我一路？”

“是啊，”李金兰“嘿嘿”地笑了笑，有点儿不好意思地说，“其实也不算太远。”

怎么能不远？沈仪心既吃惊又感动，他这一路，可是走了几个月啊！

“金兰，你看你，这么奔波劳顿，都瘦了。”他看着李金兰，态度显然比之前温和了许多。

李金兰喜欢他，这一点他是知道的，可是他自小一直把她当作朋友，根本没有往这方面想。

自从太后提出要立李金兰为皇后之后，沈仪心不自觉地就跟她疏远了好多，见到她就觉得心里怪怪的，但李金兰还是对他一样好，不管他怎样对她，她总是笑呵呵的。

“还是皇上英明，只有你一个人看出来我瘦了！”听到这句话，李金兰显然非常激动，“那皇上看看我哪儿瘦了，是腰细了，还是脸小了？”

呃……沈仪心顿时有点儿尴尬，他刚才那么一说只是客套，没想到她竟然当真了。

“你……”沈仪心实在答不出来，只好转移话题，“对了，给你介绍一下这两位吧。这位是和我一路同行的朋友，叫杨淙淙。这位是我的救命恩人，叫……”他看了看红衣男子，不知道该如何介绍下去了。

“江月明。”红衣男子淡淡地笑着回答。

李金兰对两个人施了个礼，说：“多谢两位一路上照顾皇上，金兰感激不尽。”言语间，她分明把自己当作沈仪心的家人了。

杨淙淙原本对这位宰相千金没什么感觉，此时看她这么有礼，也不管身份高低就对他们这两个平民施礼，对她的好感不由得多了几分。

“皇上，您出来几个月了，也该回宫了。”蒋堃说道。

沈仪心点了点头，是该回去了，许多事情就是逃避得再久，也终究必须面对。况且在这里，他见到了太多民间疾苦，知道绝不能再不管不顾了。

当初告诉杨淙淙他的身世时，他其实没有说谎，只是隐瞒了一小部分。

他的父亲是先皇，他的母亲是当今太后，而他的叔叔就是现如今炙手可热的睿王——沈越。

作为沈仪心的皇叔，在沈仪心的父皇登上皇位以后，沈越就被封为睿王。

沈越其实比沈仪心就大那么十几岁，但思想上分外老成，也十分会运用计谋。先皇去世以后，沈仪心登基，沈越作为摄政王辅佐了他六年。六年间，沈越不断扩展自己的势力，妄图架空太后和皇帝。

沈仪心自十六岁亲政至今已经有几年，但手中并没有什么实权，很多事情都得依靠沈越。

除了沈越之外，朝廷中还有一位重臣，那就是李宰相。因为李宰相在朝中的地位颇高，很多官员都是看着他的态度来决定自己的立场的，所以他就成了太后和沈越都要拉拢的对象，他的女儿就是李金兰。

如果李金兰成了皇后，李宰相显然就会成为沈仪心这一方的人，对抗沈越就多了一重把握。

可是，沈仪心对李金兰一点儿感情都没有，如今太后让他娶她，他自然不肯。

至于那个迫于沈越的压力而不得不娶的女人，是娴妃蒋茹嫣。她名义上虽为后妃，但沈仪心对她一点儿好感也没有，也知道她是沈越安插在他身边的人，因此甚至有些反感了。

如此种种全部压在他的身上，令他不堪重负，因此离宫出走。但如今，他知道自己不能再逃避了。

为了天下的百姓，为了江山社稷……这个朝政大权，他一定要从皇叔手中夺回来！

第四章

舍“身”取义救众人

开仓放粮、赈济灾民，这都是接下来理所当然要办的事。

发灾难财的建州州尹和姚员外被革职、抄家，所有财产全部折合成银两购买粮食发放给灾民，二人被打入大牢，等待秋后问斩。其他相干人等要么入狱，要么充军。此消息一出，人们奔走相告，庆祝这个天大的好消息。

然而，沈仪心的心里却不轻松。

天下之大，这样的恶霸不知道还有多少，也不知道有多少人民过着水深火热的日子，想到这些，他的心情就无比沉重。

自从十岁登基以来到现在已有十载，他一直被太傅教导要心怀天下黎民百姓，但这句话对他来说也仅仅是一句话而已。他虽曾有雄心壮志，却在皇叔沈越的压制中渐渐流逝，直到最后离宫出走，实在没担起为人君主的责任。

如今，他必须回去了。

建州离京城有半个月的行程，与来的时候完全不同，这回去的一路随行众多，排场极大，大将军蒋堃带来了几百名精兵护驾，一路浩浩荡荡，向北而去。

杨淙淙其实早就想到皇宫里去玩一圈了，看看这全天下最恢宏的地方究竟和他们那里的天宫有什么不同，所以当沈仪心邀她一起回去的时候，她很愉快地答应了。而江月明曾救过他们俩，因此沈仪心也邀请他去皇宫里游玩一些时日。

在听到沈仪心发出邀请的时候，杨淙淙心里是希望江月明拒绝的，谁知道他却说："皇帝陛下盛情邀请，草民哪敢不从，那就恭敬不如从命了。"

她想想，说的也是。皇帝说的话就是圣旨，是绝不能违抗的。

其实，在建州江月明第一次出现在她眼前的那一瞬间，她就觉得他并非人类，而是妖。不然的话，那眼神怎么像能勾人魂魄一样呢？但他究竟是什么妖，她却看不出来。

杨淙淙当然不讨厌妖，她觉得妖和人、仙一样，都是芸芸众生中的一种，她的好朋友白珠珠也是妖呢。但她就是对江月明没什么好感，却也说不上来为什么。

周围忽然多了好多人，杨淙淙觉得没以前自在了，而且之前处处跟着她跑的小跟班成了人人都去讨好的皇帝，她心里的落差感十分强烈。在最初听说沈仪心就是皇帝的那一刻，杨淙淙的心里先是吃惊，再是喜悦，最后是担心，到了现在，就变成了失落。

这天吃过晚饭，走了一天的众人都很累了，在客栈里住下后很早就睡了，只剩下一部分侍卫在值夜。杨淙淙睡不着，于是爬到屋顶上去看月亮。

这天正是十五，天上的月亮又圆又亮，深蓝色丝绒一般的天空上散落着几颗星星，像碎钻一般散发着光芒。初夏的夜里，周围很安静，隐隐约约能听到草丛中传来蛐蛐的叫声，让人的心情分外平静。

这些天来都女扮男装，也着实有点儿累了，杨淙淙解开发带，长长的黑发如瀑布一般流泻下来，在风中微微飘舞。她坐在屋檐上荡着脚看天上的月亮，看着看着，忽然觉得有些寂寥。

寂寥……她也不知道自己为什么会有这样的感觉，从来都是大大咧咧、开开心心的，为什么会忽然感到寂寥？

厨房那边有声音传来，"叮叮当当"的，好像是在做菜。杨淙淙伸头望去，厨房里的灯还亮着，一个略显粗壮的背影在里面忙碌着。

是李金兰吗？这么晚了，她在里面做什么？

"原来小洋葱还是个女子。"

有声音从身后传来，杨淙淙吓了一跳，回头一看，原来是江月明，不知道什么时候他也到屋顶上来了。江月明的修为似乎挺高深，能看出她不是人类一点儿都不奇怪。

"鬼鬼祟祟的……"杨淙淙瞥了他一眼，不满地说，"我不叫小洋葱，我有名字的！"

"你不就是一棵小洋葱吗，干吗不让叫，害怕别人知道？"江月明在她身边坐下，"小洋葱这个名字多可爱啊，叫起来就觉得亲热。"

"谁要跟你亲热啦？"杨淙淙反驳。

话刚出口，她看到江月明眨巴着那双细长的眼睛看着她，眼睛中似乎有隐隐笑意。刚刚说的那句话……似乎有歧义？杨淙淙立刻就后悔了。

"不许多想！我……我才不是那个意思！"分明底气不足，还要装着非常有理的样子，这是她的一贯作风。

江月明耸耸肩，一脸无奈："好吧好吧，既然小洋葱说没有，那就是没有了，行不行？"

这还差不多……听到他这样说，杨淙淙的心里舒服了许多。

"你可千万不能把我不是人类的事情说去啊，尤其不能告诉沈仪心，不然……哼哼，我就告诉大家你是妖！"杨淙淙龇牙咧嘴地威胁江月明，虽然她的威胁其实一点儿都不算威胁。

"说出去对我又没好处，我干吗要说？还会惹小洋葱生气，这种蠢事我才不会去干。"江月明说，"那个沈仪心，你似乎对他很在意？"

这最后的一句话，直直说到了杨淙淙的心里。

是啊，她是在意他的。舍身救她的恩人、尽心尽力的跟班、一路同行的旅伴、同甘共苦的朋友……这一路上，她和沈仪心一起经历了太多，他在她心里，也越来越深了。

但现在的沈仪心，不再是她的那个小跟班了，他是一国之主、九五之尊。

杨淙淙忽然想到当初他决定做她的跟班时，说："君……君子一言，驷马难追！"在说出"君"字的时候，沈仪心有一瞬间的犹豫，然后才说出了下面的话，现在想来，他原本想说的或许是"君无戏言"？

是的，君无戏言。他说过了，必须要对天下的黎民百姓负责，所以他再也不会是她的那个呆呆傻傻却又聪慧过人的小跟班。

起初听到他说他有一个半老婆的时候，她还觉得挺新鲜，挺有趣。但到了建州，她看到李金兰，知道她就是宰相千金，也是太后认准了的儿媳妇的时候，心里却忽然有些不是滋味了。

李金兰喜欢沈仪心，这是谁都看得出的，千里迢迢从京城追到建州，如果不是一片痴心，又怎么会这样呢？

杨淙淙叹了口气，很轻的一声，散在夜晚带了些许凉意的风里，打了一个旋儿，不见了。

"没想到小洋葱也有这么多愁善感的时候啊。我看沈仪心也挺喜欢你的，不如你就对他表白了吧，说不定他一高兴立刻就纳你为妃，那你以后不就飞黄腾达了？"江月明说，"我想想，你以后的封号叫什么呢？不如就叫葱妃吧，翠绿蓬勃的，多么富有朝气啊！"

葱妃……

分明在拿她开玩笑，江月明的表情却是一本正经的样子，还满脸真诚地看着她，让杨淙淙觉得分外欠扁。她再也不顾忌什么了，一手揪住江月明的耳朵用力一拧！

谁知道江月明丝毫没有反应，整个身子连动都不动一下，反倒是杨淙淙突然哀号了起来！

怕她的叫声招来下面的侍卫，在她的呼喊出口之前，江月明就已经捂住了她的嘴，哀号被堵在嗓子里，变成了"呜呜"的喉鸣。

他的手指细长冰凉，有一种水一样的感觉。

过了一会儿，江月明放了开来，杨淙淙这时才能看到自己刚刚拧他耳朵的那只手。只见手上有一道伤口，仿佛被极薄的小刀割伤了一样。

天啊……为什么会这样？这个身穿火红衣服的男人到底是什么妖怪！

"疼吗？"江月明也有些着急了，无比抱歉地说，"忘了告诉你，我的身上有隐形的鳞甲，肉眼是看不见的，平时它们跟没有一样，但在我受到攻击的时候它们就会自动竖立起来进行防护。"

杨淙淙呆了一呆：“原来你是乌龟妖？”

“你才是乌龟！”江月明敲了一下她的头，说，“乌龟那是壳，不是鳞甲。”

他用手摸了摸杨淙淙的伤处，那处小小的伤口很快就愈合了，他说：“你这么毛手毛脚的，很容易把自己弄伤。我的修为只能把我所造成的伤口愈合，如果你是因为别人而伤到，我也帮不了你。”

杨淙淙却想着他刚才的话，恍然大悟：“鳞甲，鳞……啊，我知道了！你是鱼对不对！”

江月明恨铁不成钢地看着她：“你的反应速度，实在让人有点儿惆怅啊……”

这不公平，杨淙淙心想。她是一棵长在土里的洋葱，而他是一条在水里游来游去的鱼，这两者的反应速度哪里有可比性呢?

不过这不是重点，现在她的注意力已经完全被江月明所吸引了。

“那你是条什么鱼？修炼多少年了？感觉修为很高深的样子呢。”

江月明饶有兴致地看着她：“怎么一连这么多问题，莫非你对我有什么想法？”

“臭美！”

这只臭鱼妖，真是自恋到一个境界了！杨淙淙正想还击，忽然听到下方厨房的门“吱呀”一声从里面开了，于是立刻闭上了嘴。

李金兰端着一个托盘走了出来，托盘上有一个小汤盅，旁边还有一些点心，看样子都是刚刚做好的。端着这一托盘的东西，李金兰走得小心翼翼，好一会儿才走到了沈仪心的房门外。沈仪心房间里的灯还亮着，看样子还没有睡。门口有守门侍卫，看到李金兰也不阻拦，都心知肚明她是未来的皇后娘娘。

看到她走过去了，江月明说：“人家给未来的夫君做夜宵，你在这里偷看个什么劲儿啊？”

“我才没偷看呢，是正大光明地看的。”杨淙淙说，“你不是也在这里偷看吗？”

“我是看到你一个人在屋顶上黯然神伤，想上来陪陪你，你居然说我偷看。”江月明打了个哈欠，站起身来，“算了，小洋葱，你一个人在这里看吧，我先回去睡了，晚睡对皮肤不好的，变成你这样我就惨了。”

一个大男人，怎么这么臭美？臭美就不说了，还拿她做反面例子！杨淙淙气得想去掐他，忽然想到了他身上隐形的鳞甲，不由得又很没出息地退缩了。

那个……女子汉大丈夫，她能屈能缩！

咦？怎么好像说来说去都是一个意思……

就在杨淙淙心里想七想八的时候，江月明已经像空气一样从她的身边消失了。修为高深就是好啊，杨淙淙叹了口气，她等一下还得从屋顶上爬下去呢。

就在这时，李金兰从沈仪心的房间里出来了，一脸幸福地回自己的房间去了。又过了一会儿，沈仪心也出来了，手里端着她刚刚拿进去的那个托盘。

他要去哪儿？

杨淙淙好奇地看着他，却发现沈仪心竟然向她的房间那边走去！

他们的房间相隔并不远，沈仪心走到了杨淙淙房间的门口便敲门，而此时的杨淙淙正从屋顶上拼命地往下爬。

这个屋顶上来不难，下去就不那么容易了。杨淙淙好不容易爬下去，向自己的房间跑去，跑到时已经满头大汗。

沈仪心已经在门口等了一会儿，看到杨淙淙从外面跑来，不由得感到奇怪："这么晚了，你怎么没在房里？"

"我刚去茅厕了。"杨淙淙随便扯了个理由，不然能怎么说？说她在屋顶上看月亮？还和江月明一起？这种话，他不会信的吧？

沈仪心笑道："原来是这样啊，我还以为你和哪个帅哥在屋顶上看月亮呢。"

杨淙淙顿时被噎了一下。

沈仪心进了屋，把托盘放在了桌上，坐下说："金兰给我做了点儿夜宵，我想到你喜欢吃这些东西，就拿过来和你一起吃。"

"可是，这是别人特意做给你的……"

"扭扭捏捏，这可不是你的风格啊。"沈仪心看着她，狡黠地笑着说，"其实你早就流口水了吧？"

杨淙淙咽了下口水，不得不说，这次她又被沈仪心说中了。她拿起一块儿桂花糕放到嘴里，这桂花糕做得莹白无比，上面还点缀了一颗枸杞，煞是好看。杨淙淙刚吃到嘴里，然后……整个人都快要融化了。

李金兰做的糕点，真是太太太太太好吃了！

她又吃了几口别的糕点，每一样都可以毫不夸张地说是人间美味。最值得称赞的是那盅鸡汤，香而不腻，还加入了多种药材和食材，实在是鲜美至极。

在杨淙淙的印象中，富家千金一般都是娇滴滴的模样，大门不出二门不迈的，李金兰却彻底颠覆了她的印象。她不仅千里迢迢去找沈仪心，而且食物又做得这么好吃，实在是粗中有细，难能可贵，沈仪心能娶到个这样的老婆，也算是有福气了。

"喂，你瞎想什么呢！"看到杨淙淙的表情，沈仪心就知道她又在乱想了。

"我没瞎想，"杨淙淙说，"你不觉得李金兰很好吗？"

沈仪心鄙视地看了她一眼，说：“所有做饭好吃的人在你眼里都很好吧？”

杨淙淙气鼓鼓地抗议：“我是认真的！”

“嗯……我是觉得她很好啊，但是……你到底想说什么？”

“我想说……”杨淙淙想了想，说，“虽然李金兰外表上可能有点儿……但是看人不能只看外表，她对你那么好，一片真心谁都看得出来，如果你能娶她，也未必……”

“别说了！”沈仪心的脸一下子就冷了下来。

“行行行，我不说，那我唱好了吧？”杨淙淙发挥出无赖精神，说，“这几个月来我学到了不少民歌，你想听哪首，我就把我想说的话用那首歌的调子唱出来，行不行？”

沈仪心原本板着的脸一下就再也板不住了，不由得笑了起来，说：“真是拿你没办法。”

他对她说话的口气像对着一个调皮的孩子，温和、无奈，又似乎带着些许的宠溺。

“对了，”沈仪心说，“那天我们在建州受困，被绑在木桩上时你念的那几句是什么？”

天啊，他怎么还记得这个……杨淙淙早都已经有选择性地把这件事忘记了，因为那实在是太丢人了，没想到沈仪心却还记得。

“那个啊……”杨淙淙的思绪在飞速旋转着，想着要怎么回答，“有一天晚上我做梦时梦到了一位仙人，他说会教我几句口诀，如果我有难，念出口诀他就会来帮我。所以那时候我病急乱投医，忽然想起这个梦来，于是念了。谁知道……嘿嘿，果然只是个梦而已。”

在说出这段话的时候，她在心里已经做了个名叫“锦澜仙君”的小人儿，用小刀将它戳了八百遍。

“原来是这样。”沈仪心若有所悟地看着她。

由于刚刚在屋顶上杨淙淙把头发解开了，所以她的头发一直是松散的样子，还好刚才跑回来的时候没有被人看到。沈仪心看着她，说：“淙淙，好久没看到你散下头发的样子了。”

杨淙淙撇嘴：“不知道之前是谁说我男装的样子比女装好看一些来着……”

“那是故意气你的。”沈仪心笑着说，“其实你怎么样都好看。”

“算你有发现美的眼睛，真不愧当了我的小跟班那么久。”说到这里，杨淙淙有些伤感地叹了口气，说，“可惜你现在已经不是我的跟班了。”

“怎么不是？”

“你是皇帝、九五之尊，这个国家里就数你最大了。当时我不知道你的身份，如果知道的话，我也就不会……”

“不会什么？”沈仪心打断了她的话，挑了挑眉。

杨淙淙顿时有了一种被威胁的感觉，立刻改口说：“就不会欺压你啦！”

沈仪心说：“那不算欺压啊，那是照顾。”

你的标准还真低……杨淙淙心想。随后她说道：“对了，那些生活常识，比如洗脚水的温度什么的，你是真不懂还是那时故意装不懂啊？”

“我真的不懂，你觉得除了你，我可能给别人打过洗脚水吗？你可是第一个。”

“是啊，第一个，所以就拿我做试验品喽，害得我的脚差点儿被烫成猪蹄。”

沈仪心笑得不怀好意：“烫成猪蹄了就撒点儿椒盐、孜然什么的吃了吧。”

“就想着吃！”杨淙淙笑着轻轻踹了沈仪心一脚，心里却是暖暖的。这个小跟班啊，虽然他时常惹她生气，却又总是让她那么感动，那么开心。

“到了皇宫，你就是皇帝，就跟现在不一样了。”很快，她又想到了即将面临的现实问题，“听说皇宫里面规矩好多，稍微做不好就要受罚。”

“怎么，难道你不想去皇宫了？”沈仪心说，“别忘了你还打过包票说要帮我处理那些令我烦心的家事呢。”

“我那时候哪里想到你的家业那么大，是整个天下？不过，我杨淙淙答应过的事情是绝对不会反悔的，说过帮你，就一定帮到底！”

“那就好，我还怕你离我而去呢。”沈仪心笑了笑，笑容中忽然有些寂寥，“除了你，我再也没有一个可以信任的人了。”

杨淙淙忽然觉得沈仪心很可怜，身为一国之主又如何？身边各种明争暗斗风起云涌，虽然有享不尽的荣华富贵，却连一个可以信任的人都没有，又有什么好呢？

沈仪心曾经说过，在随她游历在外的几个月里，他的笑比之前二十年的加起来还多，那时的她还不相信，觉得他说得太夸张了。可是从建州回来以后，他身边的人多了，笑容就消失了，这一路上她都再没有见他笑过，除了今晚在这个小小房间里的片刻时光。

“我只是想看你多笑一点儿，你笑起来的样子还是蛮好看的。”杨淙淙说，“经常板着脸的话，会变老的。”

沈仪心笑了笑，又仿佛忽然想起了什么：“对了，淙淙，你要跟我进宫的话，最好还是扮成男装。皇宫里面，女人之间的斗争也是很厉害的，我怕你平日里跟我走得太近，会因为受到妒忌而遭人陷害，所以扮成男装是最保险的。我不要看到你出任何意外。”

“可是扮成男装，又怎么能在你身边呢？”印象中能在皇帝身边的，除了侍女，就是……啊？他该不会让她扮成小太监吧！

“我知道这很为难，可为今之计也只有这样了。”沈仪心垂下了眼睛，“对不起，让你受委屈了。”

可是此时，与沈仪心的担心和内疚比起来，杨淙淙的心里却是另一种心情。

扮成小太监……听起来，似乎很好玩的样子？太好了，她这趟人间的历练又能多一种身份的体验了！

“嗯。”强力按捺住心中的兴奋，杨淙淙沉重地点了点头。

“真的？”完全没有料到她会答应，沈仪心喜出望外，“你真的不介意？”

“这有什么好介意的，又不是真的做小太监。”杨淙淙说，“不过听说服侍皇帝的太监要经过很严格的挑选，不是随随便便就能混进去的。”

“这好办，有我在，假身份还不容易做吗？我已经让金兰去弄这件事了，你放心，我交代过她不许说出去，她不会说的。”

“嗯，那就好。”

等等！

杨淙淙刚说完，就意识到好像有点儿不对劲儿。“我已经让金兰去弄这件事了”，这句话的意思是不是说，在他来找她之前，就已经安排好了整件事情？

“好你个沈仪心，原来你早有预谋！对不对？”杨淙淙“噌”地一下站起，瞪着沈仪心。

沈仪心有点儿委屈地看着她，小声说：“我还不是想让你在我身边嘛……”

这这这……是不是就是传说中的“撒娇”？

一见到他这样，杨淙淙立刻就没了脾气。有谁会想到，堂堂皇帝陛下、一国之君，现在正在这个小房间里跟她撒娇啊！

唉，她啊，是被他吃定了。

自从知道了李金兰厨艺极其高超以后，杨淙淙就对她佩服得五体投地，甚至想拜她为师，但一直不好意思开口。没想到没过几天，李金兰竟然主动找上门来了。

开门之前，杨淙淙有点儿心虚，莫不是她知道自己吃了她为沈仪心做的夜宵，讨账来了？然而开门之后，她却呆住了。

李金兰做了很多好吃的给她带来，有香炸排骨、白玉鲫鱼汤、翡翠甜羹……摆了满满一桌子。杨淙淙有种受宠若惊的感觉，今天是什么好日子，竟然有这样的口福？

李金兰看着杨淙淙，不无伤感地说：“杨公子，没想到你的命这么苦。”

杨淙淙一愣，她的命怎么苦了？

李金兰继续说道：“先前见到你，我就觉得你容貌俊秀，不像一般的男子那样……”

杨淙淙心里顿时“咯噔”一下，难道李金兰知道她是女扮男装了？但到了这个时候，她也只能硬着头皮“嘿嘿”笑着，死撑。

她的笑让李金兰觉得更伤感了，李金兰感慨地说：“你真是太坚强了，如果是我遇到了你那样的事，可能根本就无法接受……你放心，你进宫的事，我一定会帮你打点妥帖的。”

原来是这样，杨淙淙明白了，李金兰并没有看穿她的身份，她说的是沈仪心让她扮成小太监进宫的事。想想也是，若是一个男子扮成太监，这的确有点儿让人难以接受。

原来李金兰这么善良，杨淙淙心里对她的喜欢又上了一个台阶。专一、执着、善良，还那么会做饭，杨淙淙对她的好感度简直要爆棚了，这样的女子，哪个男人娶了她绝对是天大的福气啊！沈仪心这个身在福中不知福的家伙，哼哼……

不知不觉中，她已经站到李金兰那边去了。

“杨公子，你还有什么要我帮忙的吗？有的话尽管开口，我一定尽力帮你。”李金兰说。

这句话说到杨淙淙的心里去了，她一直想拜李金兰为师学习厨艺，现在正好有这个机会，于是她说：“有是有一件，不过可能太麻烦你了……”

“不麻烦不麻烦，你尽管说。”

“我想拜你为师，向你学习厨艺，可以吗？”

“你想拜我为师！”李金兰惊呼了一声。

杨淙淙不知道她怎么忽然这样，也有点儿紧张了：“怎……怎么，不……不可以吗……”

“太好了！”李金兰跳了起来，“我一直想教别人厨艺呢，可惜没人敢跟我学。于是我只好教府里的丫头们，可是她们见了我都是战战兢兢的，根本无法专心，我正愁着呢。”

杨淙淙想，也对，丫头们每天做事都很忙很累了，又不得不跟着主人学东西，能不战战兢兢的吗？这样的情况下，自然学不会了。只有像她这样纯天然的美食爱好者，充满对食物发自内心的热爱，才会全身心地投入其中去学习。

一个想拜师，一个想教学，两个人一拍即合，说做就做。杨淙淙立即跟着李金兰下了厨房，开始了正式的学艺之途。

没想到，出师不利。

李金兰教她怎么把食物切得薄而均匀，她用来做示范的食材，是一棵洋葱……

杨淙淙看着她给那棵小小的洋葱剥去外面的羽衣，用刀从中间干脆利落地一切两半，然后伴随着连续而有序的剁案板的声音，那棵洋葱很快就被切成了无数细条。

杨淙淙的心都要碎了……这可是她的同类，亲亲的兄弟姐妹啊！

李金兰把刀递给她，又拿出了一棵洋葱，说：“我刚才说的要点你都记住了吗？现在该你试一下了。”

杨淙淙看着那棵小洋葱，仿佛能听到它在“呜呜”地哭泣，求她不要切掉它……

“好了，快点吧！”李金兰在催促。

不是吧，一定要同类相残吗？虽然洋葱的确是食物，但是这种残杀同类的行为也不能让她来做吧？要知道洋葱可是她唯一绝对不吃的食物啊！

杨淙淙把那棵洋葱放在了案板上，默默地念了两句“本是同根生，相煎何太急”，然后颤抖着举起刀来……

手起刀落！

“啊！”杨淙淙惊呼了一声，刀没有切在洋葱上，而是将她的手划出了一道长长的口子，顿时有血珠涌了出来。

李金兰也被吓到了，连忙找来止血的药粉和纱布为她包扎上，问：“你没事吧？”

杨淙淙勉强挤出一个笑容，说：“我没事，就是有点儿晕刀。”

“晕刀？”李金兰有点儿诧异，她只听过晕血的、晕针的，原来还有晕刀的？

“是啊，今天是我第一次拿刀，没想到就这样了，真是对不起师父的教诲啊……”

“没事没事，身体重要。”李金兰痛惜地说，“学做菜少不了要用刀，你既然晕刀，以后还是不要学了吧，免得把身体搞坏。”

杨淙淙着急地说：“其实也不是每次都晕刀的，有时候是不晕的，还是可以学的。”

“身体重要，就这样决定了，再怎么也不能拿身体健康开玩笑。”李金兰说着，嘱咐她好好休息，就离开了。离开的时候，她叹息了一声：“唉，又痛失了一名爱徒啊……”

看着她离去的背影，杨淙淙更加痛心。

其实她根本就不晕刀，只是刚才实在不忍对那棵小洋葱下手，于是故意装出要晕倒的样子，却不小心切到了自己的手。好不容易得来的机会就这么丢掉了，杨淙淙看着那棵暂时被保全了的小洋葱，叹了口气。

大队人马依然在行进中，离京城也愈加近了，而眼下却出现了一道难题：如果走大路去京城的话，进展会慢很多；如果不走大路，那就要通过一片茫茫戈壁，进展会快几天，但是安全性就没那么高了。蒋堃建议走大路，但沈仪心急着回去处理朝政，一时一刻也不想耽误，于是一行人马就往戈壁进发了。

杨淙淙第一次来到戈壁，一开始觉得新鲜，但久了也就没什么意思了。放眼望去是茫茫荒漠，看不到尽头，地上尽是沙子和石块，植物稀少，即使有也是枯黄的干草，让人觉得十分荒凉。

进入戈壁之前，水和食物都已经准备充足了，再加上有几百名精兵护卫，所以路上一直挺顺利，没出现什么情况。就在所有人都觉得没什么事情的时候，却出现了意外。

事情是这样的，这天李金兰闲得无聊，于是主动要求给大家伙儿做饭。但这不是一项小工程，他们这大队人实在太多，本来是有专门做饭的厨师，用不着她帮忙的。而李金兰却说，她前天刚跟当地人学了一道酒酿圆子，十分美味，所以一定要让大家尝一尝。这位宰相千金虽然平素性格豁达很好说话，但她对做饭那可是由衷地热爱，如果谁阻挡她做饭的话，那她的脾气可是很大的，所以沈仪心也只好任由她去了。

那天下午，大家寻了个避风的地方安营扎寨以后，李金兰就很开心地去忙着做酒酿圆子了。

自从决定回京后，沈仪心就忙了许多，时常有公文从京城快马加鞭地送来，他就连夜批阅，天亮了再派人送回去。杨淙淙挺心疼他的，但是知道他位高责重，也明白他心里的急迫，于是也只能尽量不去打扰他，给他更多的时间去做事。

相比起来，江月明简直就是闲人中的闲人。

他是沈仪心邀请的客人，所以也没什么事可做，每天除了吃饭睡觉之外就是这里走走、那里看看，他懂的也挺多，看到很多稀奇古怪的东西都知道是什么，同样身为一个闲人的杨淙淙也就跟着他到处跑了。

就在李金兰兴高采烈地做酒酿圆子的这个下午，江月明又发现了一个好东西，立刻叫杨淙淙过去看，杨淙淙立刻就跟着他走了。

两个人走了不久，江月明一指前面，说："就是那里。"

杨淙淙走过去一看，原来是一块岩石，岩石中有一朵小花从缝隙里顽强地钻了出来，花茎纤细却笔直，上面没有叶子，覆盖着细细柔柔的白色柔毛。茎的顶端开了一簇簇粉色的小花，也是毛茸茸的，看上去非常可爱。

江月明说：“这是独根草，春天的时候先开花，花谢了再长出叶子。不过看到它开花是很难得的，能见到是你的福气哦！”

第一次见到这种植物，杨淙淙也很兴奋：“那我要不要对它许个愿啊？”

“……”江月明愣了一下，“这个……随你便吧。”

于是杨淙淙闭上眼睛，双手合十，虔诚地在这株独根草的面前许起愿来。

看着她闭目垂首的侧脸，脸庞在温暖夕阳中映出好看的轮廓，江月明的唇边浮起淡淡笑意。这个丫头……她许的是什么愿呢？她究竟还记不记得他们的初见呢？第一次见到她，可是比在建州相见要早太多了呢。

初见的那次，他感受到她掌心的温度，那仿佛是这世间唯一的温暖。

就在这时，江月明忽然感到胸口一痛，仿佛窒息一般的痛楚袭来。好像有什么重物压在胸口上一样，他顿时觉得全身无力，连呼吸都变得困难。

糟了，之前受的伤又开始发作了。

“小……小洋葱……”虽然她就在他的身边，可是把她的名字喊出口，也费了极大的力气。

“你怎么了？”杨淙淙察觉到江月明脸色有点儿不对劲儿，也紧张了起来。

“我有点儿事要去做，你不用管我了，自己回营地去吧，否则天黑了很容易迷路的。”江月明忍着胸口的疼痛，尽量让自己表现得轻松一点儿。

“你要去哪里？我跟你去！”

“不用了，你快回去吧。”江月明说着，化作一道红光倏地就不见了。

落日的余晖落在杨淙淙身上，她在石头上坐了一会儿，看着那株独根草呆呆愣神儿，过了片刻站起身来，决定去找江月明。

刚才江月明的样子，显然是有很紧迫的事情，他脸色苍白得可怕，连说话都仿佛无比费力。虽然表面上他好像没什么事一样，但他越这样，她就越担心。

跟江月明认识并不久，但是朝夕相处，杨淙淙已经把他当成朋友了。虽然他有时候挺臭美、挺自恋，还时不时地损她几句，但平心而论，他对她还是很好的。杨淙淙也想明白了，为什么最初她对江月明没什么好感，简而言之就是“嫉妒”，谁让他长了一张比女人还好看的脸呢？

但现在，她是绝对不会看着朋友遇到困难而置之不理的。虽然并不知道他究竟去了哪里，但看他的样子应该走不了太远，于是她就在附近开始寻找。

太阳渐渐落山了，四周的景物渐渐朦胧起来，杨淙淙走啊走啊，直到天完全黑了，还是没有看见他。

起初和江月明来看花只是一时兴起，根本没有带火把或者任何可以照明的东西。天上虽然有月亮，但是被云遮住了，没什么光亮，还是看不清路。想到自己仅存的那一丁点儿仙力，杨淙淙决定试一试。

她从地上捡了一截干枯的树枝拿在手中，然后集中精神，凝聚心力。没过多久，沙土的地面上就出现了一粒粒小的光点儿，它们渐渐浮了起来，仿佛像受到了某种召唤一样，这些萤火虫一样的小光点儿向杨淙淙手中树枝的一端聚拢着，渐渐凝聚成了一个灯笼大小的光球，如夜明珠般散发着柔和的光芒。

看到成功召唤出了幻萤，杨淙淙很高兴，提着这个小小的“灯笼”就继续上路了。

前几天刚进入戈壁的时候，杨淙淙听别人说起，在这戈壁中有一处清泉，名字叫作“星月泉”，它是由地下涌出的水形成的，周围草木丰茂，可以称之为这茫茫戈壁中的一处仙境。江月明会不会去那里了呢？杨淙淙想了想，决定去星月泉看一看。

星月泉在哪里她并不清楚，于是只能请幻萤带路。小小的灯笼光芒虽然微弱，却给身处黑暗中的她带来了勇气和光亮，一路指引着她往前。

也巧了，星月泉就在附近不远的地方，杨淙淙走了一会儿，看到前面的草木渐渐茂盛了起来，不再是光秃秃的了。走近一看，这里的确是有泉水的，一边是一湾月牙状的清泉，另一边是一处小一点儿的泉水，看上去就像颗星星，星月泉的名字由此而来。

在她手里的萤光照映下，星月泉发出点点波光，动人极了。仿佛知道已经到了目的地，幻萤一下散了开来，有的飘散在了风中，有的落在了泉水里，轻轻浮荡着，好像发光的浮萍一样，那是一种宛若仙境般宁静安然的美丽。

可是，江月明不在这里。

杨淙淙心里担心他，却不知道他究竟去了哪里，只好叹了口气，在泉边坐了下来。

周围的绿洲衬托着这湾众星拱月般的泉水，泉水清澈凉爽，好像冰玉一般，仿佛能把人心里的尘埃都洗去似的。这时候遮着月亮的云也散去了，淡淡月华洒落大地，也落在安静的泉水上，平静美好。

就在这时，泉水深处传来了响声，仿佛是浪花翻溅的声音。

咦，难道水里有鱼？

想到这里，杨淙淙心里大喜。她记得以前锦澜仙君说过吃鱼可以补脑，最近沈仪心政务繁忙，脑袋肯定不够用，如果能给他弄条鱼回去补补脑，岂不是大好？

说干就干是杨淙淙的一贯作风，她立刻动起手来。

她在周围找了半天，找到了一根干枯的树枝来做渔竿，再从自己的裙角抽了一根长长的丝线绑在渔竿一头，然后把头上的银钗拔下来掰成钩状做渔钩。这些都弄好了，但鱼饵是个难办的问题，不过这也难不倒杨淙淙。她记得鱼爱吃虫子，于是在泉水边湿润的土地上挖了起来。

没挖多久，她就看到一只小虫子，不由得心里一喜，也没多想就扑上去用手把它抓住了。不料刚抓住它，她就感到手上一阵刺痛，那虫子居然蜇了她一下！

杨淙淙心里一气，把虫子扔到地上，狠狠地踩了它几脚，又在地上碾了几下，这才解恨。抬起脚的时候，那只虫子已经被踩扁了，原来是一只蝎子。

上次切洋葱的时候她伤到了左手，今天又伤到了右手，真是倒霉极了。但杨淙淙一心想着钓鱼给沈仪心熬汤，于是忍着痛把那只蝎子穿在了渔钩上，放进了水中。

蝎子也属于虫子，鱼儿应该也吃的吧？杨淙淙这样想着，坐在泉边静静等待。

等了很久，都没有鱼儿上钩，甚至一点儿动静都没有。杨淙淙手上刚才被蜇的地方已经肿得老高，又麻又痛又痒，难受极了。由于毒液的作用，她的心情开始焦躁起来，十分烦躁不安。

就在这时，泉水深处又有了一阵水声，而且越来越近，向杨淙淙这边靠过来。

听声音，一定是条大鱼！

杨淙淙心里一激动，暂时忘记了手上的疼痛，握紧了渔竿。

渔竿动了一下、两下，还在不停地动着。下面的大鱼在拉扯着渔竿，和杨淙淙展开了一场气力的较量。杨淙淙本来力气就不大，如今两只手都受了伤，虽然拼尽全力但还是拗不过那条大鱼，渔竿一点点没入了水中，可她无论如何都不肯松手，使出吃奶的劲儿扯着渔竿，脸都憋红了。

忽然，那条大鱼一用力，整个渔竿从杨淙淙的手里脱了出去，掉进了水里。

忙活了这么久，却毫无收获，自己还受了伤，杨淙淙心里气恼极了，一脚把岸边的一颗小石子踢进了泉水里。

就在这时，水中忽然“哗啦”一声响，一团火红跃了出来！

不，是半团火红。

那是一个年轻的男子，从水里一跃而出后又落回了水中。他下半身在水里，透过清澈的泉水可以看到他穿的是红色的裤子，上半身却是光着的。由于在水中的缘故，他的浑身都是湿的，乌黑的头发用火红的发带束了起来，有一种别样的好看。

杨淙淙看着眼前的这个人，不由得惊呆了。

她惊呆不是因为他忽然出现在水里，也不是因为他的样貌有多么好看，而是因为，这个人竟然正是江月明！

“你你你……偷看我洗澡！”江月明看到杨淙淙，仿佛见了瘟神似的连连后退，双手抱胸，好像一个受了委屈的小媳妇。

拜托，谁知道你在这里洗澡啊？再说洗澡哪有半天都钻在水里不把头露出水面的，不怕闷死吗？

杨淙淙正想开口反驳，头却忽然一阵晕眩，想来是蝎毒在血液里蔓延开了。

“小洋葱，你怎么了？”江月明也看出了她有些不太对劲儿，于是连忙来到了岸上，上衣也不知道什么时候穿好了。

“你被蝎子蜇了？”

杨淙淙无力地点点头。

江月明不知道从哪里拿出来一把薄如蝉翼的小刀，另一只手一拢，一团火焰就出现在他的掌心里，他把那把小刀放在火上烤了片刻，然后对杨淙淙说：“把手给我。”

“你想干吗？”杨淙淙忍着晕眩说道。这个家伙，该不会趁人之危，算她以前欺负过他的账吧？

不过，好像是他欺负她多一点儿啊……

就在她胡思乱想的时候，江月明已经毫不理会她的反对抓住了她的手，拿着那把小刀就向刚刚被蝎子蜇的那道伤口划去。杨淙淙已经准备好哀号了，但是当小刀划破皮肤的时候，她居然连一点儿痛意都感觉不到。

“你的手已经因为蝎毒而麻木了，当然感觉不到痛了。”江月明用小刀在她的伤口上划了一道十字形的口子，然后用力地挤着，伤口中有血流了出来，血液已经变成了暗红色。

“把毒血挤出来就会好很多了，等一会儿回到营地再找随行的郎中上点儿药吧。”江月明放开了她的手，说，“你也真是的，都被蝎子蜇成这个样子了，居然还有心情看我洗澡。”

“我没有看你洗澡！”杨淙淙感觉好了一些，底气也足了，“我在钓鱼！”

“……”江月明看了看漂在水面上的那支简易渔竿，说，“那鱼也不吃蝎子啊……”

“你怎么知道鱼不吃？你又不是鱼。”

江月明看了看一脸正义的杨淙淙，无奈地说：“我就是鱼。”

他分明告诉过她，他的本体是一条鱼，那时候她还猜他是乌龟呢，被他敲了一下脑壳。难道这丫头果真是记吃不记打，这么快就忘记了？

“哦，对哦……”杨淙淙也想起来了，自知理亏，于是迅速转移话题，“那你是一条什么鱼？”

“火鲤。”

原来如此，怪不得他的衣服都是火红色的，原来是本性使然啊，又怪不得他刚刚可以那么轻易地就在掌心燃起火焰来呢。

江月明无奈地看着她，说：“你还真有闲情逸致，受伤了都不忘钓鱼。”

杨淙淙听了这话有点儿生气，也不想跟他解释，只是心里不由得感到很委屈。如果不是为了去寻找忽然消失的江月明，她怎么可能来到这里，又怎么可能被蝎子蜇呢？这个没心没肺的家伙居然责怪她在钓鱼。

“好啦好啦，算我错了，我不说了行不行？”发现杨淙淙有点儿不开心，江月明立刻打圆场，“我们快回营地去吧，都这么晚了。”

杨淙淙点点头，也不说话，默默地就往一个方向走去。

“走反了啦。”看着这个心不在焉的傻丫头，江月明哭笑不得，照她这样走下去，怕是走到天亮也走不回去。他暗自运了运灵力，发现它虽然还是有些弱，但已经恢复了一些，送他和她回到营地是没有问题了。

“站好了，我带你回去。”

话音未落，杨淙淙还没反应过来，就感到了一种清凉的气息扑面而来。原来是星月泉里的水在江月明的召唤下凝聚起来，将他们卷在其中，仿佛风一般地离地而起。

杨淙淙第一次在这种水阵中，不由得十分新奇。那些水仿佛极听江月明的话，周围虽然全是水，但一滴也没有溅到她的身上。透过玲珑剔透的水阵去看月亮，月亮仿佛被冻住了一样，有一种清凉又朦胧的感觉。

水阵载着两个人往营地的方向而去，杨淙淙的心情这时好了许多，于是问江月明：“你刚才怎么忽然就离开了，还去到星月泉里洗澡？”

“哎呀，问这种问题，真是羞死人了。”江月明这样说着，却一点儿都没有害羞的意思，反而有一种恨不得说出来的感觉，“你别忘啦，我是鱼嘛，鱼自然是离不开水的。虽然我已成精，但还是要受到这种天生因素的影响，只不过泡水的频率低了很多而已。从在建州遇到你开始，这一路上我还没有泡过水呢，刚才看花的时候忽然感到身体缺水，因此顾不上跟你解释就赶紧到这附近的星月泉来了。”

“原来是这样啊。”杨淙淙总算明白了，也放下心来。之前江月明脸色惨白一句话都不说就消失了，着实让她担心。现在知道他没事，也终于松了一口气，连刚刚跟他斗嘴的那点儿小气恼都没了。

“那你以后再这样的时候可要跟我说一声啊，害我白白担心一场。”

“哎哟，小洋葱居然知道担心我？”江月明挑眉，“不想钓我回去做鱼汤啦？”

“不……”杨淙淙正想说“不想了”，忽然反应过来，立刻争辩道，“我才没想钓你做鱼汤呢！”

事实也的确如此啊，她只是想钓条鱼回去做鱼汤，又没想钓他做鱼汤，这分明是本质的区别嘛。

“好啦好啦，这次看在你那么担心我的分儿上就饶过你了。”江月明说，“不过你下次可就不能再吃鱼了。”

杨淙淙瞪大了眼睛：“为什么？”

“小洋葱，我知道这是一个很残酷的事实，但为了你的生命安全，我还是得忍痛告诉你。”江月明痛心地说，“其实我身上隐形的鳞甲是有毒的，上次你受的伤虽然好了，但如果一吃鱼的话，毒性还是会发作，那么就会……”

杨淙淙颤颤地问：“就会怎么样？”

“就会脸肿成猪头！”

听到这句话，杨淙淙立刻捂住脸，仿佛看到了自己因为贪嘴吃鱼而整个脸都肿成一个猪头的样子。不是吧，居然这么惨……不过是当初想拧他的耳朵而已，居然导致自己这辈子都不能吃鱼了？

“真……真的一点儿都不能吃吗……”

江月明耸了耸肩：“不信的话你去试试啦，反正脸肿成猪头的人又不是我。”

杨淙淙在心里默默流泪。吃鱼可是她的一大嗜好啊，以前她偷偷跑到凡间玩的时候就经常和白算算去钓鱼呢，难道是当年吃鱼太多，如今遭了报应？

看到她一脸苦相，江月明在心里偷笑。

其实什么中毒啊脸肿啊，那都是他故意说出来吓唬她的，他身上的鳞甲只是会割伤袭击他的人而已，根本没有毒。他之所以这样说，是因为不想让她吃鱼，因为水族相当于他的族人，正像她从来不吃她的同类洋葱一样。

说来也奇怪，江月明以前也认识许多人，但从来没对他们吃鱼有什么意见，可对杨淙淙就不同了。不知道为什么，他很在意她的一举一动，所以他不愿意让她吃鱼。如果说出真实的原因其实是这样的，杨淙淙那个丫头说不定会吃鱼吃得更欢来气他，还不如这样吓吓她来得有用。

杨淙淙完全沉浸在对自己再也不能吃鱼的命运的悲伤里，彻底忽略了旁边江月明的存在。江月明饶有兴致地看着她，看得不亦乐乎。

一向活蹦乱跳的小洋葱很少这样的，其实她这样也挺好看的。江月明看着她，这样想着。

这时候，他的胸口忽然又痛了一下，但他强忍着一点儿动静也没有，以至于杨淙淙根本没发现这个小插曲。

其实，刚才他告诉杨淙淙说他需要泡水是真的，但原因并不只如此……

三百年前，在一次大战中他失去了元丹，也身受重伤，在湄泠河底沉睡了三百年，这才勉强恢复了一些灵力，但元丹还是没有找回来，所以始终无法完全恢复。他身上的伤虽然已经愈合了，却留下了病根，不定期地发作，发作时胸口疼闷无比，必须立刻在水中修炼才行，否则会有生命危险。

刚才他的旧伤忽然发作，来不及解释就火速赶往了星月泉，没想到这个傻丫头居然也跟上来了。那时的他整个人都浸在水里，虽然是有意识的，却无法控制自己的身体。等到锥心的疼痛终于过去，江月明渐渐缓了过来，发现杨淙淙居然在钓鱼，于是想逗她一下，就在水中故意拉她的渔竿，后来发现她的手被蝎子蜇了，这才急急忙忙地恢复成人形帮她处理被蜇伤的地方。

也不知道为什么，这个小洋葱虽然笨了一些，但总是能让他牵肠挂肚。

水阵的速度很快，转眼的工夫就到了营地附近。为了避免被凡人看到术法而造成麻烦，江月明在离营地几里远的地方撤去了水阵，两个人一起步行回去。

没想到，回到营地以后，眼前的情况却让两个人大吃一惊。

所有人都捂着肚子哀号，有的人情况好一些，坐在凳子上或地上呻吟，有的情况严重，甚至在地上打起滚儿来。随行的侍卫、厨师还有侍女都这样。

沈仪心呢？

杨淙淙急急忙忙跑到沈仪心的帐篷里，发现他正坐在椅子上，显得很痛苦，额头上豆大的汗珠正在往下掉。他的面前有一张桌子，桌上是一些没批完的文书，还有一只装了半碗类似汤圆的东西的碗，李金兰站在他的旁边，手足无措。

看到杨淙淙和江月明，李金兰像看到救星一样大叫起来：“你们终于回来了！”

“发生了什么事？”杨淙淙问。

“我按照从当地人那里得来的秘方做了酒酿圆子，分给营地的人吃，没想到大家一吃就成这样了……我……我真的不知道该怎么办才好……”

“沈仪心，你怎么样？”杨淙淙急忙问沈仪心。

“淙淙，”沈仪心虚弱地笑了笑，“我没事，不要担心。”

“你这笑比哭还难看，还说没事！”杨淙淙心急如焚，转而问李金兰，“我们不是有随行的郎中吗，怎么没请他来？”

李金兰哭丧着脸说：“郎中也成这样了，根本看不了病。”

江月明忽然问："那你怎么没事？"

"我也吃了啊，但是没事……"

"所有的人都吃了，就你一个人没事？"江月明蹙眉，转向杨淙淙说，"淙淙，把你的那根银发簪给我。"

这次，他终于没叫她"小洋葱"。

杨淙淙平时看惯了江月明嬉皮笑脸的样子，很少见到他这么严肃，不由得有点儿紧张。她的那根银发簪刚才被她弯起来做渔钩了，银子很软，后来她又把它掰直，戴回了发间。

杨淙淙拔下发簪，递给了江月明。

江月明接过发簪，把它放入了桌上那碗还剩一半的酒酿圆子里，等了片刻，银发簪还是原来的颜色，没有变黑。

奇怪，既然没毒，为什么每个人都腹痛难耐呢？

"啊，对了！"杨淙淙忽然灵光一现，对李金兰说，"你快点儿把做那个酒酿圆子的配方告诉我！"

李金兰立刻一五一十地说了起来，用了什么食材，经过了哪些步骤，全说了出来。

"我知道为什么了。"听她说完，杨淙淙说，"问题出在这个酒酿圆子的配方里，这其中有两种食材是相克的，一起吃了就会引发肠炎腹痛。"

作为一名标准的美食爱好者，这点儿知识对她来说是必备的。

"那怎么办呢？"李金兰着急地说。这里处于茫茫戈壁的中心，如果要去请郎中，无论往前还是往后走，即使是快马加鞭都要一天才能走出去，到那时黄花菜都凉了。

随行的队伍里不是有郎中吗？即使他也肠炎腹痛，但药总还是有的吧？想到这里，杨淙淙急忙去找郎中。

郎中下午没有吃饭，所以吃了很多酒酿圆子，于是也是病得最重的那批。听完杨淙淙的话以后，他痛苦地指了指药箱中一个装着白色药粉的瓷瓶，连话都说不出来了。

杨淙淙找了半天，终于找到了那个瓷瓶，松了一大口气。只要把里面的药粉倒在水里，搅拌均匀后分给大家喝，情况应该就会好很多。

她拿着这个救命的药瓶立刻往外走，谁知道郎中此刻忽然疼痛加剧，整个人倒向了杨淙淙。杨淙淙闪避不及，猛然被他撞倒，手里的瓷瓶一下子脱手而出摔成了碎片，白色的药粉撒了满地。

杨淙淙心急如焚地想把药粉拾起来，谁知道就在这时刮了一阵风，那一地的药粉在顷刻间就被吹得飞散难寻，只留下满地瓷片碎渣。

杨淙淙呆呆地立在那里，真是欲哭无泪。

听到这边的响动，江月明赶了过来，看到眼前的情景就知道发生了什么。杨淙淙走了出去，终于从呆滞的状态中回过神来，懊恼地说：“我为什么没有把药瓶抱紧呢？”

江月明连忙安慰：“其实这也不是你的错，不要自责了。”

“我为什么不是郎中呢？是的话就可以救大家了，我却偏偏是一棵洋葱！”杨淙淙不停地跺着脚，“为什么为什么为什么！我偏偏是一棵洋葱……”

第一次，对于自己的出身，她如此懊恼。

“别难过啦，出身怎样又不是自己可以选择的。”江月明拍拍她的肩，“你是一棵洋葱也不是你的错啊，再说洋葱也挺好的……”

说到这里，他忽然愣了一下，然后惊叫道：“你是一棵洋葱！”

杨淙淙奇怪地看着他，他又不是刚知道这个的，怎么忽然这么大反应？难道那么久的“小洋葱”都是白叫的？

“小洋葱，他们有救了！快跟我来！”江月明兴奋地拍了一下她的肩，拉着她就往厨房跑。

说是厨房，其实是一个临时搭建的作为厨房的帐篷。厨房里没人，有一个大缸，里面有半缸水，江月明说：“快点儿在这缸水里面洗手！”

杨淙淙的下巴都要掉到地上了，这是唱的哪一出？

“快点儿，别愣着了，照我说的去做就是。”说到这里，江月明去给杨淙淙挽袖子，当他看到她被纱布包起来的左手和肿得老高的右手时，才发现这个方法不可行。

他沉思了片刻，说：“手不行，那就只能用脚了……小洋葱，快脱鞋！”

“你到底在搞什么名堂啊！”杨淙淙终于忍不住了，冲这个行为稀奇古怪的家伙吼了起来。

江月明说：“难道你不知道吗？洋葱可以治肠炎腹痛啊！”

听到这句话，杨淙淙愣住了，她还真不知道。

“有一次我吃错了东西，肚子痛得要死，身处荒郊野外又根本没有药，就是一位老农用一棵洋葱救了我的。”江月明说，“好啦，相信我啦，快点儿照我说的去做！”

杨淙淙还是有点儿犹豫：“你……你确定要用脚？”

江月明看了她一眼，说：“你两只手都伤成这样了，不用脚用哪里？再说脚底是人体中最接地气的地方，用这里泡水给他们喝，效果肯定最好。”

杨淙淙心里犯嘀咕，却又不得不承认他说得很有道理，于是脱掉了鞋袜，但在要把脚放进水缸的时候，还是有点儿踌躇。

如果大家知道自己喝的是她的洗脚水，会不会连杀她的心都有了……

“人命关天，磨蹭什么！”江月明把她的脚往下一拉，“扑通”一声，杨淙淙整个人都站在了水缸里。

“你现在集中意念，汇聚全身灵力，把它们渐渐运行到脚底，然后发散出去。”江月明认真地说着。

杨淙淙照做了，虽然她现在的灵力不多，但这一点还是做得到的。她修炼了三百年，之所以在术法上没什么成就，顶多会召唤幻萤、飞花舞叶这种好看却没太大用处的术法，就是因为她的大多数灵力都被她用来收敛身上与生俱来的洋葱气息了，除此之外还加持了一些香味在自己身上。

杨淙淙也的确做到了收放自如这一点，此刻她很快将灵力凝聚起来通过脚释放到了水里，不过片刻工夫，这半缸水已经被成功改造完毕了。

江月明把杨淙淙从水缸里拉了出来，拍拍她的肩，说：“舍生取义，大功臣！”

杨淙淙还是有些犹豫：“真的要把这水分给大家喝？”

“那当然了，还得首先给沈仪心喝呢。”

这缸水很快被分成了很多小碗，江月明去给众人分发了，杨淙淙则端了一碗给沈仪心送去。

杨淙淙走到帐篷里，发现李金兰还在那里，不住地给沈仪心擦汗，关怀愧疚之情溢于言表。见到杨淙淙端着一碗水进来，立刻冲过来说：“有药了？”

杨淙淙摇头说：“这不是药，是我刚才泡的洋葱水，也能起到治疗肠炎腹痛的作用。”

李金兰半信半疑：“真的？”

杨淙淙这时来不及跟她多解释，径自走到沈仪心面前。

沈仪心早就看到她进来了，只是由于疼痛，连说话都很费力了，所以一直没有出声。“给我吧。”他轻轻地说了一句，眼神中是无比的信任，这让杨淙淙有点儿心虚。

这个傻乎乎的小跟班啊，如果有朝一日他知道了现在他喝的其实是她的洗脚水，会不会恨死她呢？

但此时此刻，她也来不及多想，把碗递给了沈仪心。

沈仪心接过碗一饮而尽，对她说了声“谢谢”，然后就什么话也不说了，靠在椅子上闭目养神。

大约过了半个时辰，洋葱水有了效果，众人的腹痛都缓解了很多，患病轻一些的人差不多恢复如初了。眼见沈仪心的脸色恢复正常了，一直紧蹙的眉头也舒展开了，杨淙淙这才终于松了一口气。

同时松了一口气的还有李金兰，毕竟今天导致大家受病痛折磨的人是她。为什么只有她一个人吃了没事，李金兰自己也觉得很奇怪。想来想去，她得出了一个结论，那就是可能她平时吃得比较多，肠胃比常人硬朗一些，因此吃下去没事。

杨淙淙觉得可能是李金兰把配方的食材记错了，所以才造成了这样的结果，但事实究竟是怎样的现在也无法核对，于是这件事就这样过去了，还好没造成什么严重后果。

因为杨淙淙救了沈仪心，也救了众人，李金兰对她感激得很，非要跟她义结金兰不可。杨淙淙一想到要跟李金兰结“金兰”，就觉得好笑，但又要装作一本正经的样子。她原本不想的，奈何李金兰执意这样，杨淙淙本来指望着沈仪心来救一下她，奈何沈仪心根本不插手，摆明了就是一副看热闹的态度，她也只好答应了。

既然要结拜，那么年龄是很重要的。李金兰说自己今年十八岁了，问杨淙淙多大。杨淙淙总不能说自己已经三百岁了吧，于是支吾了半天，说：“比你大一些……”

“好，那我以后就叫你杨大哥了！”李金兰高兴地说。

一炷香，三个响头，杨淙淙和李金兰正式成为“兄妹”。

结拜之后，李金兰起身，看着杨淙淙，无比同情地说：“杨大哥，我知道你的身世很悲惨，你放心，我一定会好好照顾你的。”

这句话听得杨淙淙莫名其妙，虽然她的身世她自己也搞不太明白，但也不至于悲惨吧？沈仪心这个家伙到底跟她说了些什么？

她转头看着旁边的沈仪心，他对着她眨眨眼，一副纯真无邪的样子。

第五章

宫廷历险御膳房

几天后，队伍抵达了京城。

皇上回京，这可是大事。先前朝廷就放出了风声，说皇帝陛下出去微服私访查探民情了，把逃婚的事掩盖了个一干二净。这天，听说皇上要回京了，无数京城百姓自发地到城门外迎接他，加上维护秩序保障安全的士兵、侍卫，前来迎接的文武大臣、仪仗队，可谓浩浩荡荡，甚为壮观。

杨淙淙成功地混到了小太监的位置上，跟在了沈仪心的身边。

先前在外的时候，沈仪心穿的都是便服，这次杨淙淙第一次见到他身穿朝服的模样，不由得为之惊叹。先前沈仪心给她的印象大体是温和的，有时是英武的，但没有任何一刻能像此刻这般具有帝王之气。五官分明，目光深邃，轮廓仿佛如刀削一般清晰，俊美如玉，却比玉更加令人折服。

他身穿明黄衣袍，端坐在御辇之上，身上九龙如腾云而飞一般栩栩如生。听罢山呼“万岁”的声音，他站起身来，剑眉星目，眼眸深邃如同夜空，高高地俯视着下方匍匐着的芸芸众生，道一声“众卿平身”，直如天神一般。

杨淙淙在一旁看着，因为激动而心跳得老快，眼睛也成了桃心状。原来小跟班居然这么威武，这么帅气！

一声“皇上起驾”的声音回响在空中，浩浩荡荡的仪仗队往宫中行进。

杨淙淙第一次来到人间的皇宫，没想到竟然比天宫还气派。

天庭嘛，来来往往的都是神仙，讲究“清心寡欲”，宫殿虽然也很雄伟，但总不会有人间的皇宫这么富丽堂皇。

只见这皇宫，五步一楼，十步一阁，宫殿高广，金碧辉煌。宫殿房顶皆是以金色琉璃瓦铺就，远远望去，熠熠生辉。飞檐上方用极其精致的手法雕刻了几条飞龙，在那金色光芒的映衬之下栩栩如生，让人不由得生出一种敬畏来。

杨淙淙正望着那飞檐上的巨龙出神，没有看到不远处在进宫的人群之中，一袭红色衣衫的江月明也同样望着那些飞龙，眼神倏而复杂。

从这天起，杨淙淙的宫廷生活正式拉开了帷幕。

内宫是有等级和制度的，不过因为早有安排，再加上沈仪心特别交代过，所以杨淙淙立马被调成了沈仪心的随身内侍，住的地方也不是普通太监的居所了，而是在一处偏殿里，恰好跟江月明离得很近。

自打进宫以后，江月明的日子就更悠闲了。因为他是皇上请来的客人，所以人人都对他很客气，他每天的生活就是喝茶、赏花、琴棋书画，好不快活。

至于杨淙淙，来到宫里以后，她有了一个新名字，叫作“小杨子”。她表面上是沈仪心的随身内侍，但沈仪心平时的生活起居全有人照料得无微不至，加上她一个反而麻烦。再说作为内侍只不过是个借口而已，只是为了让她能堂而皇之地在宫廷里游荡，所以沈仪心给了她一项新的工作任务，那就是作为皇帝指派的代表去督促宫里各司的工作情况。

说是督促，其实不过是游玩罢了。去各司转转，看看这儿，摸摸那儿，就算完成了任务。这个活儿杨淙淙很满意，不仅不太累，而且可以借着工作的名义在皇宫里到处游玩，实在是太对她的胃口了。

这天，杨淙淙戴着崭新的官帽，穿着崭新的官靴，雄赳赳、气昂昂地走马上任了。

她去的第一个地方是御衣坊。

御衣坊是专门为宫廷裁剪、缝制衣裳的部门，职责除了这些，还有按照朝廷礼制根据不同的条件提供相应的服饰，哪个季节该穿什么，什么场合该穿什么，质地、颜色、款式，样样都得留心。简而言之，就是皇宫里所有跟衣服有关的事都归他们管。

在当朝，女子和男子一样是可以通过考试入朝为官的，不过所管的都是内宫的事情，不涉及朝政。御衣坊的主司大人是一位中年女子，姓张。

“未知杨公公来了，未曾远迎，还望公公恕罪。”张主司得知皇上的特使杨淙淙到来，便出门迎接。她身穿深红色官服，说话时彬彬有礼，不卑不亢。

杨淙淙第一次被叫作“杨公公”，感觉有点儿奇怪，也有点儿兴奋。在来之前沈仪心已经跟她交代过了，她是代表皇帝去视察的，要拿出特使的威风来。

于是杨淙淙清了清嗓子，用尖尖的声音说道：“张大人不必多礼，我……咱家只是过来看一看，没别的意思。”

说完这句，杨淙淙愣住了。

因为这句话的前半句的确是她说的，但从“咱家”这两个字开始，就不是出自她的嘴了。这个声音跟她的声音非常像，甚至连拿捏的尖尖的语调都一模一样？

到底是谁在替她说话？

张主司没有发现杨淙淙的异常，说道：“那公公请自行视察，本官还有事务要处理，就先不奉陪了。”她说完行了一礼，转身离去。她身边的宫女也都跟着她走了，整个屋子里只剩杨淙淙一人。

“是谁在装神弄鬼？快出来！”杨淙淙对着空气说道。

没有回应。

“再不出来的话，我就不客气了。”

“哎哟，杨公公生气时是什么样子呢？”

一个带着笑意的男声传来，与此同时，原本平静的空气出现了一丝波澜，波澜中浮现出一个男子火红的身影。

“早就知道是你了，”杨淙淙撇撇嘴，“你跟着我干什么？”

“我不是担心杨公公你出师不利，才悄悄跟着嘛。”江月明委屈地看着杨淙淙，“谁知道你不但不感谢，反倒这样吼我，真没良心！”

明明是他在那里模仿她说话，居然怪她没良心……杨淙淙正想反击回去，看到江月明一脸委屈的表情，刚刚硬起来的语气顿时软了下去：“对了，不许叫我杨公公。”

“为什么？”江月明一双天真无邪的桃花眼眨巴眨巴地看着她。

“再给我装可怜，小心我炖了你喝鱼汤！”杨淙淙咬牙切齿地低声说道。

“好啊，我倒是没关系，大不了为了你英勇献身。”江月明遗憾地看着她，“只不过你的脸变猪头的样子我是看不到了，实乃人生……哦不，鱼生一大憾事啊！”

一听他这样说，杨淙淙只好闷闷地说：“杨公公是别人叫的，你又不是别人。再说，我又不是真的公公……”

“你又不是别人”这句话让江月明心中一震，一种温和而柔软的物质慢慢地没过了他的心田。他已经好久没有过这种感觉了，这样的感觉像极了初见那日她手上的温暖……

“你现在觉得‘小洋葱’这个称呼好听了？”江月明将心里的情愫压制了下去，又恢复了往日那种嬉皮笑脸的样子。

“只是相比而言……”

“那还是好听了！”江月明已经自动得出了结论，“你以后就不能反对我叫你小洋葱了。”

“这不公平……”

“杨公公！”

“公平，简直太公平了！”杨淙淙竖起了大拇指。

“那就好。”江月明露出一个得胜的笑容，说道，“你还视察这里吗？”

“视察啊，这是我的职责所在。”杨淙淙认真地说。

“难得小洋葱这么敬业，那我就不嫌弃地陪你一起去吧。”江月明说着，“咻”的一声不见了，杨淙淙左右看去都不见他，忽然听到左边衣袖上传来了声音，低头看去，袖口处不显眼的位置不知什么时候多了一条火鲤的图案。

“快走吧，别啰唆！”化作她衣袖上火鲤图案的江月明催促着。

他怎么比她还急？好像来视察的人不是自己而是他一样……杨淙淙暗自嘟囔着，阔步走了出去。

御衣坊里面比她原先想象的大得多，里面有贮存成衣的仓库、裁制衣服的房间、漂染布料的院子等。张主司早就不知道去哪里了，宫女们在里面有条不紊地忙碌着，一派井井有条的景象。杨淙淙在里面走了几圈，也没有看出什么名堂来，她原本就是来看个新鲜的，也不是真的视察，见此情形便决定去下一个地方看看。

“接下来你打算去哪个司？”杨淙淙的衣袖上，传来江月明细细小小的声音，这声音只有杨淙淙听得到。

杨淙淙问：“你说呢？”

“这个嘛……”江月明想了片刻，“那就御膳房吧？”

“甚得我意。”杨淙淙夸了他一句，然后不知道出于赞赏还是报仇的目的，用指甲抠了衣袖上那条火红的小鱼一下。江月明不是人形，身上的鳞甲就没用了，这一下疼得他龇牙咧嘴却不能大声呼喊，只能愤然瞪她，同时心里不停地说自己真是“自作孽，不可活”啊，怎么就自露弱点给了她这样一个报仇的机会呢？

杨淙淙极其满意，拍了拍江月明以示安慰，然后大踏步地朝御膳房的方向走去。

其实，杨淙淙之前一直想进宫来玩，很大程度上就是因为御膳房的诱惑。她早就听说了，御膳房是专门给皇家制作美食的地方，其中的御厨们可以说是全天下做菜最好的师傅。一想到这个，杨淙淙都快要流口水了。

到了御膳房门口，杨淙淙看到有不少人，原来他们早就听到了消息，已经在这里候着她了。御膳房的主司是位胖胖的老人，名叫黄志平，脑门上头发稀少，已经有了反光的趋势。

一见到杨淙淙，黄志平立刻迎上来，满面堆笑地说道：“早就听说杨公公要来，我已经命人准备好了一桌家常便饭，恳请您赏脸上座。”

一听到这话，杨淙淙心里很高兴，但还是故作淡定地说：“不用了，还是先看一看御膳房的情况再说吧。”

黄志平说：“公公忙了大半天，肯定也累了，不如先吃点儿东西，垫垫肚子再视察吧。”

杨淙淙的肚子的确“咕咕”在叫，上午在御衣坊转了那么久，的确挺累的，于是她就说：“好吧，那就多谢大人了。”

宴饮的地方在御膳房主司办公屋子旁的会客室里，来到桌前一看，她才知道那所谓的“家常便饭”到底是怎么回事。

翡翠水晶虾仁饺、鲜嫩八宝海参粥、香煎白玉片松茸……一道道菜，都是杨淙淙只是听说过却从来没见过的。满桌珍馐佳肴，实在是色香味俱全，光看和闻都是一种享受，更别说吃了。

“我还有些事情要去办，就不打扰公公用餐了，您请慢用。”黄志平说着，关门退了出去，屋里就剩下了杨淙淙。

“哼，居然这么多海鲜！”衣袖上红光一闪，江月明跳了出来，绕着满桌的美味佳肴踱步。

“算是你半个老乡啊。”

江月明面带愠色：“这家伙，分明是跟本公子过不去嘛！”

杨淙淙白了他一眼：“关你什么事啊？人家那是用来招待我的。”

“哼，”江月明说，“你就吃吧，小洋葱，当心吃多了变猪头！”

出乎意料地，杨淙淙却说：“我是不会吃的。”

江月明愣了一愣，伸手就要去摸她的额头：“哎，你没发烧吧？今天居然这么反常？”

杨淙淙把他的手打掉，说：“这些东西，如果放在平时我肯定会吃的，不过今天我不能吃。”

“怎么了？”

“我也不知道，总之就是觉得御膳房的黄志平热情过了头，这些菜他说是什么家常便饭，其实都是很珍贵的东西，每一种食材都价值不菲。我跟他又没有什么交情，他干吗要这样招待我呢？”

江月明不以为意地坐下，喝了一口桌上摆着的三花酒，说：“肯定是这御膳房里有什么猫儿腻，怕你查出来，所以上赶着笼络你呗。”

“吃人家的嘴软，拿人家的手短，我才没这么容易被收买呢。”

“说真的，我觉得这御膳房你得好好查一查。”

“我也觉得。”杨淙淙说，“那我先出去看看。”

门刚一打开，外面就立着几名宫女，见到杨淙淙出来，其中领头的一个立刻请安道：“公公吃得可还好？”

“还不错。”杨淙淙点头。

宫女笑道：“吃饱以后最适合浴足了，我们给您准备了药材泡制的浴足液，请您放松一番。”

“不用了，我只是想出去走走而已。”

宫女有点儿为难地说：“黄主司吩咐过了，您是贵客，绝对不容怠慢。若是他知道我们服侍不周，我们也不好交代呀。”

“这样啊，那好吧，”杨淙淙眼珠一转，“我现在先不去浴足了，想暂且在这里休息一下，不要让人打扰我。”

宫女一听到她这样说，面露喜色：“好的，公公请便。”

杨淙淙关上门回到屋里的时候，江月明正在一边吃松茸一边喝小酒，吃得不亦乐乎，看到杨淙淙回来，幸灾乐祸地说：“要不要来一口？”

杨淙淙白了他一眼，说：“她们在监视我？”

“想不到小洋葱也有聪明的时候。”江月明笑眯眯地“夸奖”道，“这皇宫里的事儿，哪能没些猫儿腻呢？御膳房的油水可是很足的，现在你来了，他们肯定有所准备，想要查到些东西就没那么简单了。”

“明察不行，我们可以暗访啊……对了！”杨淙淙灵光一现，“你会隐身术吗？”

“会是会，不过……”

“太好了！”杨淙淙一拍手，“那就这样定了！”

“定……定什么了？”江月明一口食物被噎住，半天才咽下去。

“你用隐身术把我们两个的身形隐掉，这不就可以暗访了。”

“没那么简单啦……隐身术是很高深的术法，要消耗许多灵力。要是我一个人倒还可以，但现在加上你，估计就有点儿困难了。”

杨淙淙不知道他几百年前受了重伤，又丢了元丹，甚至不知道他的真实身份，他也不想告诉她这些，免得害她白白担心。其实现在这样也挺好的，在她眼里他就是一个有点儿自恋的小妖，每天打打闹闹，这也是凡尘俗世中的一种幸福。

“什么加上我有点儿困难，还不就是说我修为低……”杨淙淙咕哝着。

“不是这个意思啦，”江月明赶紧解释，“以我现在的修为，带着你一起隐身是没问题的，不过持续时间很短，大约只有一炷香的时间。”

“那也差不多够了。”杨淙淙盘算了下，觉得应该没什么问题，又问，“那时间到了以后会怎样？”

“身体就会慢慢从透明变成不透明，最终恢复成普通的样子。对了，还有，”江月明说，“在隐身的过程中，虽然别人是看不见我们的，但是我们的行动还是会像平常一样发出声音和响动，所以这个也要注意才行，不然就会被发现。”

“我是怕吓到别人。”杨淙淙掩口笑道，“就像那天在建州一样。”

江月明不屑地说：“那些人都是恶徒，吓吓他们也是应该的。”

“我也没说不应该呀，”杨淙淙说，“好了，你快施术吧！”

江月明点头，却还是有点儿犹豫："这个……因为隐身术是我释放的，要想让术法的力量同时加持到你的身上，需要通过手来传递……"

杨淙淙原本以为他在担心什么呢，听到原来是这个，说："就是说要牵手是吧？没问题！"

说完，她把手伸了出来。

江月明看着她伸出来的那只手，忽然有点儿不好意思去牵。他原本担心杨淙淙不愿意，毕竟"男女授受不亲"这种话还是存在了很多年的。但杨淙淙毕竟不是凡间的女子，对这些所谓礼教的东西她并不在意，大大方方地伸出手来，反倒是他犹豫起来了。

"你说你，平时也没见这样啊，到了关键时刻反倒扭捏起来了。"杨淙淙说着，一把抓住了他的手。

肌肤相触的瞬间，江月明的心猛跳了一下。

这一刻，他想了很久。从很久以前初见她的刹那开始，他就在期待着这一刻的来临……他没有想到，这期盼了许久的一刻，竟是在这样不经意之间到来的。

如果她知道他刚才说的其实并不是真的，所谓要牵手才能加持术法其实是个借口而已，他其实只是想触碰一下她的手而已，哪怕只是一瞬间。

那只手，她的手……

很久以来在他梦境的涓涓水流中不断出现的那只手，将他的身体轻轻托起、从死亡边缘救回的那只手。

"你怎么啦？"看到他在愣神，杨淙淙不由得问道。

那些往昔的记忆倏然都退却了，江月明笑着说："没什么，来，我要开始施术了。"

术法从两只牵在一起的手之间开始生效，他们的手渐渐变得半透明、完全透明……接下来，整个身体也发生了相同的变化，不过顷刻之间，两个人的身体就完全隐形了。

杨淙淙愣了一下，一个之前完全没有料想到的问题出现了：虽然别人是看不到他们两个了，但她也看不到江月明了。

忽然，眼前有细碎光影流转，江月明的身影浮现了出来，呈半透明状，好像用水凝聚成的一样。

"果然你的眼睛还是需要开光，不然就跟一个小盲人似的。"江月明不放过任何嘲笑她的机会。

"你以为我跟你一样啊，整天在水里生活，自然视力要好得多了。"

"好啦好啦，我们快走吧，时间不多了。"

江月明说着，向门口吹了一口气。那气流越来越大，竟如同风一样，把门吹开了。

“咦，怎么回事啊？”门口的宫女很奇怪，探头向里面看去，看到供休息用的床榻上背冲外躺着一个人，身上严严实实地盖着被子，放心下来，关好了门。

那被子里面裹着的其实是一个枕头，看起来像个人躺在那里。杨淙淙和江月明就是趁着开门的这一会儿工夫，快速地溜了出去。

要说这御膳房，实在是一个油水很足的地方。皇家饮食，每一顿都要精致、大气，仅一餐端上桌的就有几十样之多，最后吃掉的往往连十分之一都不到。偶尔这些剩下的丝毫未动的食物是可以被赏赐给下面的人吃的，但大多数时候都只能浪费掉，下一餐要做全新的。由此可见，宫廷里需要的食材量非常大，而且都很珍贵，负责采办这一块的人也因此有许多油水可捞。

这次，两个人就是要去账房看一看。

御膳房里面很大，分为采买、库存、账房、制作等多个部门，杨淙淙和江月明对地形都不熟，在其中绕了很久才找到了账房。账房的门关着，两个人以为里面没人，正想进去时，却听见里面传来了说话声。

“那个姓杨的还在睡吗？”是黄志平的声音。

“是的，我刚刚看了，睡得像死猪一样，一时半会儿应该醒不了。”回话的是个女子，听起来应该是刚才那几名宫女中的领头人。

杨淙淙一听，非常气愤，你才睡得像死猪呢！

“那就好，”黄志平对这个回答显然很满意，“看来我们在菜里下的迷药起作用了，就让他多睡会儿吧，睡醒了天也黑了，我就不信他还有精力来查。阿芝，你这几天把账房的事盯紧一些，尽快让他们把新账做好，要做得看不出什么问题才行。”

“是，大人。”名叫阿芝的宫女领命退了出来，过了不久，黄志平也出来了，账房里没有人了。

听到门响，杨淙淙立刻想找地方躲，被江月明一把拉住，她这才想起他们俩已经处于隐身状态了，寻常人是看不见的。

江月明小声在她耳边说：“走，我们进去看看。”

两个人进了账房，看到架子上堆了很多账本，有的已经泛黄了，有的还是崭新的。杨淙淙随便翻开一本，只见上面记的大都是某年某月某日，购入某某食材多少斤，价格多少，采买人是谁，诸如此类。原本就不会查账的她翻了半天也没发现什么问题，反倒是江月明的眉头皱了起来。

“这些账里，有很多都是假账。”江月明下了结论。

“你怎么知道的？”

江月明随手从架子上抽下一本账簿，一页页地翻着给她说：“你看，这本账簿上的时间是十年前，但纸张丝毫没有变黄，墨迹也是新的，可想而知这些都是新做的假账。”

杨淙淙听江月明这么一说，也意识到了事情并不简单。既然要通过做假账来遮掩，并且是十年前的假账，那证明这御膳房的问题真的很严重了。而且听他们刚才说，招待她的饭菜里是下了迷药的，目的就是让她昏昏入睡，好让她查不到些什么。如果心里没有鬼，何必这样做呢？欲盖弥彰，反倒更加引人怀疑了。

但他们没想到，杨淙淙并不是凡人，更没有想到的是，和她在一起的还有一个更厉害的江月明，凡间的迷药对他是没有任何作用的。

“那我们现在要怎么办？”

江月明说：“先不动声色，回到刚才那个房间，等到下午醒来后就离开，这样才不会引起他们的怀疑。”

杨淙淙点头认同，两个人正想离开的时候，门忽然开了，黄志平冲了进来，把门反锁住了，然后在屋里到处翻找起来，看样子十分着急。

现在黄志平把房门锁着，两个人根本出不去。江月明用眼神示意杨淙淙不要着急，静观其变。

黄志平找了很久，把地上、墙角、架子下面都找遍了，还是没找到他要找的东西。他嘴里不停念叨着：“应该就是在这儿呀……怎么找不到呢……”看样子他要找的东西十分重要。

就在这时，江月明有些着急了，一炷香的时间将尽，隐身术维持不了多久的，如果那时候被黄志平发现他们俩在这里，就麻烦了。

发现黄志平还没有要走的意思，杨淙淙灵机一动，拿起了一本账簿，在房间里走了起来。

黄志平呆住了。

因为他看不见杨淙淙，她的脚步又放得极轻，所以在黄志平的眼中，这一幕无异于一本账簿自己在空中飘来飘去。

江月明立即意会，左右手也各托起一本账簿，在房间里走了起来。

黄志平看到三本账簿自己飘浮着，脸色“唰”地白了，好像被涂上了一层白色的油漆一样。他颤抖着张开嘴，想喊什么，却因为无比紧张而发不出声音来。

就在这时，他听到了书页翻动的声音，放在桌上的一本账簿竟然自己翻动了起来！

“鬼……鬼……有鬼啊！”

黄志平的腿肚子都转弯了，好不容易才喊出声来，接下来就是一声凄惨的号叫，也顾不得寻找什么东西了，丢了魂儿一样地跑出了房间。

杨淙淙和江月明想笑又不敢笑出声来，憋得肚子都痛了。

趁这个机会，他们离开了房间，江月明走得慢了一些，但很快追了上来。两个人打算回到刚才杨淙淙假装休息的地方，到了岔路口却出现了分歧。江月明说往左走，杨淙淙却说肯定是往右走，江月明拗不过她，只好往她说的方向走去，结果走到了储存食材的库房里。库房里并没有人，各种肉、蛋、蔬菜一筐筐地摆放着，另一边是各种各样的调料。

“我……我明明记得是往这边的嘛……”杨淙淙心虚地解释，“这里每一间房子都长得那么像，真的不好认……”

江月明翻了翻白眼，正打算带着她走出去，就在这时，隐身术失效了，两个人的身体恢复了平常的样子。

这时候，库房外面有脚步声传来！

“糟了！”江月明低叫了一声，但并没有慌，顷刻之间他就想到了办法，“小洋葱，快点儿化作原形，躲到这些蔬菜里！”

化作原形并不需要灵力，所以能很轻松地做到，躲在这些蔬菜里也不太引人注目。

江月明看到旁边有一个装鱼的水瓮，江月明化作一条火红的鲤鱼躲在了瓮里的那群鱼中，还真是天衣无缝。

相比起来，杨淙淙可就惨了，因为她并没有找到自己的同类——洋葱。

库房里的各种食材都是按类别放的，一类一类摆放得很整齐，如果在某一类中忽然出现了一个别的物种，就会非常突兀。但现在也来不及多想了，杨淙淙索性化成一棵紫色的洋葱，混在了一堆紫甘蓝里。

门开了，几名小太监走了进来，其中一个吩咐道：“去，把晚膳需要的材料按单子上所写的挑好送过去。”

小太监们动作很快，不一会儿就挑好了，推着小车走了出去。最后走的是那个领头的，他忽然想到单子上忘记写胡椒粉了，于是退了回来，到一旁去拿胡椒粉。胡椒粉是用纸袋装的，他拿的时候不小心把袋子撕破了，粉末四下散了出去。

杨淙淙所在的那筐紫甘蓝就在旁边。胡椒粉钻到了她的鼻孔里，呛呛的，痒痒的，她实在忍不住了，不由得打了一个喷嚏。

“阿嚏！”

“谁？”小太监警觉地转过身来，看着仓库里面。仓库里很正常，什么意外情况都没有，他摇了摇头，以为刚才只是自己的错觉。

就在这时，他发现了已经是一棵洋葱的杨淙淙。

“这是哪个家伙干的，这么粗心，竟然把一棵洋葱放在了紫甘蓝里！”他嘴里骂着，把杨淙淙拿了起来。

杨淙淙心里暗暗叫苦，觉得自己真是倒霉透了，怎么恰好就被他看到了呢？

这时候，小太监听到养鱼的那个水瓮里传来了水声，走过去一看，一条红色的鲤鱼肚皮朝天地浮在水面上，看上去奄奄一息。宫里规定，这种快要死的鱼不可以用来做菜，是要被丢掉的。小太监看看四下无人，于是用刚刚破掉的纸袋把那条鱼装了起来，连同洋葱一起藏在袖筒里出门去了，边走边高兴地说：“今晚可以吃洋葱煎鲤鱼了。”

杨淙淙和江月明重逢了，在黑黢黢的袖筒里。

“你想的好主意！”杨淙淙咬牙切齿。

江月明无奈地说：“如果不是因为你打喷嚏的话，我又何必故意跳起来吸引他的注意力，再装死给他看啊？”

杨淙淙知道江月明这么做是为了她，也挺感动的，不过跟他相处得久了，好像不斗嘴就不开心似的，心里想的是一回事，嘴上说的却是另一回事，总之就是嘴巴死硬。

杨淙淙撇嘴道：“那我们现在怎么办？”

“还能怎么办？等着被做成洋葱煎鲤鱼呗。”

“我是认真的！”

江月明叹了口气：“你看你，就是这么急，他又不是吃生的，把菜做熟也要一段时间，肯定有机会溜掉。再说了，你堂堂天界仙子，还怕一名小太监不成？”

江月明的话确实有道理，杨淙淙顿时心安了。

果然被他说中了，小太监来到自己的房间里，把袖中的鲤鱼和洋葱放了下来，然后就去院子里忙活了，给了杨淙淙和江月明溜走的机会。

小太监正在院子里，他们无法化作人形大摇大摆地走出去，而江月明的隐身术也不能在短时间内再次使用，所以两个人还是保持着洋葱和鱼的形态，顺着墙根悄悄溜了出去。出了门以后，两个人看四周无人，立刻化作人形溜掉了。

再说御膳房那边，那个名叫阿芝的宫女在门口守了许久都不见杨淙淙出来，于是敲门去问她醒了没有，但没听见回答。到了天黑的时候，她终于等不了了，推门进去，却发现在床上躺着的根本不是一个人，而是一个裹着被子的枕头而已，惊讶不已。思来想去，她还是不知道杨淙淙到底是怎么出去的，但为了向黄志平交差，她谎称天黑后杨淙淙醒来觉得还是很疲乏，就不做视察而回去了。黄志平这天丢了东西，又在账房里见了“鬼”，自然也就把这件事略过去了。

杨淙淙和江月明出来后，回到了住处，江月明从怀里取出了一个东西。杨淙淙定睛一看，那是一块令牌，上面写着三个字：睿王府。

看到这几个字，她顿时明白了，这是睿王府的出入令牌。

江月明说：“这是我在账房门外的草地上捡到的，不过那时候时间紧迫，就没跟你说。现在看来，黄志平要找的大概就是它了。”

杨淙淙有些惊讶：“黄志平不是御膳房的主管吗，怎么会有睿王府的令牌？”

“这个肯定另有内情，你还是拿着它去见沈仪心吧，这件事一定要让他知道。”

当天晚上，杨淙淙就去见了沈仪心。在此之前，沈仪心就向身边的人吩咐过了，无论杨淙淙什么时候来找他，一律不可阻挡，所以杨淙淙很顺利地见到了他。

天已经很晚了，但沈仪心还在批阅奏折，手执朱笔不断地在上面圈点着什么。看到杨淙淙来了，他放下朱笔，屏退左右。

“今天第一天上任，情况似乎不太好？”看到杨淙淙微带倦意的面容，他就猜到她今天的情况不大顺利。

杨淙淙一屁股坐在旁边的椅子上，说：“其实也不算太糟，但也不是太好……”

“怎么了？”

“今天我总共去了两个地方，一个是御衣坊，另一个是御膳房。两个地方都井井有条，做事有序，但也有很大的不同。御衣坊的张主司对我态度淡淡的，让我自己随便去查看，但是我又不懂，看了很久却什么名堂也看不出，于是走了。但是在御膳房就不一样了，那里的黄志平对我非常热情，可我总觉得他怪怪的，还要给我安排什么浴足，总之就是不想让我去查。我后来找个机会偷偷跑了出来，发现他们的账房里有很多新做的假账，还在附近发现了这个——”

说到这里，杨淙淙从怀里拿出了令牌。在来之前，江月明让杨淙淙不要提到他，只说是她发现的就是了，所以杨淙淙也就把一些无关紧要的细节略过去了。

看到她拿出来的令牌，沈仪心的眼睛微微一凝。

“令牌的事，你还跟别人说过吗？”

杨淙淙想了想，摇了摇头。江月明知道这件事没错，但这并不是她向他说的，所以她现在也不算说谎。

“那就好。”沈仪心说，“淙淙，这件事你不要再告诉任何人。”

杨淙淙点了点头，看沈仪心的表情严肃，也知道这件事并不简单，虽然有满肚子的疑惑，却也没有再去问。没想到，沈仪心竟然主动和她说了起来。

在朝堂中，管理各项事务的分为六部，分别是吏部、户部、礼部、工部、刑部、兵部。而在宫廷里，管理各项皇家事务的就是内务部了。在内务部中，有涉及财务、礼仪、饮食、衣饰等的各个部门，通称为“司”，比如御衣坊和御膳房，主管官员称为主司。前些年，宫廷中专有一司，名叫督计司，专门管理各司的监督、记账等任务。但自从睿王沈越摄政后，将督计司取消，并把许多司的主司换成了他的亲信，黄志平就是其中一人。自此以后，内务部中的各个机构都十分混乱，出现了各自为营的现象，账簿造假、私吞公款等现象十分严重。沈仪心要重新整理朝政，就必须要从宫廷内部入手，否则内忧外患，情况会更加麻烦。

沈仪心之所以让杨淙淙去做这个视察的任务，是因为觉得她生性爱玩，去各处看看情况也好。而杨淙淙只去了一天，就发觉了这些见不得人的内幕，这让沈仪心不由得对她刮目相看。

对于沈仪心的这个称赞，杨淙淙还是有些不好意思的，因为在这过程中江月明给了她很大的帮助，令牌也是他发现的。

在他们说话的时候，屋外有一个人原本想求见沈仪心，在被侍卫拦下后，故意装作不小心摔倒，磨蹭了一会儿，将两个人说的话听了个大概，然后悄然离去了。但是因为这个人的身份和命令，屋外的侍卫没敢将这件事报告给沈仪心。

第二天，沈仪心就派人去清查了御膳房的账房。原以为这样迅雷不及掩耳之势的清查会查到许多问题，然而意外的是，那些分明是新做的假账，纸张却都是陈旧泛黄的。

当去查账的人将这个消息报告给沈仪心的时候，沈仪心表情沉静，什么话也没有说就挥手让他退下去。他看上去很淡定，但杨淙淙却非常震惊，怎么可能？昨天她分明看到这些纸都是白色的！

一夜之间，洁白的新纸变成了泛黄的旧纸，到底是怎么做到的？

沈仪心一言不发地坐在椅子上，闭目沉思着，身上龙涎香的气息也因此显得有些沉郁。分明是十足把握的一击，却没料到对方竟然早有防备，从账面上看不出任何破绽。这样一来，即使他手上握着睿王府的令牌，若是黄志平一口咬定自己并不知道那令牌是怎么回事，也无法治他的罪。即使勉强治了罪，也无法使众人心服。

现在的重点是，白纸怎么能在一夜之间变黄呢？如果能解决这个问题，就能找出破绽，那么黄志平就百口莫辩了。

杨淙淙看着沈仪心闭目苦思的样子，知道他心里很烦，有点儿于心不忍。于是她倒了杯茶给他端了过去，没想到陷入沉思的沈仪心被茶杯放在桌上的声音惊了一下，手臂一动，那杯茶就翻倒了。

桌上原本放着洁白的宣纸，此刻被茶水浸湿了大半，变成了褐黄色，但没浸到茶水的那一半却是雪白的。沈仪心望着这一幕，忽然拍了下大腿，脑子里思考了一天的问题已经想通了一大半，另外的那一小半，就有待验证了。

“来人，去从今天在御膳房查的账簿中拿几本过来。”他吩咐道。

没过多久，一名宫女就恭恭敬敬地把账本拿来了。

“这些账簿中的纸是用淡茶水染黄的，所以我们才扑了个空。”沈仪心在灯下仔细地看着那些账本，说道。

的确，白天他就觉得这些账簿很不对劲儿，分明知道它们是假的，但就是不知道对方是怎么弄的，此时终于想明白了。

白天查账时，因为去得急，账本多，加之主要是冲着纸张有没有变黄这一点，所以并没在意别的方面的问题。此时细细看来，沈仪心发现这些账簿上有些字迹边缘呈现出一种微微洇开的状态，而且纸张也有一些不平。根据黄志平的解释，存放账簿的房间曾经因为屋顶裂缝而漏过雨，这些账簿被水浸过，所以纸张就不平整了。沈仪心一听就知他在狡辩，但当时也找不出什么理由证明他在说谎，也就没有出声。

但真正因为时间久而变黄的纸张和被茶水染黄的纸张，一定还有些什么别的不同。沈仪心看着那些账簿，又看了看旁边书架上摆放着的书，想把它们比一比。

旁边的书架上摆了很多书，有些是新的，有的已经很旧了。沈仪心拿出一套《资治通鉴》中的一本，这是十多年前的旧书，纸张也已经黄了。他将账簿和书摊开来并排放着，观察了很久，虽然两者纸张的黄真的很像，若不是账簿的字迹略微有些模糊，纸张也不太平整，它们真的可以说是一模一样的。

看上去极其相似的两张纸，到底怎么样才能证明账簿的纸张是故意做旧的呢？沈仪心一筹莫展。

就在这时，杨淙淙无意间的一句话提醒了他：“这两本表面看上去一模一样，真是愁人……”

表面看上去……表面！表面一样，那内部呢，也一样吗？

他立刻找人拿来了一把薄如蝉翼的匕首，将账簿和书本的纸分别从中划开，来比较它们横截面的不同。他向来是爱书之人，但这时候实在顾不了那么多。纸张被划开了，沈仪心比较着它们的横截面，终于发现了不同点。

由于宫廷用纸都是好纸，所以两种纸都很厚，一本中上百张纸叠在一起，那就更加一目了然了。账簿的纸是从里到外都是黄色，而书的纸则是表层黄色最深，中间的颜色就浅了许多，那是因为纸张的上下表层跟空气接触得多，所以才更加老化变黄。

这下，沈仪心有了必胜的把握。

“淙淙，你看，假的东西无论做得再真，它终究还是假的。”沈仪心望着跳动的烛火，喃喃说道。看着是说给她听，其实更像是说给自己听。

假的东西，终究还是假的……

第二天朝堂之上，如山的铁证呈了上来，这次，黄志平的任何狡辩都变得苍白无力。一道圣旨将他打入了天牢，接下来的案件则交由刑部继续审理。

这桩案子原本就该由刑部来办，但由于沈仪心说此事非常重要，因此之前一直在亲审，直到现在这个环节才交给刑部。

刑部是在沈越的控制之下的，这个黄志平也是沈越的远亲，按理来说沈仪心可以将这件案子交给大理寺去办，就可以免于刑部的人从中作梗，但他偏偏没有这样。

沈仪心有他自己的考虑，依照黄志平和沈越的关系，沈越或许会动用刑部的力量去保他，这样就有可能被政见不合的朝臣抓住把柄趁机参上一本，沈仪心也可借此机会整肃朝纲。如果刑部因为沈仪心亲自督办这个案子而有所忌惮，那么就没人救得了黄志平，这样不但拔除了宫廷里的一大祸害，还使沈越吃了个闷亏，不管怎样都是沈仪心占了上风。

事情果然不出沈仪心所料，过了几天，沈仪心在朝堂上问刑部尚书这件案子审理得如何了，刑部尚书答道：“黄志平已经认了贪污渎职之罪。”

沈仪心问：“所贪银两共有多少？”

“合计纹银十万两。”

此言一出，满堂哗然，没想到一名小小六品主司，竟能在这些年间贪污如此大数额的银两，实在令人震惊。

沈仪心又问：“贪污数额巨大，依律如何处治？”

“依律当斩。”

沈仪心将目光转向一旁一直沉默不语的男子，问道：“皇叔，你意下如何？”

这名男子正是睿王沈越，他的眉眼之间与沈仪心有几分相像，不过更多了一些老成，当下听到问话，于是答道：“欺上瞒下，贪污渎职，本就是罪不可恕，臣以为判得极好。”

他的话说得很巧妙，看似是顺着沈仪心的意思走，但实则是为自己开脱。这满朝文武都知道黄志平是他的人，他一开口首先便说黄志平是欺上瞒下，意在说明黄志平的行为他根本不知晓，将自己撇了个一干二净。

而事实上，沈仪心知道黄志平所贪的这些钱财中，除了一小部分自己留着以外，大部分都到了沈越的手中。若不是沈越有意为之，当年又何必将督计司取消，给了各司自掌财权的机会？

“皇叔真是深明大义，无愧为百官表率。”沈仪心道，“黄志平此事影响重大，关乎到朝纲风气，绝对不可忽视。既然皇叔这样说，那不如就请皇叔替朕去监斩黄志平，如何？”

“臣遵旨。”

“好。”沈仪心的脸上掠过一丝不易察觉的笑意，转瞬即逝，他对百官道，“经过这件事，朕觉得宫内不可没有督计司，因而想恢复旧制，并将它规格提升一级，处于各司之上。各司所用银两及所交账单，必须由督计司审过，诸位爱卿意下如何？”

群臣知道沈仪心早已决定了，此时问他们的意见不过是走个过场而已，于是异口同声道：“皇上英明。”

沈仪心颔首，道：“那督计司的主司，诸位可有推荐？”

下面一位官员站出来说：“御衣坊的张主司为人稳重，处事负责，不是徇私枉法之人，臣以为她可以担此职务。”

话音刚落，立刻有人反对道：“张主司是女子，我朝自开国以来就没有女子担任过督计司主司的职务，还请陛下三思。”

这句话落在了一直在沈仪心身旁扮作小太监的杨淙淙耳中，让她觉得分外不舒服。朝堂上的争论她都听到了，之前的什么官员制度她听不懂，因此也听得迷迷糊糊，只因为身在朝堂之上要强打精神，不然早就睡着了。但听了这句话，她立刻清醒了。

虽然她对那位张主司了解不多，但单就她毫不奉承代皇帝来视察的自己这点来说，就清楚她为人如何了。她所掌管的御衣坊内虽工作繁忙却井井有条，可以见得她做事的能力也非常出色。这样一个人，却有人因为她是女子而反对，实在是令杨淙淙有些气不过。

要是在平时听到这样一句话，杨淙淙肯定毫不犹豫地还口：女子又怎么了，你娘亲难道不是女子，没有女子怎么会有现在的你？保准说得他哑口无言。但她也知道现在并非一般的场合，于是忍住心中的不快没有说话。

她就站在沈仪心身旁，沈仪心的眼睛往她脸上一扫，就知道她心里在想些什么。

“因为开国以来没有先例，所以就行不通，是吗？”沈仪心淡淡地说道，“这么说，我朝自开国以来也没有过御膳房主司贪污十万两白银的先例，这又作何解释？”

刚才持反对意见的人听出了他语意中的不快，立即跪下道：“臣惶恐！”

沈仪心叫他平身，说道："朕如今起用谁，罢免谁，所考虑的唯有两点，那就是其是否有真才实干、是否能秉公处事，其他的都可以暂且放置一旁。整肃过了内宫以后，朕即将开始整肃的就是朝纲了，不过请诸位爱卿不要忧惶，朕相信你们都是勤政廉洁的好官员，一定都怀着一颗为国为民之心，问心无愧，是不是？"

一时间，满堂俱是"谢皇上夸奖"的声音，但不知真心感谢的有多少人，心中惶恐难安的又有多少人。

在这些人说话时，沈越的表情一直很平静，仿佛一切跟他毫无关系一样。

退朝以后，杨淙淙跟着沈仪心回到了御书房。

自从前些时候查出黄志平的案子后，各司的人都对这个新来的视察官不敢小觑，纷纷开始整肃本司内部，因此杨淙淙在那之后也没查到些什么，整个宫廷的各个部门也逛得差不多了，于是开始跟着沈仪心。今天是她第一天跟着他上朝，虽然朝中的很多事情她并不了解，但也感觉到在看似一团和气的表面之下隐藏着的汹涌暗流。

原本听沈仪心的描述，杨淙淙以为沈越是一个老谋深算的中年人，谁知在朝堂上一见，才发现他其实很年轻。想来也是，他也就比沈仪心大那么十来岁，至今不过三十岁出头，生得也算颇有风度，但相比起沈仪心眉目间的豁然和俊朗，沈越则多了些阴郁。

今天在朝堂之上，事情桩桩件件都暗指沈越，但他一直是一副事不关己的样子，甚至脸上都没出现什么表情。沈仪心知道，他这位皇叔并不简单，如此平静的表面下，他肯定已经盘算新的计谋了。

其实那个推举张主司的人，是提前受了沈仪心的命才适时推举她的。在沈仪心还小的时候，虽然沈越摄政，但太后也没有闲着。她并不是一般的宫闱女子，先皇在世时，她从一名普通的嫔妃一路坐到皇后的宝座上，不可谓不艰难，但正是因为如此，她才练就了一副不动声色察人观物的本事，只是先前沈仪心太小，许多事情她不能跟他讲。这次沈仪心回来后和出宫前发生了巨大的变化，不再是之前那种消极的态度了，反而主动向太后讨教起用人之道来，让她十分欣喜。根据多年的观察，她推荐了一些朝中之人给沈仪心，都是可以倚仗和重用的，其中就有张主司。沈仪心让杨淙淙去视察各司，不但是照顾到了她爱玩的心理，也是让她顺便看一看张主司的情况，以备日后调用。

在刚遇见杨淙淙的时候，沈仪心的确有些不谙世事，他从小到大虽然可以称得上是"读万卷书"，但远远没有达到"行万里路"的地步，因此看待许多问题时都太过单纯。经过那段时间的游历后，他已经跟当初完全不一样了。

几个月在外的生活使他的肤色变得略微深了一些，但他原本深居简出，皮肤本就很白，因此现在肤色虽深却并不显得黝黑，而是一种浅浅的小麦色，目光也比当初坚定了许多。故此当杨淙淙看着在烛火旁沉思的沈仪心时，他并没有注意到她在看着自己，而是继续心无旁骛地沉思着。

虽然这一天不仅除掉了黄志平，还恢复了督计司，使得张主司成了重要机构督计司的主司，但沈仪心知道这根本不够。沈越横行朝政十年，这件事虽然给了他一些打击，但绝对不会动摇到他的根本，面对沈仪心的挑战，他一定会采取行动。

一切，才刚刚开始。

沈仪心从沉思中抬起头来，发现刚才还在自己身边的杨淙淙不见了踪影，不由得一愣。目光转向一旁，他看到她正坐在附近的矮桌边心无旁骛地吃着一盘榛子饼，吃得不亦乐乎。

发现他正在看着自己，杨淙淙端起那盘榛子饼伸向他："喏，你吃不吃？好好吃的！"

这个丫头，还真是改不了爱吃的本性呢……沈仪心无奈地笑笑，在她旁边坐下。榛子饼的表皮很脆，因此很容易掉渣，杨淙淙吃得嘴边和脸上都是碎渣，自己却毫不知情。沈仪心从旁边拿过一条雪白软帕，仔细地为她擦掉脸上的饼渣。

若是有人看到这一幕，恐怕会惊得下巴都掉了。锦衣龙袍的年轻男子，堂堂一国皇帝、九五之尊，竟然这么认真地给一名小太监擦嘴，实在太匪夷所思了。

不过对于杨淙淙来说，这一幕却是她早就习惯了的。

杨淙淙并非凡间的女子，所以也并没有多想这样亲昵的动作到底意味着什么。在她看来，沈仪心是她的小跟班，是她可以去信赖的人，虽然现在他的身份跟当初认识的时候不一样了，可他还是沈仪心，这一点不曾改变，也不会改变。

所以这个时候，杨淙淙非常坦然地接受了沈仪心对她的照顾，而没有察觉到他看向她的眼神里，已经多了一些东西。

那是一种温婉的东西，如同春日里融融的流水、和煦的微风，抑或是温柔的晨曦。

沈仪心刚为她把嘴巴擦干净，杨淙淙就又低头吃了一口，脸蛋立刻又沾上饼渣。沈仪心哭笑不得地看着她，最终决定对她放任自流。

不过杨淙淙虽然爱吃，却不挑食，有美味的食物当然好，但如果只有简单的馒头咸菜，她照样可以无比开心地吃下去。她平时很少有烦心事，偶尔有一点儿让她烦恼的事，只要吃一顿好吃的，她就能马上把烦恼抛到九霄云外，立时活蹦乱跳，满血复活。

她是个没什么追求的人，心思简单得很，但往往这种人才最幸福，一点点微不足道的事情都可以让她开心无比。沈仪心很羡慕她这种心态，但是他做不到。

他的肩上承载了太多的东西，他必须扛着它们，一步步前进。

除了在心态问题上沈仪心很羡慕杨淙淙之外，还有一点他对她也是佩服无比，那就是她的食量。他一直想不通她明明是个身姿窈窕的姑娘，为什么能吃那么多，有时候甚至比他吃得还多。

“淙淙啊，你……”在目瞪口呆地看着她一连吃了五块榛子饼，又把手伸向了旁边的枣仁酥之后，沈仪心说，“你终于让我明白了‘巾帼不让须眉’这句话的含义。”

自从回到宫里，沈仪心说话就自称“朕”了，但对着淙淙的时候，他还是称“我”。听到他的这句话，杨淙淙望着自己手里拿着的枣仁酥，迷惑地问：“什么意思？”

“意思就是……谁说女子不如男。”

杨淙淙的眼珠转了一转，还是没想明白他的意思。似乎肚子里被食物撑满的时候，脑子的反应也会跟着慢上半拍?

沈仪心叹了口气，说：“看来谁要想娶你的话，必须要家底丰厚才行，不然都会被你吃空的。唉，谁要是娶了你，那真是倒了八辈子——”

杨淙淙终于明白了他是什么意思，眼神顿时变成一把把刀子飞了过来。

沈仪心悚然一惊，立刻改口：“八辈子修来的福分！”

同一时刻，天牢之中。

黄志平呆呆地坐在牢房的角落里，衣衫褴褛，满面污渍。牢房很阴暗潮湿，由于常年不见阳光，而有一股霉味，闻之令人作呕。

黄志平的脑子里反反复复地想着这几天的事。当知道皇上派了杨淙淙去监察的时候，他有些紧张，但并不慌乱。这些年来，每年都有人奉旨来盘查，但最后都是什么也没查出，当然，这些人自然是收了他的好处的。所以当杨淙淙来的时候，他以为这一次来的人跟往常也没什么不一样，于是用了老招数来对付，到下午看不到杨淙淙的时候，他以为这一次又成功了。他却没想到，晚上，有一个人来到他的府上，交给他一个蜡丸子，捏开之后，里面有一张字条，上面写着：账本之事已经败露，即刻用茶水染旧，万不可耽误。看过速毁。

这个字迹他是熟悉的，这两年来，都是这个人给他传递任务。看到这里后，他不由得心惊，立刻在烛火上烧了字条，即刻进宫按上面说的方法将账本做旧，却没想到仍然被发现了，就此打入天牢。

但黄志平并不害怕，他是沈越的人，尽心尽力给沈越敛聚了无数银两，如今他被打入天牢，沈越是会来救他的吧？他这样安慰着自己。

正这样想着，果然听见有脚步声往这边而来，一名年老的狱卒走到这边将牢门的铁锁打开，说：“黄志平，有人来看你了。”

黄志平很快站起身来，手脚处的锁链哗啦作响。狱卒走了，眼前站着的是一个身穿黑衣服、蒙着脸的人。来人拿下了遮面的布，黄志平认得他，他是沈越身边的人。

黄志平压住内心的狂喜，说：“王爷派你来救我吗？”

来人不说话，只是把手上提的东西放了下来。那是一个篮子，里面装着一只烧鸡，几个小菜，还有一壶酒。黄志平顿时浑身僵硬，心如死灰。

断头酒……竟然是断头酒！

来人冷冷说道：“这是你的最后一顿了，喝了这壶酒，好生上路吧。”他顿了顿，又说，“你最多能活到明天早上，知趣的话就好吃好喝这顿，不要逼我动手。”

说罢，他转身离去。

牢门再次关上，黄志平呆了片刻，忽然仰天大笑起来。笑过之后，他撕坏自己的中衣，咬破手指，在衣服上一字一字地写起了血书……

第二天清晨，黄志平死于天牢之中，死因是畏罪自杀，然而那封血书却消失了。

第六章

美人如玉难对付

初夏时节，荷花初绽，微风送香。

御花园的东南角有一片荷塘，汉白玉的池壁，雕工精致，一丝不苟，一派皇家气派。生长在这样的池塘中，连荷花也开得分外工整。

夜幕渐渐降临，白天里的暑气已经消了许多。杨淙淙托腮坐在荷塘边上的凉亭里，她的身旁坐着一个锦衣龙袍的男子，正是沈仪心。

沈仪心最近有些头痛，近来宫廷里闹鬼的传言四起，越传越玄乎，闹得人心惶惶。

事情的始作俑者是一名小太监。这名小太监在御膳房当值，那天他在御膳房的库房里发现了一棵莫名其妙出现的洋葱和一条鱼，因为它们没有记载在入库的档案中，所以无法归类。

据这名小太监说，为了不让这两个忽然出现的东西影响到库房的每日盘存，他奉了当时的御膳房主司黄志平的命令，先把它们带到自己的房间去，之后再做汇报。他把它们放到房中后就出去打扫庭院，就在这时，离奇的一幕出现了，他看到那个洋葱和那条鱼竟然自己移动起来！它们顺着墙根走啊走，仔细一看，似乎还是飘着的！

那小太监当时腿就软了，想喊又喊不出口，只能呆呆地立在那里，假装什么都没看到。等到洋葱和鱼消失在大门口之后，他终于能迈开软得跟面条一样的腿跟了上去，却发现门外面什么都没有。

小太监说的这些话里，涉及黄志平的部分自然是无法求证了，不过这部分也不怎么重要，所以就被暂且略过了。至于那会移动的洋葱和鱼，除了他之外也没别人看到，所以当小太监刚说出这些话的时候，没有几个人在意，大家都把他的话当成了他的臆想。

但没过多久，又有奇怪的事情发生了。

这次事关一个名叫阿芝的宫女。她原本是跟着黄志平当差的，不过黄志平落马后，她的日子就很不好过了。因为受到黄志平账本造假案的影响，她从原本的上等宫女被降级成了下等宫女，被分配到了御花园做洒扫的粗活。

那天白天她的活儿没干完，于是晚上接着干。当她来到荷花塘边的时候，却看到一个男子的身影在那里，隐隐约约地看不分明。她喊了一声，谁知道那身影竟然倏忽就不见了，将她吓了个半死。

诸如此类的事情还有不少，本来一个人说倒也没什么，毕竟皇宫那么大，各种事情也多。但最近这段时间以来说的人越来越多，事情也被传得越来越玄乎，沈仪心也不得不重视了，不过具体怎么做，他还在考虑之中。

沈仪心之所以来到那个传说中闹鬼的荷塘边上，是想来看看究竟是个什么情况，但是他从下午等到天黑，都什么也没有看到。

“根本什么都没有嘛。”沈仪心看着平静的荷塘，皱了皱眉，“什么鬼，还不是那些人心里有鬼？”

负责护卫和服侍他的人都被他遣到附近了，这个亭子里现在只有杨淙淙和他两个人，因此他现在说话随意了许多。事实上，也只有和杨淙淙在一起的时候，他才能不用多加考虑地随便说出自己想说的话。

听到他这样说，杨淙淙不知道该怎么回答了。

她当然知道所谓“闹鬼”完全是无稽之谈，除去被小太监看到的那次之外，宫女阿芝所遇到的那个人影其实就是江月明。那天江月明病痛又犯了，于是到御花园的荷塘中去浸着，恰巧被阿芝看到了。自那以后，阿芝就变得痴痴傻傻。杨淙淙去探望过她一次，但阿芝一见到她，忽然就哆嗦起来，吓得缩在了墙角里，好像她是洪水猛兽一般。杨淙淙想了许久才想明白这是为什么，可能是当初自己在房间里莫名其妙地消失本来就在阿芝的心里造成了阴影，加上在荷塘边被江月明一闪而逝的身影吓到了，于是她落下了后遗症。

杨淙淙是知道这些的，但她没办法把这些事情告诉沈仪心。如果沈仪心知道每天在他身边的她其实是一个贪恋美食的洋葱，而江月明则是一条时常要泡水的鱼，可能惊得下巴都要掉到地上了。

“不如……请位法师来作法吧？”沈仪心沉吟了片刻说。他自然是不相信什么闹鬼的事的，但为了让众人安心，采取行动还是有必要的。

杨淙淙差点儿就脱口而出“好”，但她立刻意识到了一件事：她是小仙，是不怕什么法师的，但江月明不一样，若是法师来了将他收走了怎么办？

想到这里，杨淙淙说：“我觉得这样不妥。”

“嗯？”沈仪心看着她。

“找人来作法，这不就代表你认同‘闹鬼’的事是真的吗？那样一来，反而可能让大家更加担心。”杨淙淙说，“最好的方法不是把‘鬼’捉走，而是向大家证明根本就没有什么鬼。”

沈仪心点了点头，不怀好意地看着她笑。

杨淙淙被他看得有些发毛，说：“你……你想干什么……”

沈仪心挑了挑眉，说：“你说得非常有道理，既然如此，那不如就把这件事交给你去办吧？这么光荣而艰巨的任务，换了别人也完不成啊。”

杨淙淙在心里后悔莫及，没事干吗给他出那个主意，结果让自己摊上了这件难办的事。她正要抗议，忽然看到沈仪心笑眯眯地问：“你想抗旨？”

不是吧，明明他是她的小跟班，现在居然用皇帝的威严来压她？

杨淙淙被他这句话哽住了，呆了一呆，正想气呼呼地反抗权威时，沈仪心忽然轻飘飘地在她耳边说了一句：“事情办好后，我可以让金兰做一桌好吃的给你哟！”

沈仪心抓住了她的弱点，将她牵得牢牢的，跑也跑不掉。

想到李金兰做的美味佳肴，杨淙淙终于很没出息地屈服了：“我尽力……”

既然答应了，那么就一定要拖个人做垫背的，这个人必然就是江月明无疑了。

“你呀你，为了一桌好吃的就折服了，真是……”在听杨淙淙说了事情的经过以后，江月明无奈地叹了口气。

杨淙淙撇撇嘴：“要不是你去荷塘泡水被人看到，要不是为了避免你被法师抓到，这个活儿也不至于落到我头上。不管怎么样，反正现在已经跑不掉了，难道你会丢下我一个人？”

“开玩笑，我是这么不讲义气的人吗？”江月明鄙夷地说，“说实话，解决方案我早都想好了，只不过又没什么好处，我干吗要告诉你？”

杨淙淙顿时无语……要好处，这还叫讲义气吗？

见她不说话，江月明立刻“嘿嘿”一笑凑了过来：“逗你的啦，小洋葱，这件事你就放心吧，到时候李金兰做了好吃的请你吃饭时可别忘了我哟！”

说完不待她回答，江月明就像一阵风似的飘出去了，顺手还拿走了桌子上的一块龙须酥。

还别说，江月明真的有两把刷子。第二天上朝时，就有负责宫内事务的官员上报说，第一名说闹鬼的小太监其实是被人用恶作剧戏弄了，另一名跟他有矛盾的小太监用透明的渔线拴住了他房内的鱼和洋葱，然后向外拉，就造成了它们自己跑的假象。至于宫女阿芝看到的那个荷塘边的人影，其实是御花园的工匠趁着晚上凉爽去打理荷塘中的莲花，身影一闪就躲到了莲叶后面，只是她当时太过紧张没有看到而已。

事情到了这里，人人都松了口气，全都露出了一副“原来如此”的表情，原先说宫里有别的离奇事件的人也确认那不过是自己因疑心而起的幻觉罢了，这件事就这样尘埃落定了。

杨淙淙不得不佩服江月明的本事，竟然在一天之内就搞定了让她这么头疼的事。她怀着好奇又崇敬的心情去问他是怎么做到的，江月明回答：“很简单，解铃还须系铃人，这些事情别人再澄清都没用，必须让当事人来说才有效果。我只是创造机会让当事人再遇到一次类似的事情，然后故意让他们发现破绽就是了。至于那名整人的小太监和那名打理荷塘的花匠就更简单了，给他们一些钱就是了，宫里有人争着要来做证呢。”

杨淙淙想了想，觉得他说得很有道理。其实很多时候事情并不复杂，是人们的脑子把事情想复杂了，对付复杂的事情最有效的办法往往是从根源着手，也就没有表面上看起来那么难了。

看来这条自恋的鲤鱼虽然臭美，但还是有两把刷子的。杨淙淙对江月明的好感又多了一些，暂时把他平时欺压她的事情忘在脑后了。

沈仪心果然说话算话，事件平息后不久，李金兰就进宫了。

自从进宫以后，杨淙淙已经有一个多月没见到李金兰了。她在人间无亲无故，除了沈仪心和江月明之外就只有李金兰这一个熟人了，此时见到她，不由得有一种故人重逢的感觉。

一个月没见，李金兰仿佛又胖了，肤色也白了一些，手腕上依旧戴着那个金镯子。她身上穿着的衣服十分华丽，有一种如云似霞的感觉，映衬得她整个人也十分有精神。

李金兰自然是有精神的，因为这是自从沈仪心回到宫中以来第一次召她入宫。

按照规矩，她虽然是宰相千金，但毕竟是外臣的女儿，没有皇帝下召是不能随意进宫的。太后倒是很喜欢她，时常叫她入宫陪着自己聊天说话，也会让沈仪心过来，撮合两个人的意思分外明显。但沈仪心每次也就是给太后请个安而已，并不多说，没多久就说政务繁忙走了，所以虽然见了沈仪心很多次，但李金兰总共也没跟他说上几句话。因为这次他主动召自己入宫，李金兰自然万分高兴。

由于杨淙淙跟沈仪心说过了解决这件事情的功臣主要是江月明，所以沈仪心也邀请了他。这是一次规模不大的小聚，参加的人只有四个——沈仪心、江月明、李金兰和杨淙淙。

在宫外的时候，四人就已经认识了，加上酒酿圆子事件的同甘共苦，感情更近了一些，因此见了面几乎没怎么客套。

李金兰自己带了食材来，说是最新鲜、最地道的，她一来就忙里忙外地做菜去了，另外三个人想帮她，结果被她嫌弃碍手碍脚，没过一会儿就纷纷从厨房里退散出来聊天了。这其中最郁闷的是沈仪心，他身为皇帝，好不容易想帮人做饭，结果却因为笨手笨脚被赶了出来，被杨淙淙好一阵嘲笑。

就在她笑沈仪心的时候，江月明不失时机地说：“你自己不是也被赶出来了，还好意思笑别人！”杨淙淙毫不迟疑地反驳：“你不也一样，想削生姜皮，削完后连肉都没了！”说到这里，三个人顿时不约而同地哈哈大笑，其中以沈仪心笑得最为开怀。在这宫廷里，有敬他的，有畏他的，却很少有真心待他的。他平日里是高高在上的九五之尊，然而高处不胜寒，更多的时候他也只是希望自己是个平凡但快乐的普通人而已。

然而这种希望对他而言，却是渺茫到近乎奢侈的。

这次小宴的地方在一处清净的庭院里，名叫听风院。这里原本是先帝一位后妃所居宫殿中的一处，后来她过世了，这里就空置了。尽管如此，还是有宫女时不时来打扫。那位后妃生前很喜欢花，于是在自己的宫殿的庭院中遍植花朵，亲自打理，因而花朵长得很好，一年四季都有不同的花开。

杨淙淙刚来到这里的时候，看到院子里柳暗花明，各种花朵姹紫嫣红。赞叹了一番之后，她才知道这里已经没有人居住了，花朵却自顾自地绽放着，颇有一种“空谷无人花自芳”的感觉，她不由得一阵慨叹。

想到这里，她顿时想起了锦澜仙君。

来到人间已经几个月了，历练倒是有，而他让她找的东西却丝毫线索也没有。杨淙淙自从出生以来还没离开过他那么长时间，锦澜仙君对她而言就是家人一般的存在，如今这么久没见到他，还真有些不习惯。

虽然锦澜仙君经常“欺压”她，她也曾经做过无数次无谓的反抗，结果当然是失败的，但杨淙淙心里明白，仙君对她的好是谁都比不上的。

想到以前和锦澜仙君生活的点点滴滴，杨淙淙的鼻子酸了。

“淙淙，你……”沈仪心原本正在赏花，转过身来恰好看到她揉着发红的眼睛，突然愣了。“今天这大好的日子，为什么要哭？”

“没什么啦。”杨淙淙咧出一个大大的笑容，“想一位老朋友了。”

沈仪心知道她家在宫外，进宫这么久也无亲无故的，难免孤单，于是说：“那你要不要出宫去看看朋友？”

“不用啦，”杨淙淙笑着说，“有你就够了。”

她这句话本是随口一说，却如同一片轻飘飘的花瓣，落到了沈仪心的心里。

他很久都没有过这样的感觉了。自从在河畔和她相遇，这一路上他和她经历了太多的事情，也让他对她的感情渐渐发生了变化。不是主仆之情，不是朋友之情，而是……

如同一朵花，静悄悄地开在他的心底。

空谷无人花自芳。这朵花是他要精心呵护的，在他原本如同一片空谷一样的心中，冉冉绽开。心里有了它，便不再是一片荒凉，也终于有了暖暖的感觉。

杨淙淙并不知道，当初沈仪心说出一个假的杨淙淙的身世时，李金兰相信了。李金兰之所以一夜之间变得分外同情杨淙淙，是因为在沈仪心的口中，杨淙淙的身世是无比悲惨的。

“金兰，你不知道，淙淙的身世真的是太惨了。”沈仪心故作悲伤地说，“他小时候家里孩子多，穷得揭不开锅了，爹娘没办法只好把他送到宫里当小太监，没想到选拔小太监的那些人却嫌他身板不够结实而把他拒之门外。淙淙走投无路，只好四处流浪，直到遇见我……你知道他为什么吃得那么多吗？是因为小时候饿怕了啊……”

他说得分外真实，有理有据，连杨淙淙的生活习性都结合起来了，听得李金兰眼圈红红的，一口答应道：“好，我一定帮忙把杨公子送到宫里去！”

之后的事情就是那样了，李金兰感慨杨淙淙身世悲惨，杨淙淙自己却莫名其妙，不过还好，最终顺利地进了宫。如果杨淙淙知道自己的身世在沈仪心口中竟然是这样的，不气得口吐白沫才怪呢。

不过话又说回来，沈仪心这么做，也完全是为了能让杨淙淙顺利地进宫而已。

他是皇帝，带回去一个女子本来就没什么大不了的，虽然他从来没这么做过，不过若是他真的干出了这样的事情，于情于理也是说得通的。但他并不想这样，对杨淙淙，他的感情很纯粹，也很复杂，他想让她在他的身边，但更希望她快乐平安。依照杨淙淙的性格，喜欢自由不受拘束的她扮作一名小太监可能更开心一点儿。

繁花绽放的小院里，沈仪心正在想着这些无人知晓的心事，刚刚消失了一阵子的江月明进来了，手里拿着一个小坛子。

“如此良辰美景，美味佳肴，没有酒怎么行？”他笑呵呵地把坛子放下，打开盖子，一股酒香顿时飘了出来，“三十年的陈花酒哦，好不容易才搞到的呢。”

“哎呀！”刚打开酒坛，江月明就拍了拍后脑勺儿，“我只顾着拿酒，却忘记拿酒盅了。”

“我去拿吧。”杨淙淙瞥了江月明一眼，一看就知道他懒得去拿，沈仪心是皇帝，更不能让他去拿，于是只好自己主动去了。

“淙淙真是玲珑心肝，善解人意，嘿嘿，那就辛苦你啦。”江月明对她一顿猛夸，明显是想让她快点儿去拿。杨淙淙也懒得跟他计较，起身就出去了。

杨淙淙去拿酒盅了，李金兰在厨房中做菜，院子里的小石桌旁此刻就只剩下了沈仪心和江月明两个人。

“你把她支出去，是想对我说些什么？”沈仪心负手而立，平静开口。

“皇帝陛下果然智慧过人，一下便看透我心中所想。”江月明淡淡一笑，说道。

沈仪心的目光原本是淡然的，此刻忽然凌厉了起来，盯着江月明那张俊美得有些妖异的脸。

江月明对面前凌厉如箭的目光并不以为意，依旧笑着说：“陛下应该知道，依照淙淙的性格，并不适合在宫中生活，你凭一己之意将她留在宫中，可曾考虑过她的感受？”

沈仪心的眼神闪了一下，随即恢复如常。

“她说过，她很开心。”

“哈，是吗？”江月明冷笑了一声，“那你觉得呢？”

沈仪心没有说话，视线扫过江月明的脸，忽然说道：“你到底是谁的人？”

从他在建州出现的那一刻开始，沈仪心就觉得这并非巧合。那一路上，他总觉得有人跟着他们，却怎么都发现不了是谁，以至于他一度觉得那是自己的错觉。然而，当江月明出现的时候，他知道自己的感觉是真的。

江月明究竟为什么出现，他把握不准，但沈仪心知道，他一路尾随并接近两个人一定是有目的的。

为了弄清楚这个目的是什么，沈仪心借机邀请他来到宫中，江月明也答应了。按照沈仪心最初的猜想，江月明很可能是他的皇叔沈越派来的，但来到宫里以后，根据线报，江月明从来没有跟沈越以及他身边的任何人接触过，这就令沈仪心有些费解了。江月明每天也的确只是在宫里游玩而已，时不时去找找杨淙淙，除此之外什么也没做。

江月明的目的，应该就是接近杨淙淙了。

他……是喜欢她的吧？

想到刚才江月明问他的问题，沈仪心不由得感到心中沉沉的。不得不承认，让杨淙淙来到宫里这件事，他的确是有私心的，他想让她陪在他的身边，却忽略了她的感受。来到皇宫以后，杨淙淙真的开心吗？他问过她这个问题，她笑呵呵地回答开心，以至于他也当真了。但是他忘了，依她的性格，就算不开心，她也会说开心的，因为她不愿意他因为她不开心而不开心啊……

沈仪心的心里忽然有点儿痛，那种细细的、小小的疼痛，在这样晴好的夏日里，使他骤然觉得无比难过。

“谁的人都不是。”江月明微微仰头，看着天空，“我，是我自己的人。”

他们之间的这段对话如果被杨淙淙听到了，肯定会以“莫名其妙、不知所谓”来评价，但是此刻杨淙淙并不在场，她在去拿酒盅回来的路上遇到了麻烦。

从听风院出去走上一条狭长的小路，杨淙淙拿了酒盅回来，一边想着等一下怎么大快朵颐，一边急匆匆地赶路。她想着这些，根本没注意到前面还有人，因此就跟小路上正面而来的人撞了个满怀。

虽然杨淙淙平时大大咧咧的，但绝对不是缺根筋的类型，来到宫里有一段时间了，她也知道多一事不如少一事，把自己的姿态放低一些是明哲保身的最佳办法，再说她也不想给沈仪心惹事。所以在撞到人以后，也不管是不是自己的错，杨淙淙第一时间诚意满满地连声道歉："对不起，对不起！"

然而，对方没有说话。杨淙淙心里有点儿紧张了，莫不是这次碰上了难缠的角色？她悄悄抬起头来看和她撞在一起的那个人，愣住了。

眼前的人是个女子，身穿锦衣绣裙，身姿翩跹，不但有着宫人的贵气，还有着不同于一般宫人的清丽。青丝若黛，肤如凝雪，还有那仿佛含着点点秋波的眼睛，无不在说明她的确是个一等一的大美人。

她的身后跟着几名宫女，其中的一个冲杨淙淙喊道："看什么看，见了娴妃娘娘还不快请安！"

娴妃……原来是她！

杨淙淙一直知道沈仪心有一个妃子，是迫于他皇叔沈越的压力而娶的，封为娴妃。沈仪心丝毫不喜欢她，也从来没碰见过她，因此虽然她进宫有一段时日了，也有了封号，但宫里的人对她的印象也大都依然是之前那个名动京城的才女蒋茹嫣。

蒋茹嫣出身于官宦之家，在先帝当政的末期，一次先帝寿宴之时，她的父亲因为作了一首诗而令先帝不满，于是被流放到黔州，在路上受尽苦难而死，家道就此中落。蒋茹嫣还有一个兄长，名叫蒋茹琛，在十几岁的时候失踪了，至今下落不明。

虽然蒋茹嫣儿时的生活十分苦，她却因为父亲的影响而自幼喜欢读书，说是满腹诗书绝不为过。在几年前，她十八岁的时候做出了一件当时看起来不可思议的事——扮成男子去参加当年的秋选。

在每年的秋天，当朝都会举行一次全国范围内的人才选拔，最后选出十名德才兼备的人才，其中有五名文采出众的，有五名武艺超群的。这十个人进到皇宫中，由皇帝亲自进行考核，之后评定名次，给予官职。因为先前沈仪心年少，所以考核大都由沈越代为行使，蒋茹嫣女扮男装参加秋选的事就是他发现的。

说是他发现的，其实也不准确，更确切地说是蒋茹嫣主动向他坦白的。那时候，蒋茹嫣在秋选中名声大噪，进入了最后的环节，她知道自己有意隐瞒性别是犯了欺君之罪，所以思虑之后选择向沈越坦白了自己的身份，以求轻饶。

蒋茹嫣原本以为自己一定会受到责罚，没想到沈越知道真相后对她的才华和胆识十分欣赏，不但没有治她的罪，还赏赐给她许多东西，后来甚至破例允许蒋茹嫣住在他的府中。沈越年岁比蒋茹嫣略长，又是颇有权威的摄政王，两个人的相遇仿佛是许多英雄美人的故事的开端。然而令人意外的是，在不久之后，蒋茹嫣竟然嫁给了比她小两岁的沈仪心，被封为娴妃。

今年是蒋茹嫣嫁进宫来的第三个年头，在这个荷花绽放的夏天，听风院附近的小道上，杨淙淙终于遇到了这个她早就有所耳闻的女子。

杨淙淙心里很担心，听说后妃脾气大都不怎么好，她说不定会用什么方法责罚自己呢，没想到蒋茹嫣竟然淡淡地说道：“这次就罢了，以后小心些吧。”

她相貌原本就生得很好看，再加上华丽的服饰，还有这柔和的声音，真的会令人以为是天仙下凡一般。从前沈仪心很少提起蒋茹嫣，所以杨淙淙对她的印象也是很模糊的，总感觉她不怎么讨人喜欢，今天一见才发现其实并非如此。

说完这句，蒋茹嫣就走了，刚才大声呵斥的那名宫女狠狠瞪了杨淙淙一眼，也跟着走了。

杨淙淙看着那离去的亭亭身影，仿佛一朵飘逸的云，纯洁而秀美。她不由得有些愧疚，觉得她以前对蒋茹嫣的看法是错误的，误会她了。回头她也应该告诉沈仪心，希望他不要对蒋茹嫣带有这么大的成见，虽然她是沈越送过来的人，但未必是他想的那样，他应该试着多了解她一下。

想到沈仪心，杨淙淙忽然意识到自己还抱着一套酒盅，这才想起自己出来这趟是干什么的，于是急忙跑了回去。

听风院里，凉亭下的石桌旁，沈仪心和江月明都还在等着。因为等得久了，脸上都明显带上了些担忧，一见她回来，两个人都不约而同地站了起来。

“怎么才回来啊？出什么事了吗？”沈仪心急切地问道，看杨淙淙没事，终于松了口气。

“没事没事，嘿嘿，别担心。”杨淙淙想到沈仪心不喜欢蒋茹嫣，于是没提刚才的事，打着哈哈把这个问题略过去了。

“你怎么去了那么久！”江月明蹙眉，话语虽然是埋怨的，但语气中关心的成分明显多一些。

杨淙淙找了个借口：“我刚才不小心迷路了……”

“这么近都能迷路，怎么那么笨！”江月明还是气不过地瞪着她。

沈仪心先前并没有见过这两个人之间的吵闹斗嘴，此时听到江月明这样说杨淙淙，原本有些生气，转头却见杨淙淙脸上非但没有一丝不悦的神情，反而是挺习惯的样子。他们两个人什么时候熟到这种程度了？这下子，沈仪心的心里可有些隐隐的不舒服了。

就在这时，厨房门口响起了洪亮的声音：“上菜喽！”

李金兰做菜那是相当麻利，没多久一桌菜已经做好了。杨淙淙早就饿了，听到召唤就兴高采烈地跑过去端菜。然而，在看到厨房里满满摆着的那些菜的一瞬间，她彻底呆住了。

“干吗愣在这里啊？还不快——”

江月明从后面走了上来，原本想催杨淙淙快一点儿，却在看到厨房里的情景的同时和杨淙淙一样呆住了。

所有的菜——每一种、每一道，都是鱼！

李金兰笑眯眯地把系在腰间的围裙拿了下来：“怎么样，惊呆了吧？这可是我花费了很大的功夫才研究出来的全鱼宴哦。”

“全……全鱼……”杨淙淙哆嗦着看向江月明，他的脸色果然已经变得像小葱拌豆腐一样一阵青一阵白了。

虽然李金兰不知道江月明的真实身份，虽然她是善意满满的，但是……请一条鱼来吃全鱼宴，这也未免太残忍了吧……

“怎么……你们不喜欢吃鱼吗？”后知后觉的李金兰终于发觉气氛有点儿不对劲儿，问道。

杨淙淙看了看嘴唇紧绷的江月明，知道他不可能回答李金兰的问题，于是连忙解释道：“啊，那个，不是啦……江月明他从小体质比较特殊，吃不了鱼肉的，一吃鱼肉就过敏。”

李金兰想了想，说：“吃不了鱼肉……那鱼汤总能喝吧？”

杨淙淙看到江月明的脸色又沉了几分，立刻说道：“鱼汤也不行，他只要一碰跟鱼有关的东西啊，脸就肿得像猪头似的。”

说到这里，杨淙淙偷偷瞟了江月明一眼。哼，谁让他之前这么说她的，现在是她报仇的时候了。

“这样啊，那真可惜呀。”李金兰同情地看了江月明一眼，然后对杨淙淙说，“那你和皇上先去吃吧，我给江公子另外做一些吃的。”

“好——”一个“呀”字还没说出口，杨淙淙就感受到了江月明箭一般射来的目光，不由得一激灵，立刻改口，“好可惜呀……我也对鱼肉过敏，吃不了鱼的。”

“怎么会这样？”一直在旁边围观的沈仪心也走了过来，一脸疑惑地看着杨淙淙，“你以前不是挺喜欢吃鱼的吗？我们先前在宫外的时候，有一次你一口气吃了三条鱼，把我的那份也吃了，也没见你有什么过敏反应啊？”

这个呆瓜沈仪心！质疑她就算了，还把她以前吃得多的事抖出来，嫌她还不够丢脸吗……

“啊，这件事情是这样的，”虽然内心已经想把沈仪心这家伙一脚踹飞了，但杨淙淙表面上还是十分淡定，脑子里飞速旋转着要怎么解释，“那时候的确是不过敏的，不过我后来生了一场小病，倒也没什么大碍，只是郎中说从此以后就不能吃鱼了。那时候你在处理建州的事情，我怕让你分心，就没告诉你。”

这番话说下来，不但有理有据，还颇有一番国家大事为先的奉献情怀，连杨淙淙自己都快要被说服了，可沈仪心的脸上还是一副似信非信的表情。不过还好，他至少没追问下去。

先前两个人在外游历的时候，杨淙淙最怕的就是沈仪心的连连追问了，她真不明白他都这么大的一个人了，怎么还像个好奇宝宝一样。比如说有一次两个人在山中路遇两名蒙面人持刀让他们交出银子来，杨淙淙一心想着怎么逃跑，沈仪心却问题不断。

“他们是谁？”“他们为什么要蒙着脸呢？”“他们要我们的银子干什么？”连珠炮似的问题直问得连蒙面人都呆住了，杨淙淙趁此机会拉着沈仪心就跑。也还好，沈仪心这个一直养尊处优的公子哥儿虽然生活常识差得太远，但体质是非常好的，到了后面杨淙淙跑不动了他二话没说背起她就跑，一溜烟就不见了踪影。

在外游历几个月，沈仪心的见识是翻倍地增长，很少问一些略显笨的问题了。

他原本就读了很多书，现在又经过现实经历的熔炼，完全能学以致用了。当书本的知识和现实的经验结合在一起的时候，那威力简直是巨大的，所以到了后来沈仪心简直像换了一个人似的，不但不再问杨淙淙问题了，甚至当杨淙淙有一些事情不懂时他还能一本正经地解释出个因为所以来，并且常常讲得很有道理，让杨淙淙都不得不对这个小跟班刮目相看了。

但是，见识多了，人也是会有变化的。

在刚认识杨淙淙的时候，沈仪心说话做事完全是直来直去的，一个弯都不会拐，他外表虽然生得英俊潇洒，而内心却实实在在有点儿天然呆，所以当杨淙淙偶尔拿他开玩笑的时候，他都会被说得脸红红的一言不发。不过到了后来，沈仪心在说话方面可是越来越游刃有余了，时常能把杨淙淙噎得说不出话来。所以当杨淙淙想到这期间沈仪心的变化，都觉得他像是从一个刚出蒸笼的纯真无邪的白馒头变成了一根在油锅里炸了好几遭的老油条，每每都会有一种时光荏苒的感慨。

尤其是在回到宫里以后，沈仪心说话做事的风格完全变了，刚中有柔，柔中带刚，实在是跟先前那个在皇叔的权威下敢怒而不敢言的小皇帝有着天壤之别。有时候在他批阅奏折的时候，杨淙淙会在一旁偷偷地看着他的侧脸。橘黄的烛光下，他的眼神中透出一种柔和的坚定来。这两种看似毫不相容的感情在他的眼中却如此和谐，如同他的人一般，笑容是那样温柔，内心却那么坚韧。

想着想着，沈仪心就真的笑了。

“好啦，既然你们两个都不能吃鱼，那这一桌的美味佳肴就只好金兰和我独享了。”沈仪心笑着，柔和的眼神如同清风一般扫过杨淙淙，转向李金兰，“是吧，金兰？”

杨淙淙觉得他笑得不太对劲儿。虽然沈仪心平时也常常这样笑，但今天他笑得似乎特别刻意，她感觉出他不开心了。

李金兰被他这个眼神一扫，顿时打了一个寒战，立刻说：“那个……江公子和杨大哥也不能饿着啊……你们等等，我这就进去给你们重新做一些简单的饭菜。”

说着，她就像一阵风一样地钻到厨房里去了。

照李金兰的这个体形，在平时是很难做到像“一阵风”一样的，但是今天她的的确确做到了。望着她那健硕的背影，有一种不祥的预感隐隐从杨淙淙的心中升起……

屋外的三个人只听到厨房里传来“乒乒乓乓”切菜的声音，还有“吱啦吱啦”热油的声音，过了不多时，李金兰喜气洋洋地端着两盘炒饭出来了。

“现做的炒饭，材料简单了点儿，希望两位不要嫌弃。”李金兰一边客气着，一边把两盘炒饭放到了石桌上。越是这种简单的饭其实越考验技术，在这方面李金兰的确是非常优秀的，那两盘炒饭的颜色搭配非常合理，其中有红有绿的煞是好看，真是色香味俱全。

杨淙淙原本就饿了，此时也不客气，正要吃的时候瞟了一眼盘子里的饭，忽然整个人都石化了。

这盘五颜六色的炒饭里，白色的是饭粒，黄色的是鸡蛋，红色的是胡萝卜丁，绿色的是青豆，可是……那些浅紫色的是什么？

在看清楚了那些浅紫色的东西是什么的一瞬间，杨淙淙原本就不怎么灵活的脑子就在这一瞬间完全停止运转了。

夏日的阳光明媚无比，听风院里凉亭下的石桌旁，沈仪心、江月明和完全不知道到底发生了什么事情的李金兰，呆呆地看着眼前的这个景象——

一个石化了的杨淙淙，手里端着一盘同样石化了的洋葱炒饭。

“洋葱炒饭”事件给杨淙淙带来的心理创伤是巨大的，即使已经过去了一个多月，每每回想起那盘炒饭中七零八落的洋葱块，她的心就拧着痛。在别人看来那只是洋葱而已，可是在她看来，那可是她惨死的兄弟姐妹们啊！

江月明知道杨淙淙为什么会这样，所以也就处处小心，尽量避免跟她谈到这个话题惹她伤心。

沈仪心原本就知道杨淙淙不吃洋葱，虽然觉得她这次反应大了点儿，但也是能理解的。唯一不理解的只有李金兰，她心里既为自己造成的结果而内疚，又想知道到底为什么。思量了很久，她还是决定去向杨淙淙问个清楚。

俗话说心宽体胖，虽然许多胖人的心里都很和蔼宽厚，也不太钻牛角尖，有什么问题一睡觉起来就忘了，不会执着于同一件事情太久。而李金兰却恰恰相反，她是那种一心一意的人，不仅对沈仪心，对别的事情也一样。她有了疑惑就一定要打破砂锅问到底，否则事情搁在心里，连觉都睡不好。

这天，太后又一次传李金兰进宫，并让沈仪心也来，但沈仪心再一次以事务繁忙为借口避而不来。说是借口，其实也是事实，最近沈仪心清掉了很多沈越植入官场中的势力，在六部之中安插了自己的人，大大触动了沈越的根基。

虽然明里沈越没有表示什么不满，但是沈仪心知道他已经在暗里采取行动了，这也是他早就料到的。

革除旧弊，说起来容易做起来难。能在京城官场中混的人，没有几个是没有后台的，有的还牵连到了当朝李宰相，就是李金兰的父亲。

李宰相是两朝元老，在朝中的势力不容小觑，所以当初沈越摄政，一直在想方设法拉拢他。然而，这位李宰相的态度却是有些暧昧不明的，他没有明确地表示偏向沈越，却又暗地中在某些事情上帮助沈越。如今沈仪心回到宫中，摆明了是要跟沈越势不两立，在这种时候很多人都要选立场了，但李宰相还是一副事不关己的态度，对沈仪心和沈越都无比恭敬，实在让人摸不透他的心思。

李金兰显然是喜欢沈仪心的，这正好遂了太后的心意，将李宰相拉拢过来。

沈仪心心里虽然知道立李金兰为皇后对自己有多么大的好处，却依然迟迟不愿面对这个问题。

在太后又一次以聊天为名义让沈仪心去她的宫中、实际是撮合他和李金兰的这天，沈仪心说事务繁忙拒绝了。但送信来的太监说，太后说这次皇上若是不去，她就替皇上决定了。

沈仪心一听，知道这次是不得不去了，于是整理了衣冠，带着杨淙淙一起过去了。

原本这次杨淙淙不去也是可以的，但她入宫几个月了，一直没机会见到传说中睿智端庄的太后娘娘长什么样，心里很是好奇，央求着沈仪心带她去，沈仪心也就答应了。

其实，在杨淙淙说希望他带她去的时候，沈仪心的心里不知道为什么，忽然感觉很安心。太后虽然是他的亲生娘亲，但宫廷之中的感情本就淡漠，再加上所谓皇家礼仪等，想跟平常人家一样和爹娘坐在一起吃顿饭都难，因此他和太后之间有着血亲关系，却没有深厚的感情。太后做那些事情都是为了他以后好，他也是明白的，但尽管如此，他总觉得和她之间有很远的距离，每次去她寝宫的时候他都觉得那里很冷很陌生。因此这次杨淙淙主动要求跟他同去，让他安心了不少。

有她在的时候，他总是能这么安心。

太后的寝宫名叫蕴秀宫，离沈仪心所在的地方是有些距离的。

按照宫中的规矩，沈仪心自然可以乘坐步辇，但杨淙淙不能。好在杨淙淙压根儿也不介意，开开心心地跟在他的身边去了。

沈仪心低头看了看身边这个穿着一身小太监衣服的姑娘，她因为能见到太后而很兴奋，眼睛笑得都弯了起来。她一直左顾右盼地看着蕴秀宫在哪里，因此也没有注意到身边穿着一身锦绣龙袍的男子温柔地看着她的眼神。

过了大约一盏茶的工夫，蕴秀宫到了，太后和李金兰早在宫中等着呢。杨淙淙跟着沈仪心走到宫殿中，沈仪心走上了前去，杨淙淙只能侍立一旁，但尽管如此，她已经很满足了。

杨淙淙偷偷抬眼看去，只见大殿正中的黄花梨椅子上坐着一位衣饰华贵的中年妇人。她长得并不十分漂亮，五官看上去有些平淡，却因为华丽的打扮而显得十分有贵气。她身穿枣红色蜀锦衣衫，上面用金丝绣着吉祥的云纹，胸前戴了一串莹润的翡翠项链，每颗珠子都有拇指指甲那么大。她的头发保养得很好，一丝白发也没有，头上戴着各种华美的珠翠，颇有一种“小山重叠金明灭”的感觉。

杨淙淙心里暗想，比起喜欢简单素净的沈仪心来，他这个娘还真是喜欢打扮呢。

“皇帝，过来。”太后开口了，笑得十分大方得体。

这句话原本并没什么不对，但听在杨淙淙的耳里却略感别扭，想了一会儿才明白是为什么。太后叫沈仪心，叫的是“皇帝”，原本亲密的一句话就因为这个称呼而显得很疏离。

杨淙淙想到先前在民间的时候，那些百姓都会给自己的孩子取小名，什么“猫儿”啊、“狗蛋”啊，据说名字越贱越好养。虽然那些名字听上去似乎不太好，却饱含了爹娘对孩子浓浓的爱呢，这样叫出来才显得有一家人的亲密。可是太后对沈仪心的称呼，却是“皇帝”。

这也难怪，毕竟他是皇上嘛，总归是和一般的百姓不一样的。尽管心里明白这一点，但杨淙淙还是忍不住想了起来，如果太后把沈仪心称为“猫儿”或者“狗蛋”，那会是一幅怎样的场景。

想着想着，她就笑了起来。这一笑不要紧，居然还笑出了声。

沈仪心原本正在跟太后有一搭没一搭地说着话，太后把话题都往李金兰身上引，使得坐在旁边的李金兰害羞得红着脸低下头。但也不知道沈仪心是没听懂还是故意装作没懂，总是一副不解风情的样子。

杨淙淙的笑声并不大，在安静的大殿里却挺清晰的，殿上三个人的目光都聚了过来。杨淙淙心里暗叫一声惨了，知道情况不太好。

“母后，这是朕的贴身内侍，叫小杨子。”在说到“小杨子”这三个字的时候，沈仪心自己也有点儿想笑，不过还是尽力做出了一副非常淡定正经的样子，“小杨子，还不过来见过太后？”

杨淙淙知道沈仪心是在给她打圆场，立刻过来给太后请安。也许是见沈仪心对她比较看重，也许是觉得刚才的事不值一提，太后淡淡地“嗯”了一声，什么话都没说。沈仪心使了个眼色让杨淙淙退下，杨淙淙刚想下去，太后忽然开口了。

“哀家听说过这个小杨子，听说在御膳司贪污一案中立过功，平息前些时日的‘闹鬼’事件也有些功劳，原来是皇上身边的人。”太后微笑着，笑容中有一些和蔼，对着杨淙淙说，“小杨子，哀家今日就赏赐你白银百两，你以后要继续好生服侍皇上，不得懈怠。”

杨淙淙一听到“白银百两”这几个字，立刻眼睛都直了，心里简直乐开了花。

从蕴秀宫出来后，沈仪心支开了随从们，说是要去御花园散散步。杨淙淙跟着太后宫中的当值太监去领赏了，当她抱着白花花的一堆银子出来的时候，不知道羡煞了周围多少人。

就在杨淙淙乐呵呵地要回去的时候，忽然身后有一个人叫住了她，回头一看，是李金兰。

“杨大哥……”李金兰有些不好意思地开了口，“有件事情我想了很久了，还是没想通，所以不得不来问问你。”

“什么事呀？直说就好啦。”杨淙淙心里正因为得了银子而美滋滋的，也没有多想，随口就这样说道。

“是这样的，那天……你为什么对洋葱炒饭反应那么大，是因为……因为我做得不好吃吗？”李金兰眼泪汪汪的，憋了好久的话终于说出来了。

杨淙淙原本心里正美呢，忽然一下子被提到了这件事，不由得有一种被戳到痛处的感觉。不过她知道李金兰是没有恶意的，于是深呼吸，尽量让自己的情绪平静一些，说：“金兰，虽然这个事实很残酷，但我不得不告诉你……我不吃洋葱。”

“为什么呢？是因为我做得不好吃吗？”李金兰连忙追问，她对于别人对她厨艺的评价可是非常看重的，所以此刻她紧张得不得了。

“不是啦不是啦，”杨淙淙连忙摆手，瞬间想出了一个借口，“是这样的，我从小挑食，除了对鱼过敏以外，最讨厌吃的就是洋葱了。那股气味啊，我实在闻不了，一闻到我就头昏脑涨，食欲全无……”

为了安抚李金兰的情绪，杨淙淙不得不“现身说法”，对自己一顿猛损，真的是豁出去了。

“原来是这样。”李金兰得知不是自己的原因，终于释然了，但情绪仿佛仍然有些低落。

“哦，对了，”杨淙淙见她似乎情绪不佳，于是便拣她喜欢的说，“你跟沈……皇上刚才聊得如何了？”

刚才在蕴秀宫中聊天的时候，开始几人是在一起的。后来太后有事出去了，又遣散了殿中的随从，只剩下了沈仪心和李金兰两个人，显然是故意让他们相处的。

说到这个，李金兰更沮丧了。

“皇上只喝茶、看书，话都没几句，显然不怎么想和我说话……”

杨淙淙看着李金兰失落的脸，心里有些同情，她知道李金兰是真心喜欢沈仪心的，被他这样冷淡对待很难受。但是同时，她也是理解沈仪心的。

上一次在听风院里聚餐时，沈仪心跟李金兰说了不少的话，那时的情况和这时不一样。作为朋友，他可以跟李金兰聊很多很多，但是眼下如此情景和两个人之间的这种关系实在是让他有些尴尬，不知道该说些什么，也不想再说些什么了。

“那你要不要另寻个机会跟他说说，让他明白你的心意？或许这样，情况就会不一样了呢？”杨淙淙建议道。她不懂人间女子那些所谓的含蓄美，只是觉得既然心里喜欢一个人，就该说出来让他知道，难道不是这样吗？

给李金兰这个建议的时候，杨淙淙是真心实意的。可是不知道为什么，话说出口的一瞬间，她的心里有一点儿淡淡的难受。

难受什么呢？她也不知道。

这种感觉就像一滴墨汁滴到了湖里，缓缓地就散开不见了，湖水依然澄澈，好像什么都没有发生过一样。可是那滴墨汁却实实在在地是在湖水里的，虽然表面看不到，可是不代表它不存在。

为什么会有这种感觉？李金兰是她的朋友，她应该祝福她和喜欢的人在一起才对呀，可是为什么，为什么……

李金兰垂着头想了很久，终于低低地“嗯”了一声。

“那好哇，他现在就在御花园呢，我带你去找他吧。”

杨淙淙说着，语调依然轻快，脸上的笑容也没有改变，但不知道为什么，觉得心里沉沉的。

此时已经到了夏末，但皇宫中葱茏未减，依旧是郁郁葱葱的。杨淙淙和李金兰沿着青石铺的小路向御花园中走着，小路两旁种植着朱槿，硕大的朱红花朵在太阳下肆意地绽开着，有一种浓烈而张扬的美。

就在这火红浓郁的朱槿丛旁，却站着一个宁静安然的女子。

这是杨淙淙第二次见到蒋茹嫣，却觉得每一次见她都如同初见时那般惊艳。她身穿水白色绮罗绣裙，胸前宛似月光一般细腻的轻纱柔柔地拢着白皙的肌肤，若隐若现，引人遐想，却又如同云端仙子一般，令人不敢生出任何轻薄的念头来。

“金兰姐姐，茹嫣这厢有礼了。”她微微曲膝，垂目向下，分外惹人怜爱。

李金兰一直知道蒋茹嫣的存在，却是第一次同她面对面，没想到蒋茹嫣竟主动给她行礼，并称她为“姐姐”。虽然李金兰贵为宰相千金，但蒋茹嫣可是后妃，也不必向她行礼。况且蒋茹嫣年长沈仪心两岁，而李金兰比沈仪心小，而蒋茹嫣却叫她“姐姐”。是无意识的疏忽吗？还是另有目的？

“哦，不……不用多礼。”李金兰回应着，说话竟然略微有些结巴。

蒋茹嫣身姿纤盈，面容姣好，衣着素然；李金兰体态浑圆，皮肤黝黑，衣服是鲜艳的红色。若是单单看李金兰的打扮，倒也不觉得俗气，但是现在跟她站在一起的是蒋茹嫣，两相对比，一雅一俗，立刻分明。

虽然李金兰什么都没说，但是杨淙淙感觉到她的心情了。

难过、矛盾、自卑……虽然李金兰表面上什么都没表现出来，可是她周身的那种伤感气息瞒不过杨淙淙的眼睛。

这种气息，在蒋茹嫣出现之前是完全没有的。

蒋茹嫣莞尔一笑，对李金兰说道：“姐姐这是要去哪里呢？”

她这句话让李金兰想到了此行的目的，但是又不好跟她说出来，于是支支吾吾地说道：“也没要去哪里……就是在宫里随便转转。”

“这样啊，”蒋茹嫣若有所思，旋即绽开笑靥，“我听说御花园的重瓣莲开了，很是好看呢，姐姐要不要跟我一起去看看？”

李金兰一听到“御花园”三个字，脸色微微一变：“不啦，我对莲花的花粉过敏，就不去了，你们看吧，那我先走了。”她说完，也不待蒋茹嫣回答，就匆匆离去了。

“姐姐慢走，当心别摔着了！”蒋茹嫣朗声说道，眼中掠过一抹不易察觉的微笑。

杨淙淙看着李金兰的背影，怎么样都觉得她有点儿落荒而逃的感觉。想到她说的不去观花的原因，杨淙淙不禁哑然失笑，原来“过敏”这个借口在什么时候都好用啊。

“杨公公，你同我一起去御花园可好？”

蒋茹嫣虽然是笑着问的，但杨淙淙不能拒绝，这分明就是命令。先前从蕴秀宫出来时，沈仪心和杨淙淙是说好的，他先去御花园，她去领了赏后再去找他。但是现在恰好遇到了蒋茹嫣，不管怎么说蒋茹嫣都是后妃，而杨淙淙明白自己只是名小太监，这时候也只有听她的话的份了。

蒋茹嫣一路走着，一边随意地和杨淙淙聊着些话题。杨淙淙怕说错话，只能小心应付着。

一路上两个人说的虽然不多，但杨淙淙也感觉到了蒋茹嫣说话挺有水平的，的确不愧才女的名头。可是不知道为什么，每当她想到蒋茹嫣主动把年岁比她还小的李金兰叫“姐姐”时，总觉得有些怪怪的。

到了御花园，沈仪心果然已经在荷塘边上了，身边的侍从也都被遣散到一旁去了。沈仪心先看到的是杨淙淙，嘴立刻弯起一个弧儿，然而当他看到紧随其后的那个身影的时候，那抹还没有完全绽开的弧儿顷刻就消失了。

“臣妾给皇上请安。”蒋茹嫣走到沈仪心身边，盈盈一俯身。

“起来吧。”沈仪心淡淡地说道，视线却落在荷塘边缘处的杨淙淙身上。因为蒋茹嫣在这里的原因，身份的高低差别还是不能不顾的，所以她一来到这里就站在远处，没有上前来。

“皇上在看什么？”

沈仪心回过神来：“没什么。对了，你怎么会来这里？”

蒋茹嫣浅笑着答道：“臣妾今天在宫里的时候遇到了皇上身边的杨公公，他说皇上正在御花园赏花呢，臣妾挂念皇上，所以就前来请安了。”

淙淙？沈仪心有些意外，是她告诉蒋茹嫣他在这里的？

他的视线再次落在杨淙淙身上，但那个穿着小太监衣服的姑娘背对着他正在土里挖蚯蚓，完全没有注意到身后逼人的目光。

沈仪心有些气闷，她怎么好像总是这副满不在乎的样子，难道她不知道他特意遣散旁人就是为了跟她在一起吗？

又把这些告诉蒋茹嫣干什么？

“皇上，臣妾那里新得了只夜莺，到了夜晚便会纵声啼叫，声音分外悦耳，不知道皇上有没有兴趣今夜前去一看？”蒋茹嫣轻声说道，声音也如同莺啼一般婉转好听。

沈仪心想到杨淙淙刚才那般彻底走神的样子，犹豫了片刻，咬了咬牙，说：“好。”

“真的？”蒋茹嫣显然对这个答案感到很惊喜，立刻说道，“臣妾定当好好准备！”

“嗯，你就先下去准备吧。”沈仪心有些疲惫地挥了挥手，淡淡说道。

蒋茹嫣很高兴，但也没有失了礼数，仪态优美地离开了，荷塘边只剩下了沈仪心一个人。他侧目看了看荷塘那端的杨淙淙一眼，发现她又站在那里望着花丛中纷飞的蝴蝶，一副心不在焉的样子，他不由得叹了口气。

这个丫头，真的一点儿也不懂他的心意吗？

第七章

眠龙渊旁旧事浮

当天晚上，沈仪心破天荒地来到了蒋茹嫣的寝宫。

蒋茹嫣果然早已准备妥当，酒菜佳肴一应俱全。她的宫殿并不大，但是非常别致，今天得知皇上要来，全宫上上下下都忙碌了起来，将这里收拾得焕然一新——当然，这里平时也是非常干净雅致的。

沈仪心到来的时候，天刚刚黑了下来，暑气还没有完全消散。宫殿之中燃了沁语香，那据说是用极其稀少的珍贵香料制成的，可令人心情平和，怡然忘忧。果然，刚一跨进殿门，便有悠然香气拂面而来。蒋茹嫣不失时机地端上一杯加了冰块的特制花茶，茶是蜜色的，其中加了少量的糖，甘甜而不腻口，茶水中有花瓣静静漂浮，入口沁凉柔滑，犹如甘露一般。

望着那杯茶，沈仪心有些发愣。淙淙是最喜欢这些美食的，如果她看到了这茶，一定会欢呼一声，然后端起来就一饮而尽吧？而他，则会无奈地笑着看她，然后说一句：“暴殄天物。”

虽然嘴上这样说，但心里，其实是很喜欢看着她在自己面前那无拘无束、一派天真的模样吧……

想到这里，沈仪心下意识地往四周看了看，然后略有失望地收回了视线。

还在期盼着什么呢？当今天他把夜里要去蒋茹嫣那里的事情告诉她后，原以为她会不开心，平时总是充盈着笑意的小脸儿会绷得紧紧的，可是没想到，她竟然像什么事都没发生一样，淡淡地应了句：“好啊。”

若是在平时，他是绝对无法容忍别人以这样的态度跟她说话的，可她不是“别人”。她是同他患难与共的朋友，是他可以倾诉心声的知己，还是……

他心仪的人。

到底是从什么时候开始对她有这种感觉的呢？他也不知道。或许是在辰宁镇上，她坚定地说要和他一起去建州的时候；或许是在比文招亲的那天，装病的她从床上跳起冲着他叫“呆瓜”的时候；或许是更早，在湄泠河畔，她以为他要跳河自尽，扑过来救他的时候……

初次意识到自己对她的那份感觉，是在回宫的途中的那个夜里，看到她和江月明在屋顶上聊天、看月亮的那次。

那时候，因为成堆的奏折和纷杂的事情而心烦意乱的沈仪心打开窗户，想呼吸一下新鲜空气，平复一番思绪，却没想到正巧看到对面侧边的屋顶上有一个小小的人影。她并没有意识到他正注视着自己，只是一个人蜷膝坐在那里，静静地望着天上的满月，不知道心里在想些什么。从他的角度看过去，她的身后正是一轮大大的圆月，她的身影映在那轮圆月前，成为一个剪影。夜风微微拂过，她散开的头发就那样在风中飞扬起来。

那是多么美的一幅画面，美到令人有些心酸。

他第一次看到她这样安静地一个人坐在这里，安静得令他感到心疼。她怕是有心事吧？认识这么久，她总是一副开开心心的样子，很少会有愁绪。他很少听到她提到有关家乡的事，有些事她不说，他也不会刻意去打听，毕竟每个人心里都有自己不愿为人所知的一块地方。但这样并不代表她不思乡，那毕竟是她生长和依恋的地方。

今夜月明人尽望，不知秋思落谁家。虽然此时不是秋季，但望着圆月的情怀，却是一样的。她从哪里来呢？是否有一日，他可以同她一起回到她的家乡，去看一看那里究竟是什么样子的呢？

从那时起，在连他自己也没有注意到的时光流逝中，一天，又一天，她的身影早已刻在了他的心里，挥之不去。她迷迷糊糊、大大咧咧，却在别人需要帮助的时候义不容辞；她有时候会耍一点儿小聪明，却对坏人一点儿也不畏惧，心中充满了正义。

她，有一颗多么善良的心啊……

她的心里，究竟都装着些什么呢？有时候，沈仪心会这样想。嗯，一定有一部分是食物，这是毋庸置疑的，而且应该是最大的那部分。她常常提到她先前的那个爱种菜的跟班，他应该也算一部分。江月明应该也有，她最近跟他的关系很亲密呢。

那……剩下的，还有多少？

她的心里是不是还有那么一小部分，是属于他沈仪心的呢？

这个问题，他想知道答案，却又怕知道答案。

身为九五之尊，表面上看起来风光无限，却没有人知道他背后的苦楚。喜欢一个人，却要将情感深深地埋藏在心里，甚至连她的身份都不敢告诉别人，只能让她以另外的身份陪伴在他的身边……

他想到那天在听风院中，江月明所说的话。他所给她的只是他想给的，而未必是她想要的，她告诉他自己很开心，也未必是真的开心。

“皇上您看，这就是那只夜莺。”

不远处的架子上挂着一个黄金制成的鸟笼，其中有一只小巧的夜莺，外表十分美丽，啼叫之声婉转动人，如乐声“叮咚”，却不知道怎么了，仿佛有着一种隐隐的悲伤意味。

她……是不是也像这黄金牢笼中的鸟儿一样呢？

夜幕刚刚降临的夏末，年轻的帝王立于锦绣华阁的宫殿之中，轻轻地叹了口气。

如果沈仪心知道此时的杨淙淙在干什么，他一定会觉得自己实在是想太多了。

“什么？湄泠河底的水晶宫！”一听到江月明的话，杨淙淙的眼睛顿时放光了。那可是她和白珠珠、白算算曾经特别想去玩，却怎么都没能找到的地方呀！

“你没骗我吧？”想到这个，杨淙淙立即怀疑地看着江月明。那个地方只是存在于传说中而已，至今都没听到有谁进去过呢，当初她们三个人潜到湄泠河底，却发现其中全是沙泥水草，连水晶宫的影子都没见到。她们想尽办法都没找到的地方，江月明竟然说知道在哪里，并且能带她进去？

江月明被她直直盯过来的眼神看得有些发毛，立刻解释道：“你别忘了我是谁呀。”

“你？不就是一个臭美的鱼妖吗，还能……”说到这里，她立刻醒悟过来，“鱼！”

“你的反应速度终于能快一点儿了。”江月明满意地点了点头，说，“身为水族，进入水晶宫自然比你这种陆地上的生物有优势了。”

杨淙淙一心想着水晶宫，也没计较他这句褒奖了自己顺便贬低了她的欠扁话，于是说：“你真的能带我进去？”

“当然了，我还能骗你一棵小洋葱不成？不信，你看我真诚的眼神。”

江月明把脸凑了过来，一双眼睛眨呀眨地看着她。杨淙淙怎么看也没觉得能从这家伙那双狭长的桃花眼中看出真诚，不过，他倒是也没骗过她，既然他这么说，那应该就是真的了。

“那我能叫我的好朋友一起来吗？”杨淙淙问。

“可以是可以，不过……”

“不过什么？”

“不过，那个水晶宫可能和你想象中的不太一样哦……”

“没关系！”杨淙淙很大气地拍了拍他的肩，现实和想象之间有差距这个道理她还是懂的，不过水晶宫嘛，再有差距它也是水晶宫不是？

杨淙淙早就想去传说中的水晶宫玩了，心痒难耐，一刻也等不了，立时就跟江月明出发了。

江月明的水阵，速度快得不得了，没过多久两个人就到了白珠珠所居住的平乐镇，没想到这天正好有集市，白珠珠赶集去了，根本没见人。

杨淙淙无奈，只好又到东莱阁中去，却被守门的小仙告知今天正好是南海仙翁的寿诞，白算算随景若仙子到南海给仙翁祝寿去了。

两个好朋友一个都没找到，杨淙淙不由得有些气馁，不过一想到那水下气势恢宏的水晶宫，立刻就又精神百倍了。

杨淙淙不知道的是，在她说出要邀请她两个朋友同去的时候，江月明虽然毫不犹豫地答应了，但依然是有些担心的。因为他先前所受的重伤，要同时维持四个人到水晶宫中去，需要消耗不少的灵力。这样的话，旧伤很可能又会发作了……

水阵之中，一袭火红衣衫的男子看着身边一脸期待的杨淙淙，心里无比复杂。

湄泠河到了，此时正是夜晚，天上有些薄云，星星隐隐地发着光亮。湄泠河畔没有人，周围十分安静，只能听到夏虫鸣叫的声音。

杨淙淙跟着江月明从水阵中走出来到河边，看了看周围，忽然觉得四周的景致有些眼熟。

“就是这里了。”江月明望着静静流淌的河水，说道。

“直接跳下去吗？”杨淙淙有些犹豫。

“当然不是了。”江月明看着她，眼神忽然如夜空一般深邃，“小洋葱，你决定好了，真的要去往水晶宫中一看吗？”

他分明早就知道答案，却忽然这样问她，语气中一点儿都没有开玩笑的意味，倒让杨淙淙有些不知该怎么回答了。良久，她点了点头。

江月明笑了笑，说：“把你的手给我。”

杨淙淙看得出他很认真，也就难得地没有跟他斗嘴说他占自己便宜，依言把手伸了过去。江月明握住她的手，缓声说道：“闭上眼睛，沉心静气。”

杨淙淙闭上了眼睛，按照江月明所说的静下了心来，将心中所有的杂念暂时都抛却了，顿时心中一阵空明。就在这时，她感受到了一股淡淡的哀伤，那种感觉仿佛流水一样静静地流到她的心底，先是悲伤，再是哀痛……到最后，成了一种愤怒。

没错，是愤怒。

那种愤怒不是张牙舞爪，不是目眦欲裂，那是一种沉静的愤怒。

那种感觉，好像从数百年前的世界中而来……一双温柔的手，拨开时光的浮尘，捧出了那沉淀了经年的东西……那种，如流水一般沉静，如清风一般轻柔，却是切切实实存在的、无法消失的愤怒。

眼前原本是黑暗的，却出现了光。

那是一种如琉璃般纯净的光，那是一种如珍珠般至纯的光，那是一种如星辰般炫目的光。

但那发出光的物体，却比琉璃、珍珠、星辰更加璀璨耀眼。

那是——水晶之光。

杨淙淙缓缓地睁开双眼，然而，眼前的一切却让她无比震惊。

是有水晶的，大块大块的水晶，晶莹剔透，明润无瑕，散发着那样令人震撼的光芒，仿佛连心灵中的尘埃都可以洗涤干净。

可是，这些水晶不是像她想象中的那样整齐地堆砌排列，而是破碎散乱，坍塌殆尽。整个宫殿之中空荡荡，一个水族也没有，俨然一座死城。

“这，就是曾经的水晶宫……”

江月明的声音响起在耳边，如同梦幻，分明那么近，却像是从很远很远的光阴之中飘来。

曾经的水晶宫，现在只是一片废墟。

江月明伸手抚摸着一根已经坍塌了一半的柱子，眼神毫无焦点地望向远方，说道：“我小时候，它还不是这个样子的，可是，自从三百年前的那场大战……”

后面的话他没有说出来，杨淙淙看着他空洞的眼神和略带颤音的话语，忽然不忍心知道真相。

“这里，曾经是我的家。”江月明笑了笑，笑容惨淡，“不过，也只是曾经而已了，现在我已经是个无家之人。”

家？从江月明的这句话中，杨淙淙听出了一些端倪。

先前她和朋友之所以那么想去水晶宫中看看，不仅是因为听说它富丽堂皇，华贵无比，拥有着各种奇珍异宝，在人世间分外珍贵的水晶在那里就是寻常的建筑用材，更是因为传说这里居住着传说中的龙族。

龙族是自从上古以来就有的种族，从洪荒时代起便有了，是与天地同生的神族，寿命往往长达千万年。

龙族生于大海、江河，掌管雨泽布施、气候旱涝等，对整个人间都有极其重大的意义，因此也为人界所膜拜，龙族所居住的水晶宫也是如同蓬莱仙境一般令人遐想和向往的所在。

听说这水晶宫，主体以纯白色的水晶建成，辅以蓝、紫、黄、粉、绿五色水晶装饰，在人间价值千金的硕大的珊瑚树处处皆有，莹润浑圆的珍珠遍地都是。水晶宫虽在水底，却有仙气缭绕，是一处美不胜收的所在，却因为外界有结界包拢保护，寻常人是根本看不到的，是一处大多数人都无比向往却无法进入的仙家福地。

等等……想到这里，杨淙淙忽然意识到，既然这水晶宫是龙族的家，而江月明为什么又说是他的家呢？那岂不是很矛盾吗？

若是一般人，到这里已经该明白事实是怎样了，而杨淙淙却还是很迷糊。她想了半天，还是问江月明道：“那这里到底是龙族的家，还是你的家呢？”

江月明无奈地看向这个分明不笨、思维却总是慢了半拍的女孩子，笑了笑，过了片刻终于缓声说道：“这里是龙族的家，也是我的家。”

此刻，即使是杨淙淙这样思维迟钝的人，也明白了他说的话是什么意思。

江月明，他，就是龙族！

刚进入水晶宫的废墟时，江月明的心里还是有着一些对故园惨毁的悲哀的，然而毕竟时间久远，再加上有杨淙淙在，心下也就平静了许多。这些年来，他一直隐姓埋名，流离于故园之外，当今天向杨淙淙坦白自己真身的那一刻看似只是一句话，却没有人知道在这之前他鼓起了多大的勇气，下了多大的决心。

一双纤细而柔软的手轻轻地抚上了他的额头，带着暖暖的感觉，令他心头一颤。这样的感觉，这样的感觉……

他心头一酸，这个丫头，虽然表面上看着粗剌剌的，但其实心思细腻，但只有和她接触过的人才会懂得这一点。她了解他心中的感情……她是懂他的。

就在江月明正在因为杨淙淙的安抚行为而无比感慨、无比感动的时候，却听到杨淙淙说道：“咦？没发烧呀，怎么就开始说胡话了呢？”

刚才还满心感激和温暖的江月明顿时无语，他果然和不久前的沈仪心一样想多了。

“我是说正经的呢！”看到杨淙淙“嘻嘻”笑着的脸，显然是拿他开玩笑呢。江月明皱了皱眉，这个丫头也太神经大条了吧，这么大的事情他能跟她开玩笑吗？

杨淙淙撇了撇嘴：“别骗我啦，我见过你的真身，是一条红色的鲤鱼！”

“火鲤。”江月明纠正道，“什么红色的鲤鱼，太有损我的身份了。”

“是呀是呀，你自己都承认了是火鲤，还说是什么龙族！”杨淙淙有条有理地说着，“身上有隐形的鳞片，时常要泡水，这不都是鱼的特征吗？另外，你还不吃鱼。”

江月明哭笑不得，解释道：“时常泡水，是因为我曾经身受重伤，至今没有康复，在旧伤发作时必须进入水中修炼。我不吃鱼，是因为各种水族都是龙族的子民，是绝对不可以作为食物的。我之所以现在是一条火鲤的样子，是因为当年受伤过重，元气大伤，一般不易恢复原形，只能暂时维持成这个形态罢了。”

他的这些话信息量略大，杨淙淙想了很久才逐渐明白了其中的意思。也就是说，他是一条受伤的龙，因为伤情太重才是现在的样子？

等等……受伤！

“你受伤了！”杨淙淙吓了一跳，这么大的事情，他怎么从来没跟她说过！

江月明却没有回答她的问题，只是微微一笑，然后伸手将她拉入自己怀中。他这一下非常之快，杨淙淙还完全没有反应过来发生了什么，就已经在他的怀抱里了。

“流……”

一个“氓”字还没有出口，她就发现自己腾空而起，身子已经不在他的怀中了。再一看，她惊呆了。她不知什么时候已经坐在一个大家伙的背上，那大家伙足足有几十丈长，身子像一条巨大的蛇，却长着雄鹰一般的足，往前看去，只见它的头上长着一副雄伟壮阔的角。

天啊，是龙，真的是龙！

“现在，相信了吗？”

江月明的声音传来，却不似往日那般清婉，多了一些雄浑的气息。

杨淙淙坐在龙背上，只见它转过头来，硕大的眼睛温柔地望着自己。那正是熟悉的眼神，是江月明的眼神。

仿佛腾云而起，又仿佛破水而行，化为龙形的江月明载着杨淙淙急速行进着。水晶宫的废墟瞬时远去，周围是一片剔透的碧色——湄泠河水的颜色。

因为担心掉下去，杨淙淙紧紧地抓着龙的背。龙背上俱是坚硬厚实的鳞片，摸上去如铠甲一般。杨淙淙忽然想到曾经她想拧江月明的耳朵却被割伤手指的那次，他说他的身上长着隐形的鳞甲，原来竟是龙鳞。

看着周围不断变化的水底，杨淙淙思绪万千。她不由得想到以往在天庭的时候，别的仙家都有坐骑，什么狮子啦，青牛啦，等等，出门的时候只要乘上坐骑，就能够日行千里。但锦澜仙君是个例外，他什么坐骑也没有，出门的时候就靠两条腿走。虽然神仙可以腾云驾雾，走的速度也是很快的，但还是时常被一些仙人嘲笑，释白仙君就是爱嘲弄人的一个。

有一次他骑着他的坐骑白虎出门，身后跟着小仙坞邕，大摇大摆，那叫一个气派。要说这原本也没什么，可当他看到带着杨淙淙仅靠两条腿步行的锦澜仙君时，顿时一阵嘲笑，让杨淙淙气得不得了。这是什么仙人啊？都成仙了还这样……那什么眼看人低。

那次的事件自然是以锦澜仙君的不理不睬结束了，他性子温吞，不愿与人为难。有时候杨淙淙气急了，壮着胆子说他一句胆小怕事，他也一笑而过。他虽然觉得被人欺负没什么，但杨淙淙心里可还憋着一股气呢。哼，骑白虎算什么，她还骑了一回龙呢！以后回去告诉他们，看谁还敢看不起她和她家仙君！

就这样想着的时候，耳边忽然传来低沉的声音：“到了。”

在听到这两个字的一瞬间，杨淙淙忽然感到身下一轻，紧接着直直跌落了下来！

好在并不高，水底也满是厚厚的软沙，因此摔下去一点儿也感觉不到疼。杨淙淙爬起来，拍了拍头上和身上的沙子。由于下河之前江月明已经给了她避水珠，所以她在水底就如同在岸上一样。看着身边已经化为人形笑着看她的江月明，杨淙淙心里不知道怎么的一阵来气，冲他吼道："化成人形也不提前说一声，害我直直掉下来，痛死了！"

其实一点儿都不痛，她只是不想被他就这样随随便便地抛下来，多毁淑女形象啊！

如果在平时，江月明知道了她心中的这个想法，肯定会鄙夷地说："你还有淑女形象？在哪里？梦里吗？"但是此时，江月明听到她这句话，却叹了口气，心中涌起阵阵不忍。

小洋葱，如果我以后的所作所为会害得你更痛，你……会怪我吗？

可惜杨淙淙不知道他心里想的是什么，刚才她的那句话其实也根本没有怒意。不等江月明回答，她就左顾右盼地看着周围，注意力立刻被四周的景象吸引过去了。

在离她不远处的水底土地上，有一条深渊，它仿佛有吸引力一般，使得周围的水都流了下去。这样的情景若是放在地面上，那就是一道瀑布，是再正常不过的，但是它在水底，就显得很奇怪了。

难道水底也有瀑布？

杨淙淙小心翼翼地走到边上去看，只见其中黑黢黢的一片，什么都看不清。尽管如此，她还是感觉到了其中有一种幽冷的气息，不由得打了一个寒战。

"这是眠龙渊。"江月明不知道什么时候走到了她的身边，说道。

龙族虽然属于神族，寿数极长，但依然有寿尽的一天。据说寿数将尽的龙会感觉到那一天的到来，会在此之前回到眠龙渊去，静静等待那一天到来。眠龙渊的位置游移不定，只有龙族才能够感应到它的存在，外人是根本找不到的。今天若不是江月明带她来到这里，杨淙淙也绝不可能见到这传说中的眠龙渊。

眠龙渊给人的感觉虽然是幽深冰冷的，但因为有龙族灵气浸润，它的周围生长着许多奇花异草。

其中有一种花，它的茎和叶子是纤长而透明的，叶脉是淡淡的粉红色的，茎中也有淡红色的细长线条，一直蔓延向上，在茎的顶端聚集在一起，开出一朵绯红的花。

这朵花极美，花瓣纤薄柔软，呈现一种半透明的红色，在深沉的水底仿佛散发出淡淡微光。因为水流的作用，纤柔的花瓣并不是静止不动的，而是好似舞女轻纱般的裙摆一样轻轻舞动着，仿佛暗合着旋律，瑰丽奇美，令人过目难忘。

这花名叫回梦花，是只生长在水底灵机聚集之地的灵草，即使是在仙界中堪称百花汇集的东莱阁中，杨淙淙也没有见过。因为觉得好奇，杨淙淙伸出手去摸它，竟然透过花瓣隐约看到了自己的手指，连掌心也被回梦花散发出的光亮映成了浅红色。

江月明见她如此，微微一笑，将自己的手也放了上去。

杨淙淙的神志忽然清明起来，目力、耳力都仿佛达到了有生以来的极限。眼前有一个如画卷一般的场景缓缓展开，那么遥远，那么沧桑……

她听到水的声音，汩汩流动如同血液奔涌。在那水流的声音背后，宛似永远不可触及的遥远的九天之上，传来了隐隐的龙吟般的声音。

龙吟之声，如同雷霆贯耳，如同巨涛奔腾，就那样在长天之上久久回荡，然后缓缓归于沉寂。

不久之后，龙吟再响。一条金色巨龙从苍穹之中破云而出，身姿威武，光芒闪耀，金色中有尊贵红芒透出，令人看了有一种不由自主地想要跪倒与臣服的冲动。那是自上古以来便有的族类，与天地同生的尊神，人界敬仰膜拜的战龙！

战龙背上，立着一个人。

雪白衣衫的男子，衣衫在风中翩飞舞动，如同冰织雪造一般，不染一丝尘埃。衣袍下摆有着流动着金色的花纹，如同天际的祥云，又如同沧海的波浪。那花纹如同活的一样，随着衣袍下摆一起翻滚着，涌动着。男子乌发披散及腰，身负长剑，剑柄缀着流苏，剑身散发着银白光华，璀璨得如同星辰一般，令人不敢直视。

长剑名唤玲珑，听起来虽柔，然而柔到极致，便是极刚。

再看那男子，面容精致绝伦，仿佛由白玉雕成，虽然俊美得惊为天人，却也是如玉一般冰凉而没有温度的。他双目淡淡地望着远方，长风袭卷，苍云变幻，却始终不能撼动他的容颜一分一毫。

一龙、一人、一剑，就这样浮现在苍穹之中，天地万物仿佛都成了背景，凝固了整个光阴和年华。

虽然身在画外，但杨淙淙也感到几乎不能呼吸。因为这个男子不是别人，正是她伴随了三百年、无比熟悉的人——锦澜仙君！

眼前的锦澜仙君同她所认识的那个人除了样貌之外，没有相同之处。俊美如玉，冷然如冰，眼睛深邃沉敛，恍若看尽世间悲欢离合。九霄云上，衣衫纷飞，斯人独立，仿佛超然于这尘世之外。

忽然，云层下方传来嘈杂的喧闹之声，因为很远，所以声音并不大，却破坏了这幅画面的宁静与和谐。龙背上的男子眉头微微一耸，如同远山上飘落的一点积雪，看似没有轻轻缓缓，却能直直地落到人的心里。

男子背后的玲珑剑微微鸣叫着，散发出青色光芒，已经有铮然出鞘之势。男子衣袖微微一摆，仿如纯白的梨花落了几重长天，战龙长啸一声，冲破云层，直直向下冲去。

下方，却不是人间。

天空上不知何时出现了一个血红色的巨大契印，那是寻常人无法看见的，通往魔界的入口。魔界近百年来处处蓄意扩张，聚积兵力，有意吞并人界。然而，人界的凡人又不知晓这些，在绝大多数普通人看来，魔界悄然扩张的表现只是近年来天灾频繁了些而已。他们不知道的是，若是等到魔界真正养足了兵力进攻的那天，整个世间必会血流成河，成为人间地狱。

蓄意发动这场大战的是魔界长老，而统率几十万魔族军队的，是他的义女霜隐。

在六界之中，除了对这些界外之事一无所知的人界之外，其他五界之中，霜隐的名字可谓无人不知，无人不晓。她绝情狠厉，法力无边，所有人对于她的法力的畏惧就如同对于仙界的锦澜仙君一样。

只不过，他们一个是仙，一个是魔。

霜隐身为几十万魔军的首领，伺机进攻人界。然而，六界之中有其界限，平时少许人跨越尚可，但魔军众多，不可能轻易跨越。

因此，必须借助外物生成契印，打开界限。

这个外物，就是龙血。

龙族多数常年隐于江海湖泊之中，但也有很少的一部分幼龙生性好动，在人间四处游走。龙是上古神族，一般人都对它们或尊敬或畏惧，因而当屠龙的事情发生之后，整个六界都为之震动了。

一条在外贪玩的幼龙，在极北苦寒之地被魔族屠戮，当场殒命。当被发现的时候，这条幼龙的龙血已经被全部抽走，全身枯萎，痛苦万分的神色永远凝固在脸上，也凝固在了知道消息后心急万分赶来的兄长的眼中。

魔族的行为令一向冷眼旁观世事的仙界也为之震动，天地派出仙人之中修为几乎无人能超过的锦澜仙君率领天兵，同魔族作战。与此同时，很少与仙界有所往来的龙族之中，有一条金色巨龙与锦澜仙君立下约定，愿以此身为他的坐骑，化为战龙，共同迎击魔族。

在此之前，那翱翔于九天之上的龙族，是不可能成为任何人——哪怕是尊贵天神——的胯下之物的。

魔族以龙血结成契印打开了两界之间的通道，正欲集军通过之时，却没想到锦澜仙君与战龙自此而来，紧随其后的是众多天兵，战火还没有落到人界，就在魔界里熊熊燃烧起来，拉开了大战的帷幕。

那场大战最后以仙界的胜利而告终，虽是胜利，却是惨胜。在天庭的记载之中，对这次大战的记录只是寥寥数语，根本不曾提到过分毫细节，因此大部分仙人也都当它是同魔族的众多斗争中普通的一次而已。至于人界的芸芸众生，则根本不知道在离他们并不遥远的另一个空间里，曾发生了如此一场同他们生死攸关的惨烈战争。

战争之后，魔军首领霜隐失踪，生死不明。锦澜仙君失去了一大半的修为，战龙身受重伤，元丹尽失，在眠龙渊之中沉睡三百年，不久前终于醒来。

这场浩劫看似已经平息了，但是没有人知道，在那看似平静的水面之下，还有波涛暗涌。当年的一切都不会散去，悲伤、痛苦、仇恨，还有爱……

“咝……”杨淙淙被最后那种带着浓浓恨意的气息吓到了，猛地抽回手来。

睁开眼，依然是在眠龙渊旁，眼前的一切也都没有变化。那朵绯红的花朵依然在水底肆意地、张扬地绽放着，如鲜血一般鲜艳。

回梦花，回首须臾如一梦。

“你……就是当初的那条战龙？”

在那个宛似幻境一般的梦中，杨淙淙虽是置身事外地观看，却因为她的手和江月明的手一起放在回梦花上而对他的感觉能够有所感知。

幼弟被杀，悲痛之下订立契约，愿以自身之力相助击败魔族，为幼弟报仇。血与火的战争，罪与恶的杀伐……她只是看到了他腾飞于云端的英姿，以及坠入眠龙渊时仿佛蕴含了无数情绪，却又仿佛空无一物的眼眸。

三百年的孤单，三百年的寂寞，三百年的伤痛……

在那深不见底的深渊之中，他沉睡着。失去了元丹的他只能凭借着龙眼之地蕴藏的灵气而沉睡养伤。三百年华，如同须臾一瞬，事实上，对于寿数千万年的他们来说，即使更长的时间，也不过是弹指之间。

但是这三百年，却是不一样的三百年。

沉睡之中，他感到灵力渐渐回到自己身上。眠龙渊的力量果然是无比强大的，这块被龙族先祖的英灵所守护千万年的地方，使伤重的他慢慢恢复，但他的力量已远远不能同昔日相比，甚至连离开这里都是难事。

虽然身体在沉睡，可是神志是清醒的，他看到不远处微微泛着白色光华的地方，心下不由得一颤。那是他惨死于魔族之手的幼弟，永恒沉眠的幼弟，再也不会醒来的幼弟……

幼弟的名字，叫作龙湛。

当沉入眠龙渊的那一瞬间，他用尽仅存的一点儿灵力将自己的身体落在了龙湛的身边，然后意识尽散，沉睡了过去。三百年来，他就这样守护在他的旁边，直到现在。

龙族死去后，尸身不会腐化，血肉会化作无数灵光，渐渐消弭于世间。与天地同生的种族，亡故以后血肉会回归天地，而龙骨则不会消失。他看着那远处的龙骨，遥想龙湛当初在他膝下撒娇的模样，心中又是一酸，于是将神识抽离沉睡着的身体，来到幼弟的龙骨旁边。

这是他第一次近距离地看这具龙骨，以前总是不忍去看，怕又会想起那些不忍回首的曾经。此时一看，不由得心下一惊。

龙骨之中，有一个手掌大小的光球，悬浮于龙骨的围拢之中，散发出柔和的光芒。远远望去，有如珍珠一般，但它的美丽即使是鲛人落泪而形成的珍珠也无法比拟。

更何况，它蕴含着强大的灵力。

传说中，龙族之中有极少数的一部分身体内会有与生俱来的灵珠，蕴含着强大的灵力。在龙幼年之时，因为身体无法驾驭灵珠的力量，所以灵珠是处于类似于封印的状态的，待到这条龙成年之后，灵珠的力量便会开启，而这条龙则会成为传说中的龙神。

自盘古开天辟地以来，龙族之中的龙神，也不过寥寥几位而已。

龙湛死的那天，是他成年的前几天，只要再多几天，灵珠的力量就能开启，他也不会惨遭屠戮……只是几天，只是几天！

想到这里，心中的悲怆顿时汹涌而来。他的手轻轻地抚摸着幼弟的龙骨，没想到那灵珠似是感应到了他，竟缓缓向他手中浮来。在他还没来得及反应的时候，灵珠已经没入了他的掌心，化作无数细碎光芒游遍他的全身，然后倏然一亮，随之陨灭。

此时，他已经明白了。想是感应到了他身体中和龙湛相似的气息，那灵珠才会主动没入他身体的吧……

就在这时，他发现自己沉睡了三百年的龙身竟然动了起来！

是因为灵珠的力量起效，他要醒了吗？

意识到这一点之后，游离于身体之外的神识立刻归于身体之中。他感到疲倦不堪的身体渐渐汲取着力量，虽然那力量还没强大到使他的旧伤全部痊愈，但已经好了很多。

虽然拥有了灵珠，但毕竟不是龙湛本身，因此灵珠的力量在他的身体里只能开启一小部分，但对于他而言，这就足够了。

龙吟直冲九霄，直令风云也为之变色。

既然已经醒了过来，那么，三百年前没有了结的事情，也该做个了结了……

因为旧伤在身，经常发作，又不想暴露真身，因此他平时除了化作人形之外，在水中大多数时候便是一条火鲤的形态，这样有利于他修炼，为三百年前惨死的幼弟报仇。

那是他醒来后不久的一天，他正在湄泠河中，忽然旧伤发作，疼得他无法呼吸。

虽然以鱼身的形态沉浸在水里可以减缓疼痛，但那疼痛还是一波波蔓延过来，令他几乎晕倒。就在这时，水面上忽然一阵轻响，一张罗网铺天盖地地压了下来。他虽有灵力在身，奈何此时因为伤痛而根本使不出来，只能生生被网了上去。

阳光无比炫目，令他睁不开眼。虽有灵珠，但他元丹尽失，旧伤发作的时候如果不及时返回水中修炼调养，后果不堪设想。

就在这时，忽然有一双手从网中将他捧起。

那双手很小，是女子的手，虽算不上白皙如玉，但十分小巧柔软。女子的声音响起在耳边，他虽然因为伤痛而听不清她在说什么，却听到她的声音如溅珠碎玉般清澈，又如同春日飞花般柔软，仿佛温暖了他三百年来所有孤寂的年华……

他沉入了水里。波光粼粼中，水面仿佛撒了碎金一般耀眼。他用全力睁开双眼，终于隔着河水浮动的波澜，看清楚了她的容颜。

那是一个穿着浅丁香色的衣服的女子，面容虽长得略显普通，眼睛却极其清澈，如同在水底淘涤了万年的石子，清朗得没有一丝杂质。她正在笑着，和同伴说着些什么，笑容明朗，黯淡了所有的春光。

……

“原来……原来……咳咳！”听江月明说到这里，杨淙淙才恍然大悟，想说话，却又因为说得太急而被自己的口水呛到，咳了好半天才恢复过来。

原来他们竟然是有一面之缘的，她当初和白算算在湄泠河里捞出来又丢回去的那条鱼就是他！

江月明缓缓点头，眼神早已不像平时那般飘然妖媚，只是那样感激地、怀念地、盛着浅碎温暖光华地看着她。

杨淙淙有点儿心虚地低下头去，不敢再去看他的眼睛。江月明显然不知道她把他丢回河里是因为看这条鱼奄奄一息的，怕得了什么病，吃了拉肚子。可是，江月明把她这个罪魁祸首当成救命恩人了。

如果他知道了这些，怕是会气得当场晕厥过去吧。

杨淙淙憋了好久，还是没有勇气跟江月明说出实情。

因为内疚和紧张，她的脸憋得通红，低下头去，不敢再看他。江月明显然不知道杨淙淙变成这样子的真实原因，以为她是害羞或是怎样，看着她垂下头去，脸颊上腾起两朵桃花色的云霞，不由得对她更觉爱怜。

于是，他的手，便轻轻地触上了她脸颊的嫣红。

杨淙淙仿佛被电到一般，猛然往后跳了一下。

江月明自觉失态，脑子里灵光一闪，于是变抚为掐，在杨淙淙红红的脸蛋上狠狠掐了一把。

“原本以为是块能掐出水的嫩豆腐呢，没想到却是块老树皮，差点儿把我好生保养的指甲刮断。”江月明撇撇嘴，一脸不屑地说着，又恢复了平时那般样子。

“哎哟，痛！”

杨淙淙原本又内疚，又担忧，原来江月明曾经遭遇了如此大的事，可是该如何安慰他呢？正思忖间，却发现他已经先她一步恢复了往常的状态。虽然脸上被他掐的地方隐隐作痛，但杨淙淙的心里还是挺欣慰的，不由得责怪自己多想了。江月明是谁？那可是纵横九天的战龙，他的内心比她想象的强大太多，倒是自己这个没什么道行的小仙瞎操心了。

尽管如此，看着江月明像平时一般跟她斗嘴的模样，杨淙淙的心里却隐隐有些不踏实，但又说不出究竟是哪里不踏实。

“你真的没事吧？”杨淙淙瞪着江月明。

分明是关心的话，以她现在的口气说出来却跟威胁一样。没办法，如果不装得厉害一点儿，说不定他会不听她的话，一直逞强呢。

江月明嘴角一扬：“你看我像有一点儿事情的样子吗？当年我上九天，下四海……”

“好汉不提当年勇哦！”杨淙淙促狭地笑着。

江月明立刻闭嘴，不满地冲她翻着白眼。那一双桃花眼分明是带着魅气的，却偏偏要做出一副愤愤不平的样子来，眼睛里尽是眼白，不见眼仁儿，令杨淙淙看着觉得有些好笑。

这样也好，至少，她能确定他真的没事了。

可是，当年的事情究竟又是怎样一回事呢？在刚才的幻梦中，她只看到了开头和结尾，中间的过程却一无所知。水晶宫为什么被毁，江月明为什么会失去元丹，而那个名叫霜隐的魔女的结局又是怎样的呢？

还有锦澜仙君。幻梦之中的锦澜仙君，素白衣袍，冰凉清冷，却难掩他无华风采。他身上流动的极为强大的仙力连身在画面之外的杨淙淙都能清楚地感受到。看来先前在天庭中听到的传言没错，仙君的确曾修为高强、名彻九天，可是后来又为什么会失去大半仙力，变成现在这般与世无争的样子呢？还有他的那把玲珑剑，应该是他的武器，那么重要的一个东西，她跟锦澜仙君一起生活了三百多年，却从没见过，甚至压根儿没听他提起过。

玲珑剑到底去了哪里呢？那么看重的东西，应该不会随手就丢了吧……青色剑芒，还未出鞘就已经寒意傲然，一看便知是绝世神兵。

想到这里，杨淙淙的脑海中忽然掠过锦澜仙君给菜园里的那棵翡翠白菜除草浇水的身影。联想到那把剑青色的锋芒，她似乎有一些明白了。

它，一定是对仙君很重要的东西吧……

想到先前在仙界时，自己身为一棵洋葱，却常常吃一棵白菜的醋，不由得觉得十分好笑。心中虽这样觉得，却丝毫也笑不出来。

三百年前，自己还未出世的时候，在天庭的任何一本书中都没详细记载这次仙魔战争，中间到底发生了什么？

为什么分明立下显赫战功的人，却在记载中被一言带过，甚至失去元丹、失去修为？又是怎样刻骨的事情让曾经傲然于九天之上的人，变成现在这般模样？

这一切，究竟是为了什么？

杨淙淙把心里的这些疑惑都告诉了江月明，期盼着他能够告诉自己事情的真相。然而，听到她这样问，江月明的眼睛闪了一下，久久不言。

良久，他叹了口气，眼睛里有复杂得看不到底的情愫。叹息悠悠而落，如花瓣临水，载沉载浮，让人的心都会为之颤抖。

杨淙淙见江月明这样，也不愿再去追问。江月明是有心结的，幼弟被杀，家园被毁，三百年的沉睡，他失去了太多。心头的伤疤虽然愈合，但伤痛仍在，那痛烙在他的骨子里，在世一天，就一天不会消失。

“好啦，都那么久的事了，都说了好汉不提当年勇嘛。”杨淙淙“嘻嘻”笑着，想调节一下有些凝滞的气氛，却发现江月明神色早已恢复如常，不由得感叹他的心理真是太强大了，真不愧是传说中的龙族。

“哎，对了！”想到刚才的情景，杨淙淙忽然无比兴奋，“你刚刚变成龙的样子好帅哦！能不能再变一次给我看看？”

江月明一脸无奈地说：“都说了我旧伤未愈，法力有限。和在眠龙渊底沉睡的时候不一样，现在想要化为龙形，要耗费很多的灵力。”

见杨淙淙嘟起了嘴，他连忙又说道：“不过可以试一试。”

杨淙淙立刻一脸期待地看着他。太好了，又要看到威风凛凛的战龙啦！刚刚他的那个样子，真是太帅了！

现在不像刚才，可以瞬间化身。由于灵力消耗了不少，江月明只能闭目凝神，将灵力集中于眉心。杨淙淙看到他全身散发出金色光芒，整个人如同战神一般耀眼，不由得期待万分。

只听得“嘭”的一声，江月明瞬时不见了。在他原本所在的地方，出现了一条……

比巴掌略大的红色鱼儿。

杨淙淙呆了一呆，然后反应过来原来是江月明化龙不成，反倒化成了火鲤，不禁捧腹大笑。江月明此时也恢复了人形，窘得恨不能钻到地缝里去了，立刻转移话题。

“小洋葱，你知道回梦花除了让记忆重现外，还有什么作用吗？”

杨淙淙好不容易止住了笑，说：“还有什么用？”

“还可以让你看到心中想看的人和事，哪怕远在千里之外，只要是你心中所想的，它都能为你呈现出来。不过，要有一定的仙力才能使画面呈现哦！”

“哇，真的？”还有这么新奇的东西！要仙力？没问题！她本来就是天界小仙嘛。杨淙淙兴奋无比，立刻把手放在了花瓣上。

嗯……先看谁呢？就看沈仪心好了。

杨淙淙心中一面集中仙力，一面凝神想着沈仪心的模样。因为她的仙力比江月明弱很多，因此呈现在眼前的就不是刚才那样波澜壮阔的大幅幻象，让人如同身临其境一样，而是一面小小的镜子大小的画面。

没关系，这也足够了。麻雀虽小，但还是五脏俱全嘛。

画面中先是一片混沌，什么都看不分明，然后如云开雾散一般，混沌散去，景象清晰地呈现出来。

巍峨的宫殿，精致的摆设，丝竹笙箫的声音从中传来，仿佛就在耳旁。几个穿着艳丽衣服的女子伴随着音乐的节奏舞动着身躯，妖娆无比。大殿之上，身穿明黄衣袍的男子手中端着酒杯，漫不经心地看着杯中的酒，表情看不分明。在他身边，一袭白纱衣裙的女子明眸如画，望着她盈盈浅笑，不知说着些什么，说着说着，便往沈仪心怀里靠去……

杨淙淙手一抖，那画面便瞬时不见了。

“小洋葱，你……”江月明也看到了刚才的画面，不由得有些担心。

“嘿嘿，不小心看到人家醉抱美人，真是不好意思呢。”杨淙淙虽然笑着，但分明笑得十分勉强。

“你不难过？”

“难过什么啊，我又不喜欢他！”杨淙淙龇牙一笑，露出一排小白牙。

江月明看了，心口略微一疼。可能连她自己都没有发觉，而江月明却感觉到了——她不只对沈仪心有感情，而且感情还不浅，可是又常常嘴硬。杨淙淙生性善良，心思单纯，宁愿让自己难过都不愿伤害别人，遇到这种事，表面看着如常，甚至笑着，可是心里不知道都难过成什么样了。

有那么一瞬间，他很想把她抱在怀里，可还是忍住了。

不，不行的……她以后会讨厌他，甚至是会恨他的。既然未来的命数都已经注定，倒不如早点儿避开，从她的生命里逃出。

可是，他做不到。

自从被她救了以后，他就处处寻觅着她的踪迹，几乎将人间都找遍了，可还是找不到她。就在他快要放弃的时候，那个春日里，桃花纷飞的一天，湄泠河畔，他竟然与她重逢。

不过，她却不知道他的存在。

那时候，为了救素不相识的沈仪心，她扑身而下落入河中，却不知道水里有一抹红色身影是那样为她担心。怎么会有人这么傻？为了素不相识的人，丝毫不顾自己的安危。在水里，他的身形迅疾如一道赤色闪电冲到她身边，沈仪心几乎是在同时跳下河中将她救起，看到她没事，他这才稍微安下了心。

在冲到她身边的一瞬间，他感受到了她身上隐隐流泻的仙气，虽然被封印了，但还是能感受到一些。

原来她竟是仙界的人？怪不得他几乎找遍人间，都丝毫不见她的踪影。

从那以后，沈仪心成了她的小跟班，他也成了他们两个身后的一抹红色幻影。他们沿着湄泠河走了一路，他也在身后跟了一路。不知道该怎样现身，对她说出他的身份，于是只能悄悄跟随，默默守护。

如果不是在建州遇难的时候，被绑在木桩上的杨淙淙情急之下喊出了“锦澜仙君”，他无论如何也想不到，这个看起来迷迷糊糊却又善良开朗的小洋葱，竟是那个人身边的人。

那个人……

还有许多事情，是杨淙淙不知道的。

她也不会知道的是，在湄泠河边遇到她的那天夜里，江河波澜之上，一只火鲤是怎样地望着天上皎洁的月光，从未那么希望自己能够早些伤愈过。

如果变成人形的话……要叫什么名字好呢？

月色落于江面之上，皎明无比，如同水银泻地。他的脑海中忽然浮现出三个字……

江、月、明。

“接下来看谁呢？”杨淙淙的声音将他的思绪拉回到现实，抬头，看到浅紫色衣裳的女子眉间一抹欢欣笑意，“对了，就看仙君好了！”

她刚刚知道江月明和锦澜仙君是故人，虽然他们都没有向她提起过对方，不过既然曾经一同出生入死过，应该也有很深的感情。她也想念锦澜仙君了呢，下界了大半年，一直跟他没什么联系。由于仙力被封，她也不能回到天庭了，不知道仙君过得好不好，菜园里的那棵翡翠白菜恢复了没？想到这里，杨淙淙把手放在了回梦花的花瓣上，凝神想着锦澜仙君的模样。

幻力凝成的镜子中，再次出现了画面。

“呀，是家门口的柿子树！”

杨淙淙惊喜地叫了一声，出现在画面中的，果然是相伴了三百年的熟悉场景。

仙君在哪儿呢？这个时候，他一般都在书房吧？杨淙淙如此想着，画面移动，先是书房，墨香淡淡，桌上还摊开着未写完的纸，砚台里还留有没用完的墨，而人却没在。

不在书房，那可能就是在菜园了。画面一闪，来到了菜园。菜园里又种起了各种蔬菜，爬藤的丝瓜、脸蛋红红的西红柿，还有绿油油的小青菜，一片生机勃勃。在菜园的中央，有一棵又黄又皱的东西，看上去一点儿精神也没有，好像很快就要枯萎了。

杨淙淙眼睛瞪得老大，这……就是那棵翡翠白菜？

记得当初这棵白菜很小，虽然长得不怎么绿，但还是很饱满可爱的，摸上去手感也很舒服，所以虽然杨淙淙吃这棵白菜的醋，但打心眼儿里还是挺喜欢它的。没想到，它现在竟然变成了这副模样。

它变成这样，定然跟她当初犯的错有关，仙君这么珍视这棵白菜，说不定因为它而不会像以前一样对她那么好了。杨淙淙在心里叹了口气，凝神去找锦澜仙君的下落。

这次，她没有盲目地找，而是用心去感受他的存在。很快，因为她的念力发挥作用，眼前情景再变，忽然有潺潺水流声响起。抬眼一看，果然是一条清澈的小溪，溪水中漂浮着纯白的幻莲，如同星辰的倒影。溪水旁边生长着奇异的藤萝，绽开粉紫色的花朵，垂落到水里。

月色里，有一个男子独自坐于溪中的背影。

漆黑长发如天河一般垂落于背后，背部线条修长紧实。月光下，那沾染了水珠的背影折射出月亮的光华，犹如神祇一般令人不敢接近，仿佛连看一眼都是亵渎。

杨淙淙一下捂住了嘴巴，这才没让自己尖叫出声来。

天啊，她到底看到了什么……是锦澜仙君在溪中沐浴！

她的脸顿时像火烧一样。虽然跟锦澜仙君在一起生活了那么久，但她还从没见过他的裸背呢！没想到仙君外表看着儒雅，背部的线条却是那么……

呸呸呸，她在想什么呢！

虽然心里这样想着，但她还是偷偷又瞄了一眼，没想到因为刚才心里一乱，气息因此有了些波动，眼前的画面就倏然消失了。

杨淙淙将手从回梦花上拿开，用力搓了搓自己通红的脸蛋儿。

“原来小洋葱也会脸红，”江月明揶揄道，“看到了不该看的东西，当心回去后长针眼哦！”

“才不会呢，我又不是故意看的……”杨淙淙心虚地辩解，立刻转移话题，“哦对了，你们三百年前不是认识吗，我怎么没听仙君提起过你？你和我认识的时间也不短了，我之前也没听你说起过他呀？”

“我们两个……闹矛盾了。”江月明的视线落在那朵微微摇曳的回梦花上，轻描淡写一带而过。杨淙淙心里虽然还有疑问，但见他这般样子，也就没再问。

当年的事情，那些不为人知的往事……应该是跟那个名叫霜隐的女子有关吧？

“霜隐，我想寻找她很久了。”江月明眼睛仿佛最黑的夜，连一颗星辰也没有，“当年一战，她从人间失踪，我上天入地，都搜寻不到她的任何踪迹，她好像凭空蒸发了一样。可是我知道她还在，我能感受到她的气息，她一定没有死，就在这世间的某个角落……”

说到这里，他忽然转身来看杨淙淙，目光灼灼：“小洋葱，你帮我拿回元丹好不好？只有拿回了元丹，我的灵力才能恢复，才能够找到她！”

杨淙淙看他的目光中燃起了两簇小小的火苗，每一簇中都映着她的身影。她第一次见到江月明这般认真、这般急切的模样，那个名为霜隐的女子，虽然身为魔族，但对他来说一定是很重要的人吧？

不知道为什么，在想到这一点的时候，杨淙淙叹了口气。连她自己都不明白她为什么要叹气，那些久远的过往，记忆中已经褪色的画面，女子浅浅的笑颜……那一瞬间，她似乎体会到了江月明内心的感受，那种不能言说的痛。

这三百年来，想必他过得很孤单，很寂寞吧……

“我有心帮你找回元丹，可是……”杨淙淙低下了头，“你也知道，我仙力这么弱，根本没什么能力。我要怎么做呢？”

江月明眼眸沉得如同无波的古井：“你不用做什么，只要……”

“只要什么？”

江月明定定地看着杨淙淙，忽然绽开笑靥：“只要吻我一下就行了。”

杨淙淙呆了一呆，似乎是在反应这句话的意思。江月明的转折太快了，她花了老半天才想明白这是什么意思，气急败坏地跺脚大吼道：“江月明，你这个臭流氓！”

“好了，小洋葱，我们快回去吧，这次出来够久的了。”江月明哈哈大笑，伸手招来了水阵。杨淙淙恨不得暴打这个家伙一顿，奈何又打不过，只能愤愤地进了水阵中，背对着江月明理也不理。

水阵破水而出，外面已经是夜幕低垂。天气很晴朗，星月璀璨，银河如同一条缎带从天际缓缓流淌，美丽不可方物。

杨淙淙原本还是气鼓鼓的，但看到浩瀚星河，心情立刻就好了起来。她背对着江月明，没有看到身后的男子眼眸低垂，望着下方黑漆漆的大地。他的眼神中掠过了一缕一闪而逝的恨意，如同石子落入了井中，荡起细小的涟漪，很快消失不见。

小洋葱，我不需要你做什么，我只希望当那一天到来的时候，你不要恨我……

第八章

秋宴行刺引祸患

这些时日以来，沈仪心和沈越之间的对抗日趋明显，即使是普通的朝臣都感觉得到这叔侄两个人的势力暗斗、互不相让。

表面上，朝廷一片和谐，群臣每天山呼“万岁”，一派四海升平的景象。然而实际上，这只是暴风雨来临前的平静罢了。

沈仪心已经接到了密报，沈越正在暗中调集边疆地区的部分兵力，城中御林军的兵权也被他的人掌握了大半。

沈仪心表面按兵不动，看似任他将兵权夺取，其实早已在他的心腹部下中插入了自己的势力，又做了各种部署，只等待时机到来，就可一举相击。

尽管如此，双方的势力也只能算势均力敌而已，在朝廷之中，还有一大拨朝臣没有表明自己的倾向，正在观望着李宰相的态度。在这种情况下，谁获得了李宰相的支持，就等于谁夺取了制胜的砝码。然而，这位两朝元老却一直没有任何表态。

不仅如此，近来杨淙淙和沈仪心的关系也淡了许多。

沈仪心的事情越来越多，人也越来越忙，时常在御书房里一忙就是半夜，有时候人又在巡防营中亲自检阅操练，虽然名义上是他的内侍，但这些事其实根本轮不到她动手，自是有人处理得妥妥帖帖，因此杨淙淙见到他的机会也不多了。

有时候见到沈仪心，只觉得他目光炯炯，言谈举止间比从前深沉内敛了许多，人却比以前更瘦了，分明是操劳过度的模样。她有些心疼，想上前叮嘱他注意身体，却看到他身边巧笑嫣然的蒋茹嫣，脚步就再也不能挪动一分。

沈仪心气度非凡，蒋茹嫣美貌多才，两个人并肩走在绽满秋菊的御花园中，仿佛一幅安然的水墨画。

看到这些，杨淙淙觉得自己应该高兴，可是为什么她的鼻尖会酸酸的呢?

过了不多久，就是八月十五了。

每年的八月十五，除了饮酒宴月以外，皇宫中最重要的事就是秋选。在此之前，翰林院和鉴武堂已经从全国范围里选出了文武人才各五名，在八月十五这天进到宫里接受皇帝亲自主持的考试，以此成绩排定名次，授予官位。

这样的热闹，放在以前，杨淙淙必然是要缠着沈仪心带她进去看的，就像上次她跟着他上早朝一样，不为别的，只是图个新鲜。

但是现在的情况不同了，沈仪心都不怎么理她了，杨淙淙想尽办法也没有能进到殿中去，殿外守卫森严，也不能围观，于是只好闷闷地到处溜达。

不知不觉天色已经黑了，考试也差不多结束了，饮宴开始。

这饮宴是每年中秋的一个重头戏，因为秋选的名次已经在之前确定了，所以饮宴的气氛就轻松了很多。饮宴的地方在流觞阁，参加的人员主要是皇帝、群臣，还有这十名新近选拔的文武才子。流觞阁处于皇宫里一处比较宽敞的地方，它上有皓月当空，中有桂树竹林，下有流觞曲水，是一处极佳的饮宴场所。

在饮宴的过程当中，除了有宫人丝竹歌舞以外，这十位新晋才子也要各显其才，要么吟诗作赋，要么剑舞飞扬，总之就是进行一场没有排名的比试，这也是这么多年来的传统。

由于饮宴的地方是露天场所，人又很多，因此守卫更是森严。杨淙淙想尽了办法，也没能突破守卫，来到这里看热闹。正郁闷着呢，忽然远远看到沈仪心身边的另一名太监小喜子捂着肚子跑了过来。

“哎哟，可见到你了，杨公公！”小喜子一脸痛苦地说，“我忽然肚子痛得不行了，去一躺茅厕，皇上那边麻烦你帮我顶一下，我去去就来！”说着，把一块腰牌放到杨淙淙手上，捂着肚子就往茅厕冲去。茅厕还在挺远的地方，杨淙淙暗自祈祷他能坚持到最后时刻。

看着手上的令牌，杨淙淙心里暗喜，没想到踏破铁鞋无觅处，得来全不费工夫啊，这下可以近距离地看热闹喽！

顺利过了层层检查，杨淙淙来到了沈仪心身边，她站在他后面，他完全没有注意到她，只以为是小喜子回来了。

杨淙淙刚来没多久，只听得丝竹声声，音律盎然，饮宴开始了。

首先自然是皇帝的讲话，只见沈仪心轻车熟路地说了几句，表达了朝廷对贤才的重视，众人山呼万岁，这一形式环节就算是过去了。接下来就没那么正式了，群臣饮宴，歌舞升平，酒过三巡之后，舞姬退下，周围一片安静，几位新晋才子到了展现才华的时候了。

文韬和武略是交替着来展现的，虽然场内不能携带武器，但纵是拳脚功夫也十分精彩。几位文试才子也依次站了起来，针对此情此景，作起了诗词。杨淙淙虽然听不太懂这些，但也基本听得出他们所作的无非是赞花、赞月，最终赞颂国运昌盛、皇帝英明的应景之作。沈仪心的表情一直淡淡的，没有表示满意，也没有表示不满意。

这些时日以来，他已经逐渐学会了喜怒不形于色，心里的情愫，也不会轻易向人表达了。

桂花飘香，随着皎洁月色在风中飘然而下，落在酒杯之中。此情此景，自是凉风有信，秋月无边，可是他的身边却仿佛少了一个人……他举目四望，没有发现那个熟悉的身影。

是啊，他在心底苦笑了一声，她怎么可能出现呢？在这重重守卫之下，她是根本不可能进得来的。他知道她爱热闹的性子，若是以前，她肯定会央求他带她进来，可是这次，不一样了。

那天在听风阁里，江月明的话给了他极大的震撼，使他不得不重新审视自己的内心；他又想到在御花园里的那次，她看着蒋茹嫣和自己说话时心不在焉的模样；他还想到听他暗中派去一直跟着她保护她的人来报，她跟着江月明出宫去了，许久才回来。

他是明白自己对她的心意的，可是她却未必能明白。她跟江月明在一起显然要比跟自己在一起开心，加上此时跟沈越的斗争也不可避免，为了她，他只能选择疏远，选择沉默。

不知道她会不会责怪他呢？他这样想着，却没有答案。于是只能在心底发出一声无人可闻的叹息，垂头将那杯落了桂花的酒一饮而尽，平复胸中忽现的波澜。

殊不知，此时此刻杨淙淙正站在他的身后，看着饮宴场内一名新晋的武人在打拳，招式分外好看，杨淙淙看得不亦乐乎，旁边众人也在纷纷叫好。

这时，只听得一个声音说道："拳脚漂亮又如何？中看不中用，不过是花拳绣腿而已。"

众人的目光都聚焦在那个声音的来源处，一看说话的那个人不过是个十六七岁的少年，不由得一片哗然。先前被他说花拳绣腿的那个人是个五大三粗的汉子，自然非常不服气，也顾不上是否算是以大欺小，就要和他比试。

看到少年的脸，杨淙淙十分吃惊，这个少年正是她和沈仪心在建州救下的那个少年——玉生！

大半年过去，玉生长高了很多，目光坚定，身形清朗。杨淙淙这才知道那时的玉生其实并不止十四五岁，只是因为长得瘦瘦小小，所以看上去比同龄人小了很多。此时再见他，他已经长成了一个翩翩少年郎。

面对挑战，玉生不疾不徐，沉着应战。那汉子虽然外表看起来十分强壮，但玉生丝毫没有慌乱，他出的招看起来很简单，但简单的招数却往往蕴藏着更为强大的力量。不过几十招的功夫，那强壮汉子已经明显处于下风，他倒也够豪爽，不再恋战，直直往后退了几步，拱手服输。

玉生转身，向沈仪心这边躬身为礼，目光看到一旁的杨淙淙，不由得一亮。但因为场合原因，也就没跟她打招呼，只是微微笑了一下，一派珠玉模样。

另一边，文试的第一，也就是状元郎也开始赋诗了。

他作的诗名叫《江山吟》，是仿古诗，韵律感没有众人所作的五绝、七绝那么强，但是气势雄浑，有一种类似于曹操的《观沧海》的厚重，与他人吟月吟花的调子完全不同。他声音清澈，却有着盎然激情，铿锵有力地将这首诗吟出来，颇有一番豪迈。

胸襟开阔，气度不凡，果然是状元郎。杨淙淙暗自赞许着，只觉得那状元郎的声音有些熟悉，抬头望去，豁然一惊，在众人之间朗声吟赋的这个人，不是曾经遇到的比文招亲那家小姐紫涵喜欢的李公子又是谁?

还真是巧了，在一场饮宴中竟然接连遇到两个故人，一文一武，都是风采非凡。

李公子名叫李翰，在先前的殿试之中，他已经认出了沈仪心，此时却没有认出站在他身后的杨淙淙。

他的诗吟完之后，全场一片寂静，片刻之后，一片叫好之声，连一直坐在上首淡然观看的沈仪心也不由得拊掌称赞。这首诗磅礴大气，处处彰显着对百姓生活的关心和担忧，由此可见作诗之人也是胸怀天下黎民的。

沈仪心暗自点头，觉得自己并没有选错人。

其实，李翰和玉生能参加秋选，并不是偶然。在外游历的时候，沈仪心已经觉得李翰非常有才华，于是在回宫之后特意命人注意他的动向，必要时给予帮助，不要埋没了人才。但没想到，李翰竟然凭一己之力在秋选中脱颖而出，成为文试第一，更是证明了他的确是人中龙凤。

至于玉生，他的身世也不普通。他的娘亲本是响当当的江湖组织凝幽阁中的成员，拥有一身出众武艺，后来爱上了身为平民的玉生爹，于是为了他离开了凝幽阁，甘愿过平凡甚至贫穷的生活。

玉生出生后，他娘就一直有传授给他武艺，但千叮万嘱让他不要轻易显现出来，因此那日玉生虽被那些恶徒追赶，但并没有显示出自己会武功。

后来，玉生将遇到沈仪心的相关事情告诉了他娘，她思量再三，觉得沈仪心胸怀黎民百姓，是可以为之效力的，因此便让玉生参加秋季的武选。

玉生原本底子就好，再加上那段时间他娘的指导和他的苦练，最终晋级到了殿试之中，成为武试的第二名。

沈仪心在对抗沈越的过程中，深深觉得人才的重要性。

所谓人才，不仅仅要能为他所用，更要胸怀大志，走上仕途不是为了功名利禄，而是为了江山百姓。李翰和玉生不仅在文武造诣方面非常出众，更是具有一颗拳拳的赤子之心，的确是不可多得的人才。因此，沈仪心虽然表面上没有表现出什么，但心底其实是非常高兴的。

此时，还有一名文试才子走上前来，毕恭毕敬地对沈仪心道：“陛下，微臣要吟一首《宝剑篇》。”

《宝剑篇》对《江山吟》，人人都听得出他是要挑战李翰了。沈仪心点头应允。这人刚吟了几句，只听旁边另一个人说道：“《宝剑篇》，只有‘篇’，却无‘宝剑’，真是太可惜了。”

他的话的确有道理，但皇帝在场，任何人都是不允许携带兵刃的。这时，先前那名打拳输给玉生的大汉主动上前请缨道：“陛下，微臣愿以竹枝为剑，舞剑助兴。”

这流觞阁周围不仅有桂树，更有大片竹林，碧波盎然，煞是好看。

相比起剑，竹枝自然是没什么威胁力的，所以沈仪心就同意了。

有人从外围递了一根竹枝过来，上面还带着青翠的竹叶。吟诵声又起，大汉拿着竹枝，如剑一般翩然舞动。

他的剑招跟拳招一样，都是花哨居多，令人眼花缭乱。

众人的注意力都被他吸引去了，杨淙淙也在看着，只不过她总觉得哪里有些不太对劲。仔细看那大汉的脚步，虽然是跟随着剑招在移动的，不过若是留心一下，就能发现他的脚步是一直向沈仪心这边来的，不知不觉已经到了沈仪心面前一丈开外的地方。

杨淙淙心里“咯噔”一下，也顾不得是否隐藏身份了，立刻就想提醒沈仪心注意，没想到话还没来得及说出口，那大汉已经一个箭步冲了上来，手中竹枝直刺向沈仪心！

竹枝外面青色的皮裂了开来，其中包裹着一柄锋利的细长钢剑，幽幽地散发着寒光，直刺向沈仪心胸口。原来那竹枝是早已被改装过的，其中暗藏杀机。

所有的人都没有料到他竟然会忽然出手，完全呆住了，侍卫立刻赶过来救驾，但毕竟大汉离沈仪心很近，又出其不意，眼见钢剑就要刺到沈仪心的胸口。

千钧一发之际，沈仪心身后的杨淙淙扑身而上，挡在了他的身前。

钢剑极为锋利，须臾间穿透了杨淙淙的衣服，刺进了她的身体里。

那大汉见一击不中，立刻抽剑要刺第二下。与此同时，刚才吟《宝剑篇》的那人、帮腔说没有宝剑太可惜的那个人都趁乱上前，从腰带里抽出数根毒针，向沈仪心击来，原来竟都是身怀武艺的好手。

玉生立刻冲上前来，瞬间用真气将毒针挡开。几个人还想挣扎，但他们的行动在众多训练有素的侍卫面前无异于以卵击石，不过片刻工夫就全被拿下。

“淙淙！”沈仪心看着怀里中剑的杨淙淙，心急如焚，也顾不得什么帝王仪态，站起来就大吼，“快传太医！”

杨淙淙在他的怀中，只感到胸口阵阵剧痛袭来，仿佛有什么被掏空了一样。胸口有温热的液体涌出，空气里混合着血液的味道和桂花的香气，令她有些昏然欲睡。

脑子里昏昏沉沉的，如同混沌初开一般，好像塞满了东西，却又好像什么都没有。周围传来各种声音，众人受到惊吓的尖叫声，兵戎相见的打斗声，嘈杂无比。那些声音初时很大，后来渐渐变小了，到了最后，就只剩下沈仪心惊慌失措的呼喊声。

他呼喊着她的名字，一声声，那样担忧，那样急切。在这世间仿佛什么都没有了，只有他的声音萦绕在她的耳旁，如同一首回荡千年的歌谣。

心脏的位置剧烈地疼痛起来，杨淙淙的意识终于渐渐模糊，不省人事……

隐约之间，胸口透骨的疼痛渐渐淡去，成了麻木。衣衫被人解开，胸前的伤口处被涂上了一种清凉的药膏。那是一种奇怪的感觉，分明很凉，但又觉得火辣辣的，仿佛有火焰在灼烧一般。

“太医，她怎么样？”

一个急切的声音在耳边响起，忽远忽近，仿佛永远不可触及。

“回皇上，杨公公，哦，不……杨姑娘情况比较稳定，凝碧已经给她涂了九转玉露膏，伤口应该很快就能愈合。不过……”太医有些犹豫，不知道该怎么说。

凝碧是沈仪心寝宫的宫女，特地被调遣过来照顾杨淙淙的。

杨淙淙受伤后，沈仪心什么都顾不得，一路把杨淙淙抱起来就回到了寝宫，并且除了太医以外，谢绝其他人入内。

那三名刺客在被抓之后全都立刻自杀了，他们的牙齿内侧早就安了一个小毒囊，一旦行刺失败，就立刻咬破毒囊服毒自尽，不泄露半点儿消息。

沈仪心大怒，竟然有人在秋选中动了这么大的手脚，十名文武才子中竟然有三个人是混入的刺客，险些酿成大祸。

在宫里他们一定有人接应，否则那根暗藏钢剑的竹枝是怎么递进来的？他即刻命令李翰和玉生领头去彻查，不论如何，都一定要查个水落石出！

此刻的杨淙淙正躺在龙榻上，脸色虽然苍白，但好在呼吸还算平顺。刚才太医犹犹豫豫的样子引起了沈仪心的疑虑，他略一蹙眉，道：“说吧。”

“皇上，先前刺客那一剑是直直冲着心脏来的，虽然因为慌张而偏斜了一点儿，但还是刺在了杨姑娘心脏的位置。一般人若是遭此一击，十有八九就会骤然死亡，可杨姑娘却只是昏迷过去了。更奇怪的是，刚才老臣替她诊脉，竟然诊不到脉搏……”

太医说完这些话，已经满头都是汗珠了。

脉搏和心脏跳动的频率是一样的，诊不到脉搏，就是证明没有心跳！

“不可能！”沈仪心顿时面如土色，“你是说，她已经死了？”

“老臣、老臣也不明白，杨姑娘分明没有心跳，却还在呼吸……”

沈仪心没有理会战战兢兢的太医，径自走到龙榻边上，伸出手指搭在了杨淙淙的手腕上。

女子洁白的肌肤在他的指尖下，细腻得如同最莹润的白瓷一般。他的手指能感觉到她皮肤的温度，能看到她胸口在微微地起伏，可是，他却感受不到她脉搏的跳动。

沈仪心眼前一黑，几欲昏倒，仍是勉强撑着。

“杨姑娘……她……她可能并非是人……”太医顶着龙颜大怒的风险，终于还是咬着牙把这句话说了出来。

并非是人，会是什么呢？妖？魔？还是鬼怪？

沈仪心忽然觉得无比疲惫，如同被抽了筋，全身无力。

“你退下吧。关于她的事情不能说出去分毫，无论她是女儿身也好，心跳的事也好，绝不可泄露半句。”他淡淡地说道，脸上看不出一丝表情，“否则……”

“老臣明白，老臣明白！”太医惊惶不安地连连叩头，退了下去。

屏退了所有的人，沈仪心坐在床边，看着床上的女子沉睡中的容颜，心里复杂万分。她的表情十分安宁，安宁得像是一场无比美丽的梦，梦中是姹紫嫣红，星河璀璨。

他第一次这样认真地审视着她的容颜，从认识到现在，他们仿佛都没有这样安静地在一起过。

她生性爱热闹，两个人在一起时总是嬉笑打闹的时候多一些，一旦寂寞，那简直像要了她的命一般。她大大咧咧不拘小节，有什么不快的事情很快就会忘记，所以他很少看到她这样安安静静地躺在这里的样子，更不用说她还为救他受了伤。

如果那时候没有她，他现在或许已经身在黄泉路上，彼岸花旁了。

他之所以故意疏远她，和蒋茹嫣走得近了很多，一方面是不愿伤害她，刻意离她远一些；另一方面是扰乱视听，让沈越不知道他心里究竟在想些什么，也不知道他究竟在乎谁。

他是在乎杨淙淙的，虽然她现在扮作小太监待在他的身边，但是纸包不住火，若是有一天被沈越那方的人知道她其实是他最在意的人，那么他们必然会用她来威胁他，到了那个时候，莫说是江山社稷，可能他连她都无法保全了。

刻意疏远她的时候，他也很矛盾，很痛苦，可是他没有办法。为今之计只有如此，他别无选择。

饮宴上，他知道她悄悄混了进来，却没有作声，也没有理她，甚至当她不存在一般。冷漠是最伤人的，他以为这样做，她就会气他恼他了，一气之下离宫，远离这些斡旋纷争，过她逍遥自在的快活日子。

可是他无论如何也没有想到，她竟然为他挡了那夺命的一剑。

这个丫头啊，怎么这么傻……傻到让人那么心疼，再也不忍心对她有丝毫的冷漠。

他握着她的手，看着她的眉眼。其实她长得并不算很美，可是那看似普通的五官拼凑在一起，却成了一张他此生难忘的容颜。

淡淡的眉毛，如同天边的弦月颠倒了个儿。大大的眼睛亮晶晶的，像最澄澈的湄冷河水，笑起来的时候就弯成了月牙儿。她很爱笑，有酒窝，每次她笑起来，那浅浅的酒窝就如同平静的水面上滴落了两滴水，在他的心中荡开涟漪。

这样笨笨的傻丫头，这样善良的好姑娘，让他如何能割舍，如何舍得放弃？

龙榻边，年轻的帝王目光骤然坚定，手紧紧地握着沉睡中的女子的手，握得很紧，很紧。不管她是怎样的身份，她都是他的淙淙，不会改变。

然而，同一时刻，昏迷中的杨淙淙和沈仪心是完全不同的心境。

她正在梦里吃大餐。

梦里的她混混沌沌的，一片迷糊中傻傻地向前走着，也不知道走到了什么地方，之间珍馐佳肴到处都是，看得她口水都要流下来了。她一看桌上，啧，是满汉全席！

龙凤呈祥、红梅珠香、祥龙双飞、如意金卷……一道道菜名字好听又好看，看了就让人垂涎欲滴。

哇哈哈，她早就听说过满汉全席的大名，却从来没有机会品尝，如今终于可以品尝一番啦！

筷子刚碰到一块绣球干贝，那贝片就往后飘了去，任她怎么都够不着。试着去夹别的菜，也是这样。杨淙淙急了，跟着那些飘走的菜一路跑着，跑啊跑啊就到了一处云雾缭绕、溪水潺潺的地方，陡然间，云雾散开，一个人正站在对面略皱着眉一脸无奈地看着她，正是锦澜仙君。

“淙淙啊，你都长这么大了，怎么还是如此贪吃呢？”

“民以食为天嘛！”她理直气壮地说着，低头一看自己的手，咦，怎么这么小？走到溪边一看，自己的身子也瘦瘦矮矮的，分明是一副小孩儿的样子。

杨淙淙明白了，原来这是在梦里，回到了自己很小很小的时候呢。

梦里的锦澜仙君发愁地看着她，说：“只顾着吃，这样胸无大志以后可怎么……”

“谁说我胸无大痣啦！”小小的杨淙淙“呼啦”一下站了起来，敞开衣带，挺着像小男孩一样的胸膛不满地抗议着。

锦澜仙君正在喝芥菜汤，那是他刚刚从菜园里摘来的芥菜，可新鲜了。听到这里，他“噗”的一声把刚喝到嘴里的汤喷了出去，面色一阵红一阵白。成仙这么多年，还没有人让他如此窘迫过，于是立刻转过身去，说：“淙淙，快……快把衣带系好！”

“看你以后还说不说我胸无大痣……”杨淙淙嘴里咕哝着，一派胜利的模样，开心地喝起了芥菜汤。

在她左胸附近有一块深色伤痕，是与生俱来的。

那时的她并不知道，这个看起来如同一个痣一般的东西，其实是一处无法磨灭的印记，在无声地昭示着她的前世和今生。

那是她前世中剑的痕迹……

杨淙淙承认自己的确是胸无大志，没什么大的追求，可是这样又有什么不好呢？和喜欢的人在一起，平平安安开开心心地过一辈子，要什么大志呢？

再说了，她胸无大志，恐怕也是受了家里这位一天到晚什么事都不干、只乐乐呵呵地种菜的仙君的影响吧。

唔，芥菜汤真好喝，她还要喝……

自从杨淙淙昏迷过去以后，沈仪心一直守着她，即使再困再累也不愿去休息。他觉得自己真是让她受了太多委屈，从隐藏身份进宫开始，她就一直在为他做着许多事情，他却忽略了她的感受。

他说是保护她，却让她受了这么重的伤，这是他无论如何都不能原谅自己的。

在杨淙淙昏迷的这段时间里，他看着她平静而略显苍白的容颜，想明白了很多事情。他一直以避免权力纷争对她的伤害为借口说服自己，告诉自己让她隐瞒身份进宫是对的，可是现在他明白，他错了。

他已经明白了自己对她的心意，却以这些外部因素作为借口而不敢面对，与其说是怕伤害她，不如说是他不敢面对自己的心。

在这重重逆境、危机四伏的环境下，他更加明白了他在乎的是什么。

自从在流觞阁他将受伤的她抱回自己的寝宫开始，就知道她的身份已经瞒不住了。他命令在场所有的人不允许把这件事声张出去，就如同刚才对太医的那番话一般。他知道人多口杂，世上没有不透风的墙，这件事早晚会传开的，但他还是要多撑一会儿，哪怕再痛苦，再艰难，也要咬牙撑住。

跟沈越之间的最后斗争已经迫在眉睫，一切都蓄势待发，在这之前，他不能让她有任何危险。

当一切都过去，尘埃落定之后，他一定要在朝堂之上、举国之前为她正名！

中秋这个晴朗的夜晚，无端染上了一丝血气。然而，秋月依然高悬，亘古不变地照着下方芸芸众生。如同诗中所说："江畔何人初见月？江月何年初照人？人生代代无穷已，江月年年只相似。"无论人世间发生什么，这轮冰月永远纯净无瑕地挂在夜空，静静地旁观着下方发生的一切。

一切，如同即将来临的暴风雨，在无声无息中悄然逼近……

中秋之夜是举家团圆的日子，因而街上并没有多少人，除了一些茶楼酒肆之外，大多数店铺也早早地关了门。

京城之中有一条路名叫朱雀大街，后方有一条小巷，更是渺无人迹。月色下，一个头戴帷帽的女子无声地在小巷中行走着，帽檐垂下一圈轻纱，将面部遮掩住了。她脚上的绣花鞋尖端有一个毛茸茸的小球，每走一步，小球就微微颤动一下。

小巷尽头是一家看似普通的民房，女子轻轻在门上敲了几下，过了片刻，又敲几下，如此重复几次，好像在对什么暗号似的。

过了片刻，一个梳着双髻的丫头过来开了门，探出头来看看左右无人，又将门"吱呀"一声关上，仿佛什么都不曾发生过。

女子走到了屋里，屋里已经有一个男子坐在桌边喝茶，屋里没有点蜡。女子走到窗边将帷帽拿下，月光落在她的脸上，映出她姣好的容颜，正是蒋茹嫣无疑。

"刺杀失败的事，我已经听说了。"男子声音很低，几乎要融入沉沉的夜色里。

蒋茹嫣望着天上圆月，道："三名刺客都已经自杀了，那个作为内部接应的人也跑了，我已经派人去搜了。"

"无论如何，都一定要把他找到，否则他要是把我们的计划泄露出去，那我们就完了。"男子喝了一口茶，低低的声音里有一闪而逝的狠厉，"活要见人，死要见尸。"

"嗯。"蒋茹嫣答应了一声。

"宫里的情况怎么样？你到这里来，不会被人发现吧？"

"不会的，行刺事件刚出，各处守卫森严，越是这种时候越不会有人想到我能出宫来。沈仪心现在不见任何人，我也已经吩咐好了，若是被人发现我不在宫中，就说我到城郊的寒山寺中为皇上祈福了，寺院那边的口径也已经统一，你不用担心。"

"那就好。"男子说道。

"可是沈仪心没事，受伤的是他身边的一个人，我们这次的行刺计划还是失败了。"

"谁说失败了？"男子低低笑了一声，"你以为我真指望那几名刺客能杀掉皇帝？"

蒋茹嫣愣了一下："那你先前分明说……"

"不过，我是告诉他们这次的任务是刺杀皇帝，不成功便成仁。如果不这样说，他们肯为我们卖命吗？"

蒋茹嫣不说话了，这几个人都是当年受到她爹的文字狱案件牵连的人的后人，跟皇家有着深仇大恨，这次能拉拢他们过来，也是因为双方有着共同的敌人。她原本以为这次的行刺计划是以杀掉沈仪心为目标的，可是……

"你在沈越身边那么久了，也应该知道，人，就是用来利用的。"男子的声音中没有一丝感情，"如果我们不利用他们急于报仇的愚蠢心理，又怎么能达到我们的目的？"

蒋茹嫣沉默着，叹了口气。这几年来，她明着是在沈仪心这边，暗着在沈越那边，没有人知道，她其实不是这两个人中任何一方的人。她接近他们，只是为了达成她的目的而已……

男子说道："沈仪心和沈越现在对抗得日趋明显，沈仪心被行刺，他第一个怀疑的肯定是沈越，矛盾很快就会一触即发，这就是我的目的。他们明争暗斗，鹬蚌相争，我们不需要做什么，只要做那旁边的渔翁就好了。"

蒋茹嫣不得不承认他想得比她周全得多，这些年来，他所承受的压力和痛苦更是不比她少。

在命运的洪流之中，他们曾是漂浮不定的稻草，如今终于可以成长起来，成为那暗中搅动风云的一只手。

皓月当空，然而它再明亮，都照不到人心底深处那些最黑暗的地方。

夜深了，沈仪心的寝宫里静悄悄的，一点儿人声也没有。

杨淙淙还在昏迷着，沈仪心还是强撑着守在她的身边，在她醒来之前，他都不会离开她半步。无论如何，他都不能再让她发生一点儿意外了。他不睡，身边的一群婢女太监都不敢睡，也不敢说话，只能在旁边小心翼翼地伺候着。

忽然有一种奇异的香气飘来，如同水波缓缓蔓延开来，所有人都觉得有些昏昏欲睡。沈仪心的精神力比较强一些，他立刻意识到情况有些不对，可是已经来不及了。那香气来得是如此汹涌而猛烈，仿佛能钻到人的脑子里，封闭了所有的意识。

沈仪心终于撑不住了，"咚"的一声栽倒在床边。在他身后，那些宫女太监早已倒成了一片。

大殿之中，一团红色由浅变深，开始是水红，到了后面就变成火一样的绯红。红色逐渐凝聚，形成了一个男子的身影，是江月明。

江月明走到杨淙淙的床前，看着那个沉睡着的女子的容颜，眼神深邃得令人捉摸不透。良久，他叹了口气，喃喃说道："小洋葱，如果你知道我所需要的是你的一滴心头血，还会答应吗……"

"嗯……"杨淙淙在睡梦中无意识地应了一声。这是很轻很轻的一声，却令江月明心头一颤，随即又是一阵浓浓的酸楚涌来。

他骗了她，他从一开始接近她就是有目的的。

虽然最初是因为感激她救了他，但后面种种，就是因为得知了她是锦澜仙君身边的人。她下凡历练，这正好是他的一个机会，他接近了她，从平时和她的闲谈中得到了很多与锦澜仙君有关的事情。

在认识她的这段时间里，他一直悄无声息地布着烈凰阵。

烈凰阵是由上古流传下来的阵法，用于增强仙人的灵力，但这个过程极其痛苦，要受到火焚烧九九八十一天，其间不能中断，否则就会前功尽弃。在这个过程中，皮肤烧毁，筋骨全无，时间到后，就能浴火重生。重生的时间有长有短，从几天到几个月不等，全凭个人修为。只有用这种方法，才能找回元丹并将它纳于体内。否则他的元丹离体太久，即使找回，也难以融入身体之中。

但是，烈凰阵的开启有一个极其重要的前提，那就是开启阵法的灵媒——一滴仙人的心头血。

江月明自己也是仙体，但作为灵媒，并非是任何仙人都可以。

江月明通过探查得知，他的内丹消失与锦澜仙君有关，所以这滴指引方向的心头血，也必须是跟他有关才行。

杨淙淙跟了锦澜仙君三百年，跟他朝夕相处，身上带着许多他的气息，对于江月明而言，她就是烈凰阵开启的关键。

在最初接近她的过程中，他的确是带着自己的目的，和她嬉笑打闹，尽可能地对她好也是为了博得她的信赖。然而，随着时间的流逝，接触的加深，他发现自己已经无法割舍对她的那种感情了，他甚至带她到了除了龙族之外任何人都无法前去的眠龙渊旁，让她触碰那些在他的心底中沉睡了三百多年的过往。

他也曾纠结过，也曾犹豫过，想到她的笑颜，他的心头就忍不住地疼痛。那不是旧伤发作的疼痛，却比旧伤发作令他痛苦百倍。

可是他告诉自己，绝对不能心软，不能放弃，若是这一步退却了，那之前三百年的仇就再也没有机会报了。

小洋葱，对不起了，取你的一滴心头血可能会有些疼，但绝对不会伤害你的，别怕，别怕啊。男子如同竹节一般干净修长的手指，颤抖着向杨淙淙的心口处伸去……

陡然间，一道光芒闪过，向他的手击来。

江月明眼疾手快，立刻抽回手来，同时全身立刻警戒起来，低低地吼了一声："谁？"

窗口处，一个男子缓步走了进来。

明月当空，月华落在他的身上，如同给他整个人镀上了一层银一般。他穿过围墙，没有任何阻碍，身上虽然穿着普通的粗布衣衫，却丝毫难掩他的绝世风华。薄唇微抿着，平日里与世无争的那双眼睛此时分外有神，仿佛能看到人心底最深处的那个地方。

若是杨淙淙看到他现在的样子，一定会使劲地揉着眼睛觉得自己肯定是在梦里。眼前的这个人虽然样貌与衣着同她认识的那个锦澜仙君一样，但是脸上的神情却完全不同，尤其是眼神，淡淡地看着你，似有情又无情，有着天神一般的悲悯。

这个人，正是锦澜仙君无疑。

"你终于来了。"江月明冷笑一声，"做了三百年的缩头乌龟，现在竟然敢露面了？"

江月明知道自己虽然掩藏了身份，但作为关注着杨淙淙在下界情况的锦澜仙君，必定还是能察觉到他的踪迹。但他并不担心，以锦澜仙君今日的仙力，两个人对抗胜负未定。况且，他是绝对不会让杨淙淙受伤的。

锦澜仙君看着他，目光犹如流水一般淡然，说道："我知道你要什么，我的心头血给你便是。"

话音未落，江月明便见到他的手指往胸口一点，然后向外一抽。随着他这个动作，一滴散发着绯色光芒的血浮了出来，落到了江月明的手心里。

江月明看着掌心里的这滴血，它仿佛凝固了一般，有着灼热的温度，散发出的光芒连他的掌心都映红了，的确是真的心头血无疑。

江月明没有料到会发生这样的情况，反倒有些愕然。

"现在的一切，在三百年前就已经注定了。"锦澜仙君淡淡笑着，说，"我曾以为可以凭一己之力更改天命，到了如今才明白，不过是螳臂当车而已。该来的，终究会来。"

说罢，如同来时那般，飘然离去。

该来的，终究会来……

杨淙淙醒来的时候已经是三天之后了。

缓缓睁开双眼，看着头顶团龙锦绣的帐子，金丝银缕，精美又大气。头脑昏昏沉沉的，她想了很久也想不起来这里是哪里，再往上溯源，那天饮宴上的情景浮现在眼前，杨淙淙才明白过来自己是在沈仪心的寝宫里。

想到这里，她又开始惊慌起来，沈仪心呢，他没事吧？

左右看看，偌大的宫殿里没有那个熟悉的身影，她的心里不由得更慌了。虽然浑身一点儿力气也没有，但她还是咬着牙，挣扎起身。

奇怪，胸口的伤竟然不怎么痛了。

她拉开衣服一看，只见心口旁那个与生俱来的旧的伤痕旁边的新伤已经愈合了许多，并且没有最初那种锥心刺骨的疼痛了。这是因为锦澜仙君用仙力帮她把伤口恢复了许多，但她现在是凡人之躯，所以并不能完全愈合，要在日后慢慢恢复。杨淙淙并不知道在她昏迷的过程中发生的这些事，只朦朦胧胧记得有人给她的伤口上过药，不由得赞叹这药效真是神奇。

三天昏迷之中，滴米未进，杨淙淙早已饿得前胸贴后背了，但她顾不上这些，现在紧要的是确定沈仪心没事才好。听到她的脚步声，守在外面的宫女进来了，杨淙淙认出这名宫女正是沈仪心寝宫中的凝碧。

“皇上呢？”来不及多说一句话，她冲过去就问。

凝碧有些为难地说：“皇上他……”

杨淙淙的心一沉：“他怎么了？”

“他去挖芥菜去了……”

没头没脑的一句话让杨淙淙顿时蒙了，挖芥菜，什么意思？

凝碧解释道：“是这样的，你在昏迷之中念叨了好多次要喝芥菜汤，于是皇上就派人去找芥菜。可是这时候芥菜很少了，所以根本就没找到。就在这时候，有别的宫的人说在京城郊外的山里有，于是皇上就亲自去挖了……”凝碧已经知道杨淙淙是女儿身了，也看得出沈仪心对她的情意，虽然沈仪心临走前交代不要把他的行踪对别人透露出去，但她还是对杨淙淙说了。

听了这些话，杨淙淙总算明白了，真是有点儿哭笑不得，原来自己梦里要喝芥菜汤的想法已经完全在梦话中表现出来了，可是这个沈仪心也真是傻，居然自己放下宫里这摊子事不管，亲自跑去为她挖芥菜了。

想到这里，她有点儿生气，更多的是感动。想到沈仪心在山里弯着腰从泥土里扒拉野菜的样子，她忽然笑出声来，笑着笑着眼圈就红了。

这个沈仪心，作为一国之君，是要顾全大局的，跑出去挖什么荠菜！等他回来了，她一定要好好教育他一番。

可是，杨淙淙没有等到他回来。

凝碧给杨淙淙端来了一碗白粥和几个小菜，让她慢慢吃。那么久没有进食，醒来之后是不可以吃大鱼大肉这些东西的，只能吃些清淡的粥类，得等身体慢慢缓过来。杨淙淙正要吃，只见大殿关闭着的门忽然被人一脚从外面踹开了，几名她没见过的宫女站在门口，一副凶神恶煞的模样。

凝碧眉头拧成了一团，倏地站起来，高声对来人说道："这里是皇上的寝宫，谁敢放肆？"

领头的是名身材高大的绿衣宫女，听到这话后，冷笑了一声道："我是奉了太后娘娘的懿旨前来请人的，你敢阻拦？"

凝碧心头一惊，怪不得安排在外面的那些侍卫没有任何动静，原来是太后的人。太后找杨淙淙做什么呢？看这气势汹汹的架势，根本不像是来请人，分明是来抓人的。皇上临走前特意吩咐她要照顾好杨淙淙，这可如何是好？

看凝碧在犹豫，绿衣宫女不由分说，一招手，身后的几个人按住杨淙淙就往外走。

"慢着！"凝碧说道，"让她把这碗粥喝了再走。"杨淙淙的身体太虚弱了，这一去还不知道要去多久，不吃点儿东西的话是根本撑不住的。

绿衣宫女拿过那碗粥，冷笑一声，忽然"啪"的一声往地上摔去，地上顿时满是碎瓷片和溅的粥，一片狼藉。

"太后娘娘没有说她可以吃东西，那就是不能吃了。对了，"说到这里，绿衣宫女回头看了看凝碧，说，"为了防止你把这件事情泄露出去，要委屈你一阵子了。"说完，用眼神示意手下的人上来。

凝碧虽然在这宫里是掌事宫女，但是那些人既然是奉了太后的旨意来的，她也无可奈何，只能忍气吞声被压了下去。

抓杨淙淙的那几名宫女都是人高马大的，力气也大，杨淙淙本来也不算瘦，只是经过这场伤后身体十分虚弱，连挣扎的力气也没了，索性任她们像拎小鸡一样把她拎了出去，一路向蕴秀宫走去。

一路上，杨淙淙都在思索着太后为什么要找她，而且是以这么不善意的方式。众人都知道她救了沈仪心，怎么说也是救驾有功，她自然是对那些功名赏赐毫无兴趣，只要沈仪心没事就行了，但是太后为什么会忽然抓她过去呢？

杨淙淙想来想去也不明白，索性不想了，该来的怎么都躲不掉。

到了蕴秀宫，杨淙淙被里面的阵势吓了一跳。

端坐在上首的是太后，今天她穿得非常正式，面色凝重，无端给杨淙淙一种很压抑的感觉。坐在右侧的是蒋茹嫣，正在低头喝茶。坐在左边的那个女子身材丰腴，正满眼担心地看着她，竟是李金兰。

这到底是什么情况，怎么一派“三尊会审”的架势？

杨淙淙发现李金兰正在看着自己，于是对她回笑了一下，表示自己很好，让她不要担心。就在这时，她的膝盖后方忽然被人狠狠踹了一脚，整个人顿时站立不稳，“咚”地跪在了地上。

“下贱的奴才，也不看看现在是什么场合，还敢放肆！”身后传来一个凶狠的声音，正是刚才那绿衣女子。

太后淡淡地扫了一眼，绿衣女子立刻闭上了嘴，躬身伫立。

“绿茂，让他们都退下吧。”

“是。”绿茂恭敬地答道，挥手遣散别的侍从。眨眼间这偌大的宫殿里顿时就变得空空荡荡的了，只有几个人在，但是跪着的只有杨淙淙一个。

人一散，太后方才的端庄模样就立刻消失殆尽，眼中的神色也变了，变得很狠厉，又有些古怪。

“你是杨淙淙？”太后问道。

“回太后的话，正是。”杨淙淙虽然不明所以，但还是恭谨作答。

“哀家问你话，你竟然回答得如此无礼！”太后望向一旁，“绿茂，掌嘴！”

欲加之罪，何患无辞？即使杨淙淙答得多么谦卑有礼，结果也都是一样。

那名叫绿茂的宫女立刻上前，揪住杨淙淙的领子就开始扇她嘴巴，一下比一下用力，一下比一下响亮。她的巴掌大如蒲扇，杨淙淙哪里经得住她这样打，脸上很快就起了无数道红印子，火辣辣地疼。绿茂还嫌不够，继续狠命抽打着，杨淙淙的嘴角渗出了血丝来。

“够了。”一直冷眼旁观的太后终于下命停止，绿茂退到了一边。她手一松，杨淙淙就立刻倒在了地上，但她又立刻拼命挣扎着爬起来跪好。

她算是明白了，太后这明显就是来找她的碴儿的，任何一点儿不如意她都有可能对此大做文章。

“贱奴杨淙淙，你可知罪？”太后厉声问道。

杨淙淙奄奄一息地跪在地上，说：“不知。”

“死到临头，还敢狡辩！”太后拍案而起，声音陡然拔高，“你身为皇上的贴身内监，不想着服侍好主子，竟然……竟然……”说到最后，几乎说不下去。

“身为内监，却引诱皇上，实在是罪无可恕！”旁边的蒋茹嫣冷声接口。

太后看了蒋茹嫣一眼，她立刻闭嘴。

太后继续说道：“在秋宴之上，皇上抱着你回到寝宫，虽然他下令封锁消息，但世上没有不透风的墙，这等荒唐之事，早传到哀家耳朵里了！没想到啊没想到，哀家怎么生了一个这样的儿子！”

杨淙淙终于明白先前以为自己的身份被识破了，没想到她们虽然看出了沈仪心很在乎自己，却还不知道她是女儿身，所以更加愤然惊异。

这事想起来实在有些好笑，可是杨淙淙一点儿都笑不出来。

脸上火辣辣地疼，仿佛掉了一层皮，虚弱的身体勉强撑到现在几乎已经到了极限。眼前一片模糊，头昏眼花得几乎连人都看不清了，却还得撑起精神来回答太后的问题。

“我没有……”她刚勉强说出这几个字，就一阵眩晕，几乎要昏倒过去。

“大胆刁奴！事实俱在，竟然死不承认！看哀家今天治不了你！”太后的眼神忽然变得如毒蛇一样狠毒，叫道，“绿茂，上夹棍，看这刁奴还敢不敢嘴硬！”

“太后娘娘！”李金兰实在看不下去了，终于站起身来劝阻，“娘娘切勿动怒，伤了身子就不好了。这刁奴何须您亲自动手呢，不如交由金兰去处置如何？”

“妹妹这话说的，难道你能处理得比太后娘娘更好吗？”开口的却是蒋茹嫣，“对于这等刁奴，不让其吃点儿苦头怎么行呢？”

她先前私下里叫李金兰“姐姐”，如今在太后面前又叫她“妹妹”，摆明了就是告诉李金兰，别以为太后宠着你就无法无天了，在这宫里，我还是比你更胜一筹。

杨淙淙的心又凉了一大截，原来蒋茹嫣先前的善良温婉全是装出来的，此时此刻，落井下石才是她的真面目。

“金兰，这件事你无须插手，哀家自然知道该怎么处理。”太后冷冷地说道，李金兰知道已无希望，于是颓然坐下，转过头去不敢看杨淙淙受刑的样子。

夹棍拿上来了，狠狠夹在了杨淙淙的手指上，两侧一拉，便痛不欲生。十指连心，这种痛苦可比刚才掌嘴强烈太多了，每一下都如同用无数根钢针在手指上扎一样。

杨淙淙尖叫一声，昏死过去。

“泼醒，再夹！”

绿茂提着桶水上来，往杨淙淙脸上泼去。杨淙淙刚才疼晕过去，现在又被泼醒，夹棍再次拉紧，她的手指骨痛得仿佛裂了一般，几乎不能呼吸。

在本能的作用下，杨淙淙拼命地挣扎起来，头上的帽子因为她剧烈的挣扎而掉了，一头乌发流泻出来。

一时间，在场的所有人都惊呆了！

没有人想到，这名在皇上身边待了大半年的“小太监”，其实竟然是个女子。

蒋茹嫣和李金兰是惊诧居多，而对于太后而言，则长长松了口气。

先前知道沈仪心竟然对杨淙淙那么在意时，她真是又惊又怒，这件事关乎皇家颜面，更关乎皇家的子嗣问题，实在是万分严重，所以她才会如此火大。现在既然杨淙淙是女子，沈仪心定然也是知道的，这件事就好办多了。

狐媚惑主，自古以来，都是一个不能轻饶的罪名。

想到这里，太后沉声说道：“来人，把杨淙淙拉出去，杖毙！”

第九章

天牢遇险夜奔逃

周围一片漆黑，仿佛浓浓的墨将一切都淹没了。

没有天，没有地，看不到任何东西，也听不到任何声音。整个人仿佛被包裹在一个巨大的茧里，一点儿光亮都看不到，仿佛没有丝毫希望，唯有令人窒息的黑暗和沉默。

胸口处有隐隐痛意传来，但更加难受的是手指。仿佛无数根钢针从指端插入，那种极致的疼痛即使在昏迷中都不能减轻分毫，一次次痛晕过去，又在昏迷中痛醒过来，如此往复着，不知道循环了多少次。

杨淙淙的意识已经非常模糊了，她不知道自己在哪里，不知道自己在做什么，甚至不知道自己是不是还活着。有时候她以为自己已经死了，然而手指上锥心刺骨的疼痛却让她明白，她依然存活在这个世间。

只要活着，就有希望。这是杨淙淙以前常常挂在嘴边的一句话，可是现在这副活着的躯壳却让她体会到如此剧烈的痛苦，有时候她宁可自己死了，这样就再也不用受到这种种的煎熬。

她的身体忽然间变得很轻很轻，如同水中浮萍一般悠悠地没有重量，在命运的洪流中左右飘荡。隐约中，她看到一个身穿紫色衣裙的女子站在云端之上，衣饰华美无比，举手投足都有金色光芒流转。她的长发是散开的，呈现一种迷惑人心的深紫色，如同倒流的瀑布一般在风中飞舞着。她的肤色是玲珑剔透的莹白，仿佛沐浴在月光之中的上好的瓷器，眉目如画，檀口如樱，怎么看都如同画中仙一般。

然而她的身上，却散发着隐隐的魔气。

她原本是在笑着的，随着她的笑声，周围的土壤中绽开了无数朵曼陀罗，在风中微微晃动着，招展着，如同有生命一般将她缭绕。她的眸子是薰衣草一般的浅紫色，眼眸垂下，长长的睫毛有如蝶衣一般，令人的心都为之一颤。

但是，她的笑容终止了。

九天浮云之上，金光乍现，一袭金色战甲的男子出现在眼前。手持宝剑，有如天神一般，却是那般冷厉无情，手起剑落，吞吐着青芒的剑没入了女子胸口。

女子没有躲闪。

她的身体从云端之上坠了下来，坠落的速度原本是很快的，可是此时却不知道为什么，仿佛变得极慢。她的脸上还带着笑，可是眸中却含着泪，她的身体轻盈得如同一张纸片一般，从高空坠落。

胸口有血滴落，那些片刻前还艳丽无比的曼陀罗就在顷刻间凋零殆尽。

云端上的男子看着她坠落的身体，看着她分明含着泪水却依然微笑的表情，眼眸中掠过一丝隐忍的痛楚。他闭上眼，这样一丝微不可察的倾诉就这样被掩埋在心底深处，将他的心一同埋葬。

“霜隐……”

当她终于在他的视线之外时，他终于喊了她的名字，声音低沉喑哑，带着无尽的痛苦与苍凉，如同他对她从未改变却永远也不可能说出口的爱。

爱与恨，若是只有前者该多好，就算两者皆有，若是能分开来又该多好。可惜，那永远不可改变的仇恨横亘在他和她之间，那爱与恨的交叠，最终化作的只有永远无尽的痛苦和遗憾。

若是只有爱，没有恨，那该多好……

霜隐坠落的身体渐渐变淡，仿佛一朵紫色的花，落入风里，最终消失不见。

一个白色的身影，在云下一闪而逝，如同逝水无痕。

唯有霜隐的一滴眼泪自天际落下，落入沉静的湄冷河中。

那滴带着无尽叹息的泪水蕴含着如此强大的悲伤的力量，将河面激荡得炸了开来，落入沉匿于河底的水晶宫中，将巍峨壮丽的宫殿和其中美丽动人的一切都毁灭殆尽。

那是魔女霜隐的唯一一滴泪水，也是最后一滴泪水。

从那以后，世间再也没有了她的踪迹，而与她有关的一切都如同那些已经过去的往事一样，再也无人知晓。

花开花落，云卷云舒，过去的一切已经如烟云一般消散无踪，然而那刻骨铭心的爱与恨，却永远也不会消失。

杨淙淙从黑暗中醒来，意识到自己做了一个很长很长的梦。

梦里，霜隐、战龙，当年的一切都历历在目，仿佛都活生生地在她眼前一般。战龙就是江月明，而霜隐则跟他有一段不能忘怀的往事。杨淙淙忽然很想叹息，她一直相信恨只有爱能够化解，可是为什么，在他们的故事里，再深的爱，终究都无法化解那刻骨的恨？

或许，过去的一切，只有他们自己明白。

身上的伤依然很痛，不过杨淙淙的意识已经清醒了，她勉强撑着坐起，观察着周围的环境。

这是一间幽暗潮湿的屋子，三面都是围墙，一面是铁栏，每一根铁栏都有小孩儿的手臂那么粗。四周非常黑，唯一一个能透光的地方是高墙上方一个小小的铁窗，几缕苍白无力的阳光从外面透进来，却使里面显得更加阴冷。不远处偶尔传来痛苦的呻吟声，更多的时候是一片死一样的寂静。

她这是在哪里？

惊慌之间，她想站起身来，却发现脚上锁着粗粗的铁链，铁链的另一端坠着一个铁球，沉重无比，连迈步都非常困难。

有脚步声从外面传来，一个人站在了铁栏外面。杨淙淙一看来人，是一位面容沧桑的老人，很瘦，脸上全是皱纹，看得出年纪很大了。杨淙淙像抓住了一根救命稻草一样急忙问道："大叔，请问这是哪里？"

老人看了她一眼，浑浊的眼珠略微动了一下，说出了两个字："天牢。"

杨淙淙心里骤然一凉，如同沉入了冰水里。看到周围幽黑森冷、高墙铁栏，再一看那老人身上穿着的正是狱卒的衣服，终于退了一步，跌倒在地。

地上什么东西都没有，只是有些破旧的稻草，冰冷坚硬。

狱卒隔着铁栏把手里的东西放了进来，是一个肮脏的破碗，里面有一碗糙米饭，还有一个黄黄的馒头。

狱卒把牢饭放下后转身走了，留下杨淙淙愣愣地呆了半晌，终于确认了这是现实而不是梦境。

回想起先前的情况，自己暴露了女儿身，太后下令将她杖毙，又怎么会到了这里？或许是太后临时改变了主意，又或许是她又有什么别的目的？自从她在饮宴上受伤起就没有见到江月明，他去了哪里？而沈仪心现在又怎么样了，知不知道她现在的处境呢？

一个个问题在脑海中，却没有一个能够得到解决，自己被关在这里，根本无法与外界联系，身上又负有重伤，活不活得下去都不知道……

她的脑海中想到锦澜仙君对她温和的笑颜，想到和白珠珠、白算算下界游玩的日子，想到沈仪心因为她受伤焦虑不堪的情景，想到江月明挑着眉叫她"小洋葱"的模样……

不，绝对不能这样轻易放弃。为了那些对她好的人，她可不能死！

想到这里，杨淙淙坚定了活下去的信念。她的手指已经肿胀不堪，完全不能动了，她就用手腕夹起那个馒头送到嘴边吃。那馒头不知道放了多久，干硬无比，吃进去扎得嗓子生疼，但她还是在努力地咀嚼着，一口口将它吃了下去，又用手腕夹起那碗糙米饭，一点点地用嘴啃着。

不管到什么时候都绝对不能放弃，只要活着，就有希望，她杨淙淙一定要坚强地活下去！

此后的很多天，情况依然没什么太大的变化。给杨淙淙送饭的一直都是那位老狱卒，每次来送饭时，杨淙淙都会问他宫里的情况。她没什么别的目的，只是想知道沈仪心怎么样，现在好不好，仅此而已。老狱卒只跟她说过两个字，就是最开始的“天牢”，其后杨淙淙无论问什么，他都像没听见一样放了牢饭就走。

杨淙淙胸口的伤在好转，手上的伤却越发严重，手指肿得像胡萝卜一般。杨淙淙望着自己的手苦笑，自己一向爱吃，没想到手也变得像食物一样了。

这天，老狱卒在给杨淙淙送饭时，忽然塞过来一个粗瓷小瓶，杨淙淙心里一惊，不动声色地接过来，待他走了以后悄悄打开，浓郁的中药味飘了出来，原来是一瓶膏药。

杨淙淙认得这膏药，是治疗外伤常用的生筋散，心下不由得一阵感激，将药膏涂抹在手上。下一次老狱卒再来给她送饭时，她对他悄声说了声“谢谢”，老狱卒什么也没说，抬起浑浊的眼睛看了她一眼，然后蹒跚着离去了。他的年纪已经很大了，背驼得像只虾米，杨淙淙看着看着鼻子就酸了。

正是因为这瓶膏药，杨淙淙手上的肿才慢慢消了，虽然速度缓慢，但好歹是在渐渐愈合。在牢里她没什么事做，大多数时候都在盘腿闭目修炼，逐渐感觉仙力又重新凝聚了起来，伤口恢复的速度也加快了许多。更加令她意外的是，她的身体深处似乎有某种力量在隐隐欲出，但不管她怎么努力，这种力量都仿佛被压制住了一样，无法突破某种无形的阻碍。

这是怎么回事？杨淙淙想不通。在有生以来的三百年里她都没怎么认真修炼过，自然是不明白了，如果问问锦澜仙君，他可能会知道答案，可是他哪里顾得上她啊？说不定这会儿他正在菜园里给他的宝贝白菜浇水呢。

想到这里，杨淙淙叹了口气。按理来说，她下界历练，锦澜仙君是可以在天庭中通过仙力查探到她的情况的，她有难他也可以来帮助，但不知道为什么，她在天牢关了一个多月他都没出现。

别家的小仙下界历练虽然也挺辛苦，但是自家的仙子仙君怎么说也会从旁给一些提点和帮助。相比起他们，自己不像是来历练，倒像是来历经仙劫的，只有历经仙劫的仙人才必须完全依靠自己，不能靠天界中的任何帮助。

等等……仙劫？

杨淙淙的脑子好不容易转了一个大弯，一直想不通的问题似乎终于明白了。每个仙人都要历经仙劫，短则几百年一次，长则几千年一次，根据个人的修为有所不同，但无论如何，仙劫是一定要经历的，绝对不可避免。仙劫的形式也有所不同，有的是封印记忆重新下界去经历世事，有的是去历经情劫，有的则是要遭受身体上的痛苦……仙人若是度过了仙劫，仙力就会大增，若是度不过，轻则仙力受损，重则失去仙身成为凡人，有的甚至更有可能灰飞烟灭。

想到下界前的那天，锦澜仙君回来时脸上难得凝重的表情，杨淙淙更加确信了自己的判断，自己下界的这些事情，很可能就是在历经仙劫。

杨淙淙猜得没错，这的确是她的仙劫，但她并不知道锦澜仙君其实违反过仙界条例帮过她，给了江月明一滴自己的心头血，事实上的情况其实远比她所想象的复杂得多，只是她不知道罢了。这次仙劫对她来说至关重要，若是度不过去，那世上就再也没有杨淙淙这个人了……

然而现在的杨淙淙根本不知道这些，也没想那么远，她只是想着怎样在眼前这样恶劣的环境中活下来，然后逃出去。

在天牢中关了几个月，看她的人一个都没有，但是她的修为倒是大大长进了，身上的伤也全好了。不知道为什么，有时候她用仙力将空气中的水汽凝成镜子看自己容颜的时候，觉得自己好像变得比以前好看了一些，或许是因为长久不见阳光的原因，她的皮肤分外白皙，乌黑的长发中带着一种幽幽的深紫，眼眸中有时候也透出一种浅浅的紫色，如同浸在水中的紫罗兰花瓣，美丽得令人有些心惊。但再一眨眼，这些异象就都恢复原状了，自己又变成了原先普普通通的模样，令杨淙淙一度怀疑自己产生了错觉。

这天夜里，杨淙淙刚躺下，就感到周围有一种气息正在靠近，立即警觉地坐起。只见牢房深处有白光闪现，两个身影出现在了她的眼前。

“珠珠，算算！”杨淙淙大喜惊呼。

白珠珠反应敏捷，立刻一扬手在这间牢房外面设了一个结界，杨淙淙刚才的声音才没有传出去。因为结界的作用，其他的人就算从牢房门口经过也看不到里面的人，里面的声音外面也是听不到的。

“你呀你，我们还以为你在皇宫里吃香的喝辣的呢，没想到竟然是被关到这天牢里来了。”白算算整理了一下地上的稻草，大大咧咧地坐下。

因为杨淙淙很久都没有找过她们了，她们两个人觉得有些不太对劲，于是潜进了宫里，好不容易循着她的气息一路追来，却找到了天牢里。

杨淙淙真是觉得一言难尽，好不容易才把这些日子以来发生的事情告诉了她们。听完之后，两个人都暴跳如雷，气势汹汹地要找太后算账，被杨淙淙拦下了。且不说仙界有明文规定，仙人不可以用仙力干扰人间的事情，就单从她自己的角度来说，太后是沈仪心的亲娘，杨淙淙怎么也不想让她受到伤害，否则沈仪心会难过的。

“你还想着他！”白珠珠气不打一处来，“你知不知道我们来的时候看到了什么？京城里处处张灯结彩，皇上要在腊月十八册封皇后了！”

腊月十八，那不就是大后天了吗？

杨淙淙的脑袋“嗡”的一声，后来她们还说了些什么，她已经不知道了。

白珠珠和白算算要救杨淙淙出去，但杨淙淙不肯。使用仙力和妖力干扰了人间的秩序是范了天条的，不被发现还好，如果被发现那就一定要受罚，她不想连累朋友。再说，她现在在这里过得也挺好的。

是呀，挺好的，被人忘记的日子，难道不好吗？

白珠珠和白算算不情愿地走了，走前不停地叮嘱杨淙淙，一旦有什么事就立即通知她们。她们走后，杨淙淙的脑子里反反复复都是刚才她们的话。沈仪心要册封皇后了，未来的皇后是宰相大人的千金，名叫李金兰……她们还说，根据打听到的消息，是李金兰建议太后把杨淙淙关起来，然后在这段时间里让沈仪心忘了杨淙淙，和自己成亲的。

杨淙淙的手越握越紧，终于一拳砸在牢房的墙壁上，竟然将一块砖砸出了裂缝。

等等，那块砖缝里似乎有什么东西？

杨淙淙小心翼翼地把那东西抠出来，打开一看，不由得惊呆了。原来这是一块从中衣上撕下来的布，上面满满的都是用血写成的字，一桩桩，一件件，全部都是睿王沈越的罪名！

私吞库银、结党营私……每一项都是很大的罪名，然而最致命的还有最后一项：蓄意谋反！

血书中将沈越谋反的行为写得一清二楚，杨淙淙这才知道他不仅在朝廷内部兴风作浪，甚至跟外藩的人勾结，暗中签署了协议将边疆地区割让给敌人，前提是对方要支持他坐上这把龙椅。除此之外，他还想方设法制造国内的动乱，那次建州的灾荒中，建州州尹就是沈越的人，也是在他的授意之下扣留朝廷发放的救灾粮食，意图造成动乱，使百姓对当朝皇帝的统治不满，给他的谋反制造声势。

越看到最后，杨淙淙的心里越凉，她原本以为沈越只是玩弄权术，想得到更高的政治地位而已，没想到他竟然私通他国，甚至置无数百姓的生死于不顾，只为了坐上这把黄金龙椅！

血书的落款，是几个颤抖的字：罪臣黄志平绝笔。

杨淙淙终于明白了，原来当初黄志平被打入天牢的时候所关的也是这间牢房，他原本是沈越那派的，知道很多内幕，临死前他知道自己没有活路了，于是将沈越的罪行写了出来，藏在牢房的砖缝之中，又从外面加以掩饰，因此很难发现。如果此时不是杨淙淙因为失望气愤而砸了墙壁一拳，那也就不会发现这封血书。

冥冥之中，自有定数，或许这正是老天让她来到这里的目的吧。虽然杨淙淙心里因为沈仪心要册封皇后的事而很难过，但这封血书显然更加关系重大，不管怎样她都要把它想办法送到沈仪心的手中，不然江山堪忧，百姓堪忧！

再也顾不得什么不可用仙力扰乱人间秩序的天条了，杨淙淙现在的修为提升了许多，突破天牢并非难事，她正想出去，忽然听到外面传来了脚步声，于是立刻把血书揣在怀里，躺在稻草上假装睡着。

外面的脚步很轻，不像是犯人被押来时脚上沉重锁链的撞击声，也不像是那位平日里给她送饭的老狱卒拖拉的脚步声。杨淙淙正在猜测着来人是谁的时候，那人已经打开铁门，走了进来。

“咚”的一声，什么东西被放在了她的身边。接下来，一个人轻轻俯下身，他的气息离她越来越近，越来越近……

杨淙淙闭着眼睛，但已经知道了他是谁。他的身上，有着和任何人都不同的淡淡的龙涎香味。

沈仪心在她的身边坐了下来，轻轻地抚摸着她的头发，那龙涎香的味道也便盘桓在她的发间，萦绕在她的鼻梢，然后缓缓地漫到了她的心里去。

杨淙淙的心里酸酸的，眼泪差点儿就掉了出来，但还是强忍着继续装睡。

沈仪心坐了一会儿，什么话都没有说。很久以后，有人进来轻声地说了一句：“皇上，该回宫了。”沈仪心叹了口气，缓缓站起身来。回头望着杨淙淙，好像有千言万语要说一样，却尽在不言中了。

他出去了，如同他来时那样，静悄悄的，好像水上荡过的波纹，平静之后没有任何痕迹。可是只有杨淙淙明白，那看似平缓的波纹却在她的心中荡起了巨大涟漪。

她是喜欢沈仪心的，从初遇的那天就是，可是他终究不属于她。他属于李金兰，属于老百姓，属于全天下，唯独不属于她。

意识到自己喜欢他的时候，她就已经知道会是这样的结局，所以一直在逃避，却又舍不得离开他，于是一直这样拖着，直到如今……终于可以彻彻底底跟他划清界限了。两天之后，他大婚，有了他的皇后，坐稳了她的江山，她也应该可以毫无牵挂地回到天庭了吧。

杨淙淙打开他留下的那个盒子，原来是个食盒，里面是一份荠菜汤，热乎乎地冒着白气，香气扑鼻。她想到此前最后听到他的消息是从凝碧口中，因为她在昏迷中喃喃的梦话，他不管不顾亲自跑到郊外的山中去，只为了给她挖一把野菜。

想起来，最后一次见到他的容颜，是几个月前的秋宴上了。这么久了，她原本以为时间可以冲淡思念，冲淡一切，可是他的容颜却在她的脑海之中一直浮现，挥之不去。和他在一起的时时刻刻，点点滴滴，每一次的欢笑和吵闹都历历在目，刻骨铭心。

如果感情这回事是说忘就能忘的，又怎么能算是真正的感情呢？

原来她这次的仙劫，是情劫吗？杨淙淙笑了，笑着笑着眼泪却涌了出来。泪水滴落到芥菜汤里，发出小小的声响，令杨淙淙的心里无比难过。

就在这时，杨淙淙心里忽然涌现出一种分外不祥的预感，仿佛某种危险正在逐步逼近……只不过，逼近的并不是她，而是沈仪心！

杨淙淙来不及多想，化作一道紫色光芒，“嗖”的一声就循着沈仪心的气息而去。

因为现在修为提升了许多，移动的速度也大为增加，几乎是在顷刻之间杨淙淙就来到了沈仪心的身边。沈仪心并没有走远，他在离天牢不远处的一个小巷旁。此时已经是深夜，这里非常偏僻，周围一个人也没有，却出现了很多黑衣人，并且他们的目标全是冲着沈仪心而去的！

沈仪心这次是便装出行，看得出是悄悄从宫中出来的，身边只跟了一名小太监。那小太监此时已经死了，只剩下沈仪心一个还在苦苦地和黑衣人打斗。

黑衣人大约有数十人，每个都是身手了得，招招夺命，显然早有准备。沈仪心没有武器在手，虽然武功高强，但也只能节节败退，身上还负了伤。忽然，一名黑衣人从身后袭击他，沈仪心虽然勉强躲过了，却没有躲过同时从身前袭来的掌风，胸口被击了一掌，顿时一口血喷出，将衣衫染出朵朵红梅。

杨淙淙的胸中不可抑制地燃烧起熊熊烈火，那火是如此猛烈，将她心中存留的唯一一丝不可伤人的念头燃烧殆尽。

紫色的光芒不断飞出，带着浅浅的紫罗兰气息，同血液的味道混合在一起，那是死亡的召唤。黑衣人根本不知道发生了什么，连反抗的时间都没有，甚至连呼喊都来不及发出一声，顷刻间全部倒地身亡，血流成河。

“淙……淙淙……”沈仪心捂着胸口，看着眼前忽然出现的女子，完全惊呆了。

且不说她为什么此刻会出现在这里，且不说她为什么会这样残忍又可怕的术法，仅仅是她现在的外貌，就令他不敢相信这就是他熟悉的那个人。深紫色的头发长到脚踝，如同一匹最亮的缎子，在月光下泛着美丽而又略显诡异的光泽。眼眸是琥珀般剔透的浅紫，如同沉寂了千万年的冰川，只望一眼，就能令人寒意陡生。

这样冷艳的一个女子，这样美丽又诡异到令人无法呼吸的一个女子……虽然她的面容变化了许多，但那熟悉的感觉，那令他永远也难以忘记的感觉是绝对不会变的，她的确是淙淙，他的淙淙。

她呆呆地在那里站着，仿佛被眼前的一切吓到了，又仿佛眼里什么都没有。她的眼睛是空空的，那种空旷而无助的感觉看得他心底生疼，于是再也不管不顾，将她紧紧拥入怀中。

怀抱是温暖的，带着淡淡的龙涎香的气息，将她心里的冰冷融化。抱了很久，他感觉到怀中的人微微动了一下，于是松开了她，这时候他看到她已经恢复成了平常的样子，刚才身体上的那些异象都消失了。

杨淙淙的意识渐渐恢复过来，看看身边的沈仪心，再看看地上那堆黑衣人的尸体，颤抖着说："这……这些人都是我杀的？"

沈仪心没有说话，他不知道该怎么回答，但杨淙淙已经从他的沉默中读出了答案。

她杀人了，她竟然杀人了……还杀了这么多！

杨淙淙的心里浮上从未有过的巨大恐慌与害怕，她从一出世就被锦澜仙君教导要行好事，做好人，她虽然小错连连，但这种事却是从来都不曾犯过。她胆子一直挺小，向来连杀鸡都不敢，如今竟然杀了人！

想到刚才出手的一瞬间，她的大脑顿时一片空白。她根本想不起自己究竟是怎样在顷刻之间凝聚仙力然后骤然出手的，那一刻，仿佛身体已经不属于自己了，有一种莫名的力量潜伏在她的身体里，支配着她。更可怕的是，在看着他们倒地的那一瞬间，她的心里不仅没有丝毫怜悯，甚至有一丝快意。

为什么会这样？为什么会这样？

想到在天牢中修炼时身体深处那种隐隐欲出的感觉，还有身体上的异象，杨淙淙不禁打了一个寒战……她的身体里到底有着什么？她还是她吗？如果不是，那她又是谁？

这些问题，没有一个她能知道答案。

忽然，远处传来窸窸窣窣的脚步声，非常急促，听得出有十来个人，有一种来者不善的意味。沈仪心低声而急促地说了一声："快，跟我走！"不待她反应过来，便拉着她就跑。

这里是京城，先前沈仪心经常微服出宫，所以对地形很是熟悉。

两个人在黑暗中跑了很久，不知道经过了多少条小巷，不知道转了多少条弯，终于将后面的人甩掉，但依然不敢掉以轻心。大街上虽然到处都挂着灯笼，张灯结彩，但为了躲避追杀他们只敢走黑漆漆的小巷。夜已经很深了，天上没有星月，伸手不见五指，根本连路都看不清，只能凭着感觉走。地上有一个大坑，杨淙淙没留意，一脚踩空跌了进去，脚踝处肿起了一个大包。

沈仪心二话没说，背上杨淙淙就走。

杨淙淙伏在他的背上，手臂环住他的脖颈，感觉他在一步一步小心翼翼地走着，不由得感到温暖又心酸。鼻尖一酸，一颗泪珠就掉了下来，恰好落在他的脖子里。

“咦，下雨了？”沈仪心疑惑地抬头看了看，天空黑漆漆的，什么也看不到。

杨淙淙不知道该怎样解释，于是闭着眼睛趴在他身后假装睡着了。他的背很宽阔，很温暖，虽然是在逃亡的路上，但还是能带给她无限的安心，让她将刚才的惊恐都暂时忘却了。

沈仪心唤了她一声，没得到回应，回头看到她像只小动物一样安安静静地趴在他的背上，眼睛闭着，呼吸均匀，便无声地轻笑起来。

天不知道什么时候悄悄放晴了，黑暗的天际有几颗星星在闪耀，给这寒冷的冬夜里增添了几丝若有若无的温暖。

杨淙淙原本是装睡的，但他的背太过温暖，太过令她安心，于是不知不觉地睡着了。在天牢里几个月，她都没怎么好好睡觉，今天是她睡得最安稳的一次，醒来的时候已经是第二天的黄昏了。

这里是京城郊外的一座龙王庙，原本香火很旺，但自从十几年前天下大旱，人们怎么求雨都不灵验之后，来这里祭拜的人就越来越少，最后连庙祝也走了，庙也就渐渐荒废了。

杨淙淙看到那座彩釉已经剥落，露出里面斑驳泥胎的龙王像，就想到了江月明。依他的修为进入天牢来看看她并不是难事，可是自从她进天牢起他就消失了，没再出现过一次。

杨淙淙起初还很生气，后来渐渐也就想开了，没有人有义务对她好，她不能将这种好当作理所应当，所以他不来其实也没什么。可是……心里虽然这样想着，说不难过，却是不可能的。

杨淙淙叹了口气，正有些黯然神伤，忽然闻到了烤鸡的味道。更准确地说，她刚才其实就是被烤鸡的香味勾引醒的。

沈仪心穿着一身月白长袍，本是儒雅的模样，此时却挽起了袖子坐在火堆边上。那火堆上用树枝拼了一个架子，上面穿着一只烤鸡，烤得焦嫩金黄，正“嗞嗞”冒油，整座破庙里都是这种香味。

杨淙淙“咕嘟”咽了下口水，在天牢关了几个月，每顿饭都味同嚼蜡，她的味觉都快退化了。如今闻到这烤鸡的香味，骤然觉得这简直是天上地下最美味的东西！

沈仪心动作娴熟地把那只鸡翻转了一下，又烤了一会儿，撕下一只鸡腿递给杨淙淙：“慢点儿吃，别烫着。”

在他说出这句话的一瞬间，饿极了的杨淙淙已经猛地咬了一口鸡腿，然后被狠狠地烫了一下，嗷嗷叫了半天，好不容易等鸡腿凉了一点儿就开始狼吞虎咽起来。一只鸡腿还没吃完，另一只手已经霸占了剩下的那条鸡腿，左一口右一口啃得不亦乐乎，满手满嘴都是油。

沈仪心看到她那副狼狈模样，从怀里掏出块洁白的手帕仔细地帮她擦着嘴巴。杨淙淙两手握着鸡腿，看到沈仪心小心地给她擦嘴的模样，心里一酸又想哭了，却因为嘴里满满地塞着食物而只能发出“呜呜”的声音。

“把嘴里的东西咽下去再说。”沈仪心微微皱着眉，语气却是温和而略带宠溺的。

杨淙淙拼命地嚼着嘴里的肉，好不容易全都咽下去，差点儿噎住，说：“这荒郊野外的，你是从哪里买来的鸡？”

沈仪心有点儿局促地小声说道：“就是在旁边那个村子里呀……”

“这样啊。”杨淙淙点了点头，这就好，否则如果这鸡来路不正，那她还真是要愧疚带坏了沈仪心呢。

想到这里，继续放心地吃了起来。看不出来，他的手艺还挺好的嘛。

沈仪心一直在看着她吃，原本眼中是带着笑意的，但是这笑意渐渐地淡了下去，取而代之的是一种莫名的悲伤和哀愁。

“淙淙，”他的声音很低，如同雪花飘落在梅树梢头，“这些日子你受苦了。”

杨淙淙愣了一下，这才反应过来他说的话是什么意思，于是歪着头笑了笑：“没什么，都过去了，再说你不是烤鸡给我吃了吗？还有芥菜汤……”说到这里，她自己也笑不下去了，声音里已经带了微微的哽咽。

沈仪心沉默了片刻，说：“其实金兰当初说关你进天牢，是为了保住你的命才出此下策，你不要怪她。你进了天牢以后，她憔悴了很多，一直在想方设法救你出来，可是决意关你进去的是我母后，她又怎么斗得过？”

他叹了口气，虽然这句话说得语气淡然，但是没有人知道几个月前当他从城郊山里回来不见了她时，那种疯了一样的急迫。

“我没有怪她。即使没有她，我还是会经历这个劫，我来到这里就是来历经劫难的。”杨淙淙想了很久，决定还是对沈仪心坦白，“其实，我并不是普通人。”

“我知道。”

杨淙淙惊讶地抬起头来。

沈仪心笑着说：“普通人哪里会有你这么好的胃口。”

杨淙淙的目光落在那片刻前还是完整的一只，现在却只剩下一堆骨头的烤鸡上，窘红了脸。她刚才说的意思也不知道沈仪心明白了没有，但不管怎样，她终于对他说出了实话，不再对他有所隐瞒了。

这样，就够了吧……

他是手握江山的帝王，而他要娶的人，则是母仪天下的皇后。至于她，则自始至终都是他生命中的一段小插曲，永远不能打乱那早已命中注定的主旋律。

笑过、闹过、行走过、经历过，这就足够了。在以后的日子里，虽然或许不能再次见面，但是只要想起来彼此在一起的这些过往，脸上都应该是带着笑意的吧。

外面忽然响起了隐约的说话声，是从远处传来的。

“奇怪，那个偷鸡贼的脚印到这里就不见了，去哪儿了呢？”是一个男人的声音。

另一个女人的声音说道：“哎，那里有座破庙，我们进去看看！”

破庙里，杨淙淙和沈仪心面面相觑。

“你不是说这鸡是买来的吗……”杨淙淙艰难地把这句话从牙缝里挤出来。

“我……我……我是买的啊！”沈仪心底气不足地说，“我把银子放在了鸡窝里，他们可能没看到……”

“还说这些，快跑啦！”杨淙淙“噌”地站起，一把拉住沈仪心就跑。

临跑之前，沈仪心从怀里掏出一块碎银子扔到火堆旁边，这样那只鸡的主人找来的时候就一定会看到的。天地良心，他先前真的是放了银子在鸡窝里的啊！

两个人一路狂奔，从一开始的体力充沛到后来的气喘吁吁，到最后干脆走不动了直接坐在地上。

环顾四周，原来已经跑到了一条河边，河对岸就是京城外围的一条街道。天已经黑了，但京城里的繁华却丝毫不减，星星点点的灯火映亮了茫茫夜空，如同璀璨星辰。有隐隐约约的人声从河畔传过来，落在耳中已听不分明，有一种恍如隔世的不真实感。

两个人在河边坐了许久，望着远方迷离的灯火，谁也没有说话。

“京城的晚上还是这么热闹呢，处处张灯结彩，好像要过年一样。”

杨淙淙首先开口打破了沉默，说这句话时，她的语气看似轻松，脸上甚至是挂着笑的，然而心里却是无比酸涩。

是啊，快过年了……腊月十八，册封皇后的日子就是明天了。这对于老百姓们而言，可不是如同过年一样的大喜事吗？

杨淙淙是一个喜欢热闹的人，然而头一次，她看着隔岸灯火阑珊，忽然有了一种很寂寥的感觉。在她三百年的生命中，这种感觉是从来没有过的。

沈仪心没有说话。

“过年多好啊，可以吃好吃的，穿新衣服，放爆竹，可开心啦！”杨淙淙继续试图活跃着气氛，天界不像人间，自然是没有过年一说的，日复一日，年复一年都是那个老样子，不过杨淙淙曾经在人间过年的时候偷偷溜下界来和白珠珠、白算算一起到处玩耍，那开心劲儿就别提了。

可是，沈仪心还是没有说话。他的眼睛定定地望着静静流淌的河水，水上漂了几盏花灯，他的视线便随那花灯逐渐变远，变远……逐渐朦胧。

“过年的时候，我最喜欢的就是……”杨淙淙还在努力调节着气氛逗沈仪心开心，却忽然被沈仪心打断了。

“淙淙。”沈仪心的视线从遥远的天际收回，落在了她的脸上。

他很少这么郑重地叫她，让她有些不知所措。他的眸子幽深如同最黑的夜，然而在那夜里，却闪耀着最璀璨的星辰。

“你愿意跟我走吗？”

轻轻的一句话，从唇畔悠然落下，如同美丽的花灯漂摇在水面，那样静谧而安好。

在这红尘万丈中，仿佛一切都在不经意间悄然隐去，留下的唯有他这句轻似落花的话语。

你……愿意跟我走吗？

那般温柔动听的声音，如同珠玉一般温润，却又有着那般不可动摇的决心，坚如磐石。这是他的心里话，这是在他心底掩藏了许久却从来不曾消失，在日积月累之间刻在心底的话，这是他最想对她说的话。

跟我走，在经历重重的矛盾与挣扎之后，这是内心最后的抉择，也是唯一的抉择。

跟我走，离开这凡尘俗世，什么都不管，什么都不顾。走遍千山万水，就像我们刚认识时那样，你只是你，我也只是我，这一生只要有你，就是最完美的结局。

跟我走……

看着沈仪心温柔地望着自己的眼睛，看着他双眸中映出的对面河岸上如同星辰一般闪耀的灯火，杨淙淙的脑子彻底短路了。

这……这应该是她这辈子听到的最好听的一句话吧……

可是，却是让她最难以面对的一句话。

离开这里，和他到一个没有人认识他们的地方过平平淡淡的小日子，这的确是她曾经向往的，也曾在心里幻想了很多次。

然而，当这一天真的来临的时候，她却难以面对。

放下一切，她可以，但他不行。他的身上背负着天下百姓，黎民苍生，如果他一走，那么朝纲必然大乱，各方势力也都会趁机夺权。如果让沈越这种只追求权力、丝毫不顾及天下万民的人坐上了龙椅，那对于人间来说，又是一场浩劫。

纵然她是那么想跟他走，纵然她是那么想答应他，然而……

杨淙淙轻轻地摇了摇头。沈仪心的表情由希望变为失望，眸中的灯火渐渐暗淡下去，直到彻底熄灭。

沈仪心忽然笑了起来，那笑容中有悲伤，有落寞，也有自嘲。杨淙淙低下头去，不忍再看。

“你要以天下苍生为重。”

杨淙淙一直觉得自己是个挺胸无大志的人，每天吃饱睡足就是最大的心愿了，从来懒得说什么大道理。但是现在，她不得不说出这句话，这句看似简单却重如千斤的话。

一句话，打碎了所有的梦境与幻想，摆在眼前的，是赤裸裸的现实。

民为贵，社稷次之，君为轻。他的身上背负了太多太多，他注定永远无法像个普通人那样，过着平淡却幸福的生活。然而，正是为了让无数普通人过上幸福的生活，他必须浴血奋战，哪怕伤痕累累，哪怕将内心的情感永远掩埋……他也必须这样做。

这是他必须担负着的一切，再沉重，都无法摆脱。

“快看那盏河灯！”杨淙淙的声音将他的注意力吸引过去。沈仪心刚一抬头，只感觉到后脑勺儿被重重地击打了一下，然后眼前一黑，什么都不知道了。

“对不起，我只能这样做……”

第十章

泄露仙机犯天条

杨淙淙敲晕了沈仪心，然后用术法隐去行踪，将他送回皇宫。

前一天晚上离宫的时候，沈仪心是偷偷出去的，这件事除了他新的贴身太监小喜子以外没有任何人知道。

小喜子原本以为沈仪心只是出去一个夜晚，没想到竟然一天一夜都没回来。皇上失踪的事要是被人发现了，那还了得？别的人要来求见沈仪心还好，一概说不见，然而这样的借口在太后那里就不能再用了。

成亲前夜，太后过来要见沈仪心，小喜子万般无奈，抱着必死的心硬着头皮说皇上心情沉郁，想独自静一静。好在太后知道自己逼了沈仪心，听了这话也就没有怎么发难，只是让小喜子带了句话给他，然后便离开了。

“告诉皇帝，只要册封大典一结束，哀家保证立刻放了那个丫头。”

小喜子冷汗涔涔地记下了这句话，心想总算躲过了一劫，又想到躲得过初一躲不过十五，不由得唉声叹气。

这样走到宫殿里边，他却忽然听到了轻微的呼吸声，正是来自龙榻之上，悄悄探头一看，一个身穿明黄衣裳的年轻男子睡得正香，不是沈仪心又是谁？

小喜子大悲之中忽然大喜，再也顾不上会不会吵到沈仪心，一下子跪倒在地上号啕大哭：“我的皇上啊，您总算回来了！”

沈仪心的头昏昏沉沉的，在小喜子的哭声中慢慢醒了过来，看到小喜子哭得一把鼻涕一把眼泪的，也渐渐想起了之前的事。

等等！

他怎么回来的？淙淙呢？

一念及此，沈仪心“呼”地一下从龙榻上坐起，怀里一块写满了红色字迹的白布因此掉了下来，落在了小喜子的面前。

“皇上，这是什么？”

同一时刻，空旷的大街上。

夜已经深了，灯火阑珊，街上已经没多少行人。杨淙淙打算回到天牢去。

要去往天牢，就要经过一处地方，那就是京城最大的蔬果交易市场，每天很早就有许多商贩挑着担子来卖菜。然而此时此刻，这里黑漆漆的，一个人也没有，杨淙淙独自在这里走着，在一堆被丢弃的烂菜叶面前停下了脚步。

修为的提升使杨淙淙的夜视能力大大增强，在那堆烂菜叶里，她发现了一棵不起眼的小洋葱。它小小的，瘪瘪的，看上去毫不起眼，难怪会被人丢掉。杨淙淙看着它，不知道怎么就想到了自己。她叹了口气，把它捡起来揣在怀里，继续向天牢的方向走去。

杨淙淙一路都用仙力隐藏着自己的身影，因此没有任何人发现她。天牢门口依然是重重守卫、高墙铁栏，但这一切已经完全不能对她构成阻碍了，她不费吹灰之力地回到了牢房之中。

天牢之中虽然有人巡查，但关在这里的几乎都是死囚，再加上守卫严密，一般人不可能逃脱，所以狱卒们也就自发地减少了巡查的次数，有时甚至几天都没人巡查，每天送饭也改成了一次送几天的饭，反正都是又干又硬的，也不怕放馊。所以杨淙淙虽然消失了两天，但也没有掀起任何波澜。

就在杨淙淙刚回到牢房里的时候，就听到有脚步声缓缓地从不远处传来，她是听得出这个脚步声的。果然，不多时，那位佝偻着身子的老狱卒来了，不过不同的是，这次他的手里并没有拿来给她送的食物。

杨淙淙心里“咯噔”一下，难道被他发现自己消失了？

他的年纪原本已经很老了，再加上驼得厉害的脊背，走起路来都十分困难，杨淙淙一度担心他会摔倒，但或许是因为步伐缓慢的缘故，他其实走得很平稳。

老狱卒缓缓地走到杨淙淙的牢房门前，叹了口气。

“姑娘，你走了，为什么还要回来呢……”

他的声音很苍老，带着饱经风霜的沙哑，听起来让人心里不由得难过。原来他已经知道她曾经离开过，只不过没有声张，甚至在心里是希望她走的。

杨淙淙的心里瞬间无比复杂，不知道该说什么。

“我从牢头那里听到，太后娘娘已经下了密旨，只要皇上一册封皇后，就要秘密处死你啊！”

老狱卒第一次跟她说这么多话，然而说出的内容却令她无比心惊。

她是见过太后的，那个高高在上的女人，她见过她雍容华贵的一面，也见过她冰冷无情的一面，但不管怎样，杨淙淙始终相信太后做的一切都是为了沈仪心好，答应他的事情也自然会做到。

杨淙淙之所以回到天牢，就是想让自己在沈仪心大婚后被名正言顺地放出去，只有这样沈仪心才能够安心去做这个皇帝，去做一个好皇帝。也只有不擅自逃离，她才能对得起这位虽然跟她没怎么说过话，却在她伤重的时候给她拿过药膏的老狱卒。

可是她没想到，太后，这个母仪天下的女人，竟然下了密令要处死她。

杨淙淙在人间待了这么久，却始终看不透人心的复杂。在短暂的惊愕后，她终于理解了太后的做法，只有斩草除根才能永绝后患，这才是对沈仪心最有利的做法。

杨淙淙苦笑了一声，想到了不久前在烂菜叶堆里捡到的那棵小洋葱，于是拿了出来，对它念了声“多谢了”，然后轻轻吹了口气。只见那原本不起眼的小洋葱顿时化作了一个年轻姑娘，无论是个头儿还是样貌都跟杨淙淙如出一辙，只是眼神没有神采。

“大叔，这个‘我’在三天之后就会消失，实施太后的密令也应当有足够的时间了。”

在老狱卒惊呆了的目光中，杨淙淙微微一笑，将银发簪拔下放到狱卒手中。这发簪虽然不怎么起眼，但是跟随她时间久了，也带了一些仙气。这点儿仙气虽然对仙人没什么用，但是对凡人来说，祛除病痛、延年益寿是绰绰有余了。

她可以给这位老人的，也只有这些了。

老狱卒一生都没见过这样的景象：片刻前还在说这话的紫衣姑娘对他微微一笑，刹那间就消失在了他的眼前，仿佛从来没出现过一样。他瞪大了眼睛看着手中的银发簪，觉得常年模糊的视线忽然分外清晰，驼了大半辈子的腰也似乎慢慢直了起来……

杨淙淙离开了天牢，在街上漫无目的地溜达着。

时值寒冬，天气已经很冷了，尤其是在夜里。朔风呼呼地刮着，先前还能看得见几颗星星的夜空不知什么时候完全阴沉了下来，漆黑一片。

置身在这样漆黑的夜里，仿佛连自己也要融于其中一般，成为这暗夜的一分子。黑暗无处不在，如影随形，压抑得令人无法呼吸。

然而在这样深的夜里，却有一点儿微弱的亮光。亮光的来源，是一间茶馆的二楼窗口旁。

奇怪，这么晚了，茶馆早已打烊了，怎么二楼那里还会有烛火亮着？

若是一般的茶馆，杨淙淙心里好奇一下也就过了，但这家茶馆却并不一样。她曾听宫里的小太监们私下闲聊时说过，沈越势力庞大，京城中的许多酒楼饭庄等都由他幕后掌控，就包括现在的这家茶馆。

杨淙淙想着想着，觉得事情有些蹊跷，于是隐去身形，飘身到那窗口旁一探究竟。

“啪”的一声，分外响亮。伴随着这声响，屋里女子白皙的脸上顿时多了五道鲜红的指印。

“你真是越来越大胆了，竟敢擅自派人行刺他！你知不知道万一被人发现，我的一切计划都要功亏一篑了！”

男子的声音咬牙切齿，听得出是压抑着心中的怒火，正是沈越无疑。而被他打的那个女子此时正从地上缓慢而艰难地爬起来，烛火映照着她的面容，那是一张美丽而苍白的脸，脸颊五道红痕在烛光的照映下显得有些触目惊心，正是蒋茹嫣。

窗户外面，悄然看着这一幕的杨淙淙心里一紧。沈越话中的“他”应该指的就是沈仪心了，听他这么说，在天牢附近行刺沈仪心的人是蒋茹嫣派来的。虽然先前一直知道蒋茹嫣是沈越夺权的工具，跟沈仪心并不同心，但杨淙淙总以为她只是一颗任命运摆布的棋子而已，却没有想到事实并非如此。想到自己在被太后审讯时蒋茹嫣落井下石，想到她派出的刺客险些伤到了沈仪心，杨淙淙不由得攥紧了双拳。

“查出秋宴上行刺的人是谁了没有？”沈越的声音响起。

“没有。”蒋茹嫣低声回答，她的脸隐藏在黑暗里，看不清表情。

话音未落，只见沈越一把掐住了她的脖子，沉声道：“我当年发现你的身份后饶你一命，还送你进宫，不是为了让你说‘没有’两个字的！”

“是……是……”蒋茹嫣被掐住脖子，脸憋得通红，却又不敢挣扎，好不容易从嘴里挤出来一个“是”字，如同窒息般痛苦。

沈越冷冷地松手，蒋茹嫣瘫倒在地上不住地咳嗽。

“明晚是执行计划最重要的日子，你在宫里好生接应着，不得出半点儿差错，否则……”沈越没有把接下来的话说下去，冷“哼”一声，抬腿走人。

空荡荡的房间里只剩下了在地上的蒋茹嫣，还有她看不见的杨淙淙。蒋茹嫣沉默了很久，然后慢慢地从地上爬起来，掸了掸衣衫上的尘土。她走到窗边，静静地望着漆黑如墨的夜空，眼里的神色如同黑夜一样深沉。

杨淙淙已经想到当初查御膳房贪污案时，给黄志平传递消息并让他用茶水将账簿染旧的人很有可能就是蒋茹嫣，在沈越的人里，只有她才能在宫里依靠自己的身份和众多眼线完成这样的事情，并且神不知鬼不觉。

杨淙淙先前觉得蒋茹嫣既可恨，又可怜，然而此时，她忽然觉得这个看似被人当成工具一般利用的女子有一些可怕。

想到沈越口中所说的“计划”，杨淙淙觉得一定是非常重要的情况。沈仪心正在逐渐夺回政权，沈越已经被逼急了，明天正是沈仪心册封皇后的日子，沈越绝不可能放过这个机会。

细细一忖索，当越来越多的猜想被证实，杨淙淙就越来越觉得害怕。这个所谓的“计划”，很有可能就是“谋反”！

事不宜迟，杨淙淙决定立刻去找沈仪心，把这件事情告诉他！

反正已经违反了不能在人间使用仙术的禁令，就不怕再多违反一些，杨淙淙再也顾不上那么多，心中默念口诀，整个人御风而起，直往皇宫大内飞去。当然，为了避免被人发现造成恐慌，她还是隐身的。

夜色中，那片深宫一点儿声息也没有，犹如一只张开嘴的巨兽在静静地等着猎物的到来。

在即将要从皇宫外墙上方飞过的一刹那，杨淙淙忽然遭遇到了某种阻力。那是一种无形的存在，却是切切实实在那里的，好像一道透明的墙壁一样将她阻拦在外。

奇怪，怎么会这样？

杨淙淙再试，还是同样的结果。来不及思索为什么，她手指一弹，一道银光直直向那看不见的墙上击去。这银光看似纤弱，其实有着坚不可摧的力量，不管这道隐形的墙是什么，都会受到重重一击。

但杨淙淙没想到的是，没有想象中的撞击声，甚至也没有碰撞后的火星四溅，那面看不见的墙仿佛一个无底的深渊一样将银光吸了进去，无声无息，无影无踪。

杨淙淙心里一沉，知道光耗在这里是没有用的，于是又换了几处地方想进皇宫，谁知结果都是一样，整个皇宫都被这道看不见的帷幕包裹着，她完全没有进去的机会。

这道墙显而易见是用法力凝成的，在这么短的时间，这么大的范围之内用幻墙将整个皇宫都包裹，并且连她都进不去，施术的人能力可见一斑。来到人间这么久，她还没有见到过法力这么强大的人。

施术人是谁，目的是什么？将她阻拦在这里是刻意，还是仅仅是一个巧合？这些，都还是一个未知数。

杨淙淙在宫外徘徊了许久，都没能找到进入皇宫的办法，随着时间的流逝，她的心里也越来越着急。时间已经不多了，如果不能及时把这个消息传递给沈仪心，那后果真的是不堪设想。

天空中的黑暗逐渐褪去，早晨不可逆转地到来了。天刚蒙蒙亮，禁闭了一夜的宫门打开了。在侧面的一道宫门旁，杨淙淙看到了一些每日都来给皇宫送菜的人将满车的蔬菜交给了负责接手的小太监，小太监们毫无障碍地推着车进了宫门。杨淙淙隐身跟在他们后面，谁料却还是进不去。

就在这时她灵机一动，化作原形——洋葱躲在了一辆车的下面，想跟着这些蔬菜一起混进去。没想到刚到宫门口，就有一股无形的力量将她向外阻挠着，她掉了下来，圆圆的身体在地上滴溜溜地滚出好远。

一名小太监看到了，把化成一棵洋葱的杨淙淙捡了起来，又放在了后面的一辆车上，没想到还是掉了下来。如此反复几次，小太监也放弃了，一脚将那棵洋葱踢到了墙脚，再也不去理会了。

杨淙淙灰头土脸地变回人形站了起来，气愤地跺了跺脚。敢踢她？如果不是这时候她有急事在身不想计较，放在平时，她肯定跟那小太监没完！

怎么办？这道墙对其他人都是无碍的，难道真的偏偏只阻挠她一个？

眼见日头越升越高，杨淙淙心急如焚。事到如今，就怪不得她硬碰硬了！

杨淙淙将左手中指咬破，凌空虚画，须臾间，一道血色的巨大符印出现在皇宫上空。那道符印呈莲花状，每一个花瓣都在微微颤动着，仿佛在风里摇摆一般，散发出的红色光华将天空都映成了绯色。若不是因为它是由血绘就，那一定是一道美丽绝伦的风景，然而此时此刻，那鲜艳的颜色虽然无比美艳，却令人觉得触目惊心。

杨淙淙的心里忽然涌现出了一种很奇怪的感觉，仿佛有一些被压抑了许久许久的东西在心底翻腾着，奔涌着，呼之欲出……

普通的凡人自然看不到已经隐去身形的杨淙淙，更看不到这朵血莲，他们只能看到片刻前还是晴朗的天转瞬间变成了红色。天降异象，所有人都不明所以，纷纷放下了手中的活儿抬起头来看着，眼中惊讶之情溢于言表。

唯独有一名在宫里待了多年的老太监没有抬头，一下下挥动着手中的扫帚打扫着青石地面，嘴里低声喃喃道："不祥之兆，不祥之兆啊……"

杨淙淙却不管这些，她的心里已经被刚才涌现出的那种感觉完全覆盖了。她忘记了此时此地，忘记了自己要做什么，眼中只有那朵惊艳绝伦的血莲。看着那朵血莲越来越大，也越来越艳丽，每一片花瓣都有着致命的吸引力，她的嘴角勾起了一抹奇异的微笑，将手伸了出去……

"小洋葱，快住手！"

一声清斥从身后传来，杨淙淙的脑子骤然一惊，伸到了一半的手也顿时缩了回来。经此一变，那朵血莲稍稍萎靡了一些，但气势犹存，在风中舞动的姿态仿佛有生命一般。就在此时，一个绯红身影从杨淙淙身旁一掠而过，掌中金色光芒直击那朵血莲。血莲忽然疯狂地摇晃起来，而金光也毫不示弱，连连激射而出，最后竟成了一条金色长龙的形状，将血莲紧紧禁锢住了。

血莲的光芒渐渐地弱了下去，最终彻底消失在了空中。

男子收回手，瞪着在一旁呆呆而立的杨淙淙，见她一脸茫然的样子，终于又软下心来，叹了口气说："如果我晚来片刻，你就再也回不到从前的小洋葱了。"

杨淙淙看了眼前的人半晌，终于不敢相信似的说道："江……江月明？"

"除了我还能有谁啊！"江月明敲了一下杨淙淙的头，不满意地说道，"怎么，这么久没见我，连我这张帅脸都忘记了？"

杨淙淙揉了揉眼睛，再次确定眼前的人正是江月明无误后，惊喜地跳了起来："真的是你，真的是你！"欢喜的劲头还没过去，忽然又想到几个月前他无故消失，半点儿消息也没留下，甚至连她在天牢里吃苦都不管不顾，不由得又沉下了脸，问："你到底去哪里了？这么久都不回来！"说着说着，心里已经由生气变成了无比委屈。

江月明无法告诉她在她昏迷的那个夜里，他曾经悄然前来，为了取她的一滴心头血，而最后给他血的是锦澜仙君；他也无法告诉她在这些时日之中，他并不是无故消失了，而是在烈凰阵里接受烈火灼烧、抽骨断筋一般生不如死的痛苦，直至最后于烈火中重生。

在那九天之上的熊熊烈火中，或许是因为痛苦的原因，时间过得奇慢，每一分每一秒都是一种无尽的煎熬。说也奇怪，在人世的时候，面对着纷纷扰扰，他的心里压抑了太多的东西，虽然他总是笑着的，但心里却无法释放。然而在这能焚烧一切的烈火之中，他的心底却无限澄明，他的脑海中想起了许多事情，和她在一起的点点滴滴，她的一颦一笑都如此清晰，清晰到令他痛彻心扉。

当他看到自己的身体在烈火中焚烧殆尽，天地间的一切都变得模糊之际，却有什么一点儿一点儿地清晰起来……

他看到一滴眼泪，从无尽的虚空之中坠落。

须臾之间，天翻地覆，波浪滔天，那滴蕴含了无数爱恨的泪水落在他的心底深处，令他的心同她一起陷入了沉沉的永夜之中。

他想起来了。

那是很久很久以前的事了，那些往事，他曾经遗忘的往事，他终于都想起来了……

彼时，他为给被魔族屠戮的幼弟龙湛报仇，同锦澜仙君订下契约一同讨伐魔界。仇恨令他心冷如冰，什么都不管不顾，一心只想杀尽魔族众生，令他们坠入无间地狱，永无轮回！

然而，世间的事情，却往往并非这么简单。

魔军的首领，是那个女子。

她飘浮于半空之中，身姿犹如一朵半绽半合的紫色玉簪花。她的皮肤剔透似雪，脸庞莹白如霜，周身好似缭绕淡淡暮霭的山岚，仿佛天仙一般。

这张脸，他是见过的。

那是数百年前的一次群仙宴，在去瑶池的路上，他经过玉清山，顺道去探望他父亲的好友——在那里清修的辰星元仙。山门之前，他看到了一个被挡在山门之前的少女。

那少女十五六岁，虽然衣衫褴褛，然而面容甚是清秀。她的身后是一辆破旧的木板车，上面躺着一位奄奄一息的妇人，脸颊已经全都凹陷下去，消瘦得不成人样，一看就是命不久矣。少女跪在山门之前，苦苦哀求在那里守门的弟子放她进去见辰星元仙，求他救救她的娘亲，然而弟子却无动于衷。

见到身边锦衣华服的男子，少女仿佛抓住了最后一根救命稻草一样，求他救救她的娘亲。她的声音里带着哭腔，她说自己从几百里之外的地方走了一个多月才走到这里，这是救娘亲唯一的希望。他看到她的衣衫早已破烂不堪，鞋子也磨破了，脚趾上有硕大的水泡，知道她所言非虚。然而，天界有规定，神仙不能随意干涉人间的事情，尤其是生死之事，所以他在犹豫。

就在江月明有些犹豫的时候，辰星元仙下来了。少女见到须发皆白的仙人，以为自己娘亲终于有救了，哭着跪倒在辰星元仙脚下。谁料，辰星元仙只是淡淡地摇了摇头，转身就要离开。参加群仙宴的时间不多了，他不想耽搁。少女见此情形急了，哭着抱住辰星元仙的腿，辰星元仙有些无奈地想把腿抽出来，谁知少女抱得很紧，还在哭喊着说自己娘亲的病情真的不能再拖了，求他救救她的娘亲，她什么都愿意做。

辰星元仙被少女哭喊得烦了，眼见时间更紧了，他眉头一皱，抬脚将少女踢到一边，然后对站立一旁的江月明笑着说道："贤侄，时间不早了，我们快些出发吧。"说罢，便腾了一朵祥云翩然远去了。

江月明有片刻的愣神，不知如何是好，心知不能破了仙规，却着实对少女很是怜悯。这时，先前在山门处守门的那名弟子走到少女身旁，拿出一包药丸递给少女，说道："小妹妹，你把这个拿去吧，这是我们山里的药，虽然不能救你娘亲一命，但好歹能拖延些时间，你带着她去别处寻医问药吧。"话语中带着浅浅的叹息。

少女愣了一下，不知是接还是不接。就在这时，车上的妇人气若游丝地唤了一声："霜儿……"少女立刻跑到妇人身旁，紧紧握住她粗糙干黄的手，哽咽地叫了一声"娘"。妇人浑浊的眼睛含着无限不舍地看着少女，嘴唇颤抖着似乎想说什么，却最终一个字都没有说出来。

"咚"的一声，她的手从少女的手中滑落，重重地砸在肮脏破旧的木板车上，再也没了气息。临死的时候，双目依然无法合上。

少女站在原地，低着头，泪珠凝固在脸上，没有任何表情。变故来得太快，她甚至连悲伤都来不及，就眼睁睁地看着妇人撒手人寰，离世而去。

很久，少女抬起了头。

在她抬起头的那一刹那，江月明忍不住倒吸了一口凉气。她的泪水竟然变作鲜血一般的红色！

两行血泪从少女面颊蜿蜒而下，如同两条细小的蛇，触目惊心。

她的脸上，没有悲哀，没有伤痛，甚至没有任何表情。她的眼中，没有情感，没有世界，甚至没有一切。

空洞，这是唯一能形容她的词。

死一般的冰冷和空洞。

她的头发不知什么时候变作了淡淡的紫色，连眼眸也变成了一种深紫的颜色，紫色中透出一种诡异的红来。她的周身散发着一种幽冷的气息，四方草木在顷刻之间全部枯萎凋零。

江月明心里一惊，不好，她这是要入魔的征兆！

方才递给少女药的那名年轻弟子见到这一幕，也知道情形不妙，一个箭步冲上来想拉住少女。没想到少女周身那紫色烟气看似缥缈轻柔，实则坚不可摧，他刚一接近她的身体就被反弹回来，巨大的冲击力使他的嘴角都涌出血来。

这时候，没有人能靠近她，哪怕是天生龙族的江月明。

“仙既弃我，我愿成魔！”

我——愿——成——魔——

少女的双眸闪烁着蛊惑人心的紫色，危险而妖冶。

她的话语，字字悲鸣，声声泣血。“我愿成魔”的声音长久地回荡在仙气缭绕的玉清山中，成了一个再也散不去的诅咒。

地上出现了一个巨大的深窟，其中有幽幽鬼鸣之声，如同森罗地狱，少女就那样沉沉坠入，将自己，还有这繁芜世间的一切都彻底掩埋。

自此以后，江月明都没有见过她，然而这个立地成魔的少女却时时浮现在他的梦境之中，成为他难以忘却的梦魇。

几百年后，魔界出现一名魔女，名唤霜隐，冰冷无情，修为高得可怕。

她率领无数魔军攻入世间，却并不进攻凡人，唯独将神仙之属列为攻击对象，人间的各处仙人修炼的仙山洞天都首当其冲，尤其是玉清山。

据闻，那日天色红得像血一般，整个玉清山在魔军的进攻下成了人间地狱，辰星元仙惨遭掏心而死，但奇怪的是那魔女霜隐却对他的一众弟子手下留情，仿佛在寻找什么人一般，最终饶了他们一命。

因为魔军的目标直指仙界，天帝十分震惊，因此派此时已成为上仙的锦澜仙君率军同魔军作战，而那时，因为幼弟龙湛惨死的江月明也同锦澜仙君立下约定，化作战龙，共同作战。然而，来到魔界的时候，他震惊了。

那个人人闻之色变的魔女霜隐，那个在传说中美丽至极又毒辣无比的女子，竟然就是当初那个千辛万苦来到玉清山求神仙救救自己娘亲的少女。

为什么一定要进攻仙界，为什么首先灭了玉清山……这些问题，此时终于了然。然而江月明的心里，却再难平静。

为什么，为什么竟然是她?

这些年来，当初的那一幕依然不时在他眼前浮现。那少女求他帮帮她时挂着泪珠坚定无比的眼神，娘亲死后她双眸中空洞无一物的样子，那世间的一切都背弃了她的绝望呼喊。

仙既弃我，我愿成魔！多么痛苦的呼喊，多么绝望的誓言。

如果……如果当时他没有为什么天条规定而顾虑，如果他出手救了她的娘亲，那么此时的她，此时的六界，都一定会是另一幅光景。他虽没有害她，然而她的成魔却与他有关。

或许连他自己都没有意识到，当年的那个少女这几百年来已经牢牢地刻在了他的心中，而不仅仅是因为内疚。或许她不知道，这么多年来他其实暗中派人在魔界搜寻过她，却再也没找到她的踪迹。

几百年人事变迁，孰料如今重逢，却是如此光景。

但是，霜隐并没有认出他，她认出的，是他身旁的那个容颜凛然，眉目中带着一种俯瞰天下苍生的气息的白衣男子。

锦澜仙君。

直到这时江月明才想起，锦澜仙君正是当年那个送药给霜隐的弟子。原来，当年霜隐成魔后，身为玉清弟子的他对玉清山失望无比，自此不问世事，潜心修炼，不久便修得了仙身，位列仙班。由于他天资聪颖又勤加修炼，修为提升得极快，几百年间灵力增长了数倍，最终成为一等一的人才，于是被天帝派遣来剿灭魔军。

锦澜仙君也认出了霜隐，他向来处变不惊的眸中掠过了一丝波澜。

几百年后，当初相遇的三个人又站在了一起，却是截然不同的境遇。在这次重逢之中，没有温情，没有怀念，只有悲伤和叹息。

没有人想到，传说中赫赫有名心狠手辣的魔女霜隐竟会这么容易便放弃了抵抗，在见到锦澜仙君之后。没有人知道，在坠入魔界的这么多年来，当初他伸出手来对她说的那句话、掌心中的那包药，是她的世界中唯一的温暖。

她只想再见他一面，哪怕这次的相逢，就是永别……

锦澜仙君的眼中稍有一丝动容，随即消失不见。此时此地，已不同于当年当时，他们不再是平凡的少女和修仙弟子，而是势不两立的仇敌。

玲珑剑出鞘，青芒冷锐如同他的眉眼。

霜隐没有躲避，当那个人出现在她身旁的时候，她就知道她已经逃无可逃。

长剑如同鸣啸九天的青鸾，直直地向霜隐胸前袭来，那是仙界不可多得的上古神兵，其速之快，其势之猛，令她避无可避，尽管她也从没想过要躲避。

没有人想到的是，就在玲珑剑离霜隐胸口只有半分之遥时，却忽然有一条赤金色的身影倏然掠来，挡在了她的身前。

玲珑剑从江月明的胸口贯入，直透肺腑，却未伤及霜隐分毫。

所有人都震惊了，包括一直以来波澜不惊的锦澜仙君，还有一直以来眼中只有他的霜隐。

这时她才认出，这个从起初就默然立于一旁的男子正是当年她曾见过的那个人。

玲珑剑乃上古神兵，能斩妖除魔，魔族一旦被它所伤，不仅会在顷刻之间失去性命，甚至会成为一丝游魂，永远游离在六界之外。

玲珑剑有灵性，感触到了龙血的温度，知道所伤之人并非魔族，立即自行抽离，回到了剑鞘之中。然而尽管如此，江月明所伤也着实不轻。

看着眼前一脸慌乱的紫衣女子，江月明淡淡地笑了。

“你杀了我的幼弟，我必须为他报仇，然而，我当初没有救你，也算是欠你一条命。如今，我便用我的元丹，抵你一条命，如何？”

元丹是龙族与生俱来最重要的东西，它就相当于龙族的生命。

霜隐的眼中先是惊诧，后是叹息，到了最后，成了一抹带着无限悲伤的微笑。

今日之果，皆由往日之因，他们都逃不脱宿命的轮回。

江月明看得出霜隐对锦澜仙君的情愫，也看得出在锦澜仙君那看似古井无波的眼睛之下，内心深深的不舍与伤痛。当年那个立地成魔的少女的面容其实早已刻在了他们两个人的心底，任谁都无法抹去，哪怕是这世上最久远的时间。

出剑，并非所愿，只是因为仙魔对立，永远不可能化干戈为玉帛。狠心，并非没有不舍，而是此时此境，根本由不得他选择。

江月明看出来了，他看出来他们两个人心中彼此存在却又无法说出来的情愫，在这里，他只是一个旁观者，局外人。

对于霜隐，她是世人眼中的魔女，也是他眼中当年那个无助的小女孩；她是这几百年来他都不能忘的女子，却也是杀了他幼弟的仇人。

所以他只能这么做。

江月明掌心泛出金色光芒，化作长剑贯穿了霜隐的胸膛，她像一朵凋零的花，从天际坠落。一滴泪从她的眼角滑落，那是包含了无数情愫的液体，蕴含了最深的爱与恨的眼泪。

没有人知道，在那一刻，他的心比任何人更痛。

没有丝毫犹豫，他变掌为爪，指甲深深嵌入自己胸膛的血肉之中，再出来时，掌心里已经多了一个发着金光的物体，那是他修炼多年的元丹。

他将元丹放到了锦澜仙君手中。

“你愿意吗？”江月明望着无尽的苍天，轻声问道。

“你说呢？”同样的一个问句，是锦澜仙君的回答。

龙族的元丹是无数修仙之人求之不得的瑰宝，但他就那么轻易地献了出去，仿佛视之如无物。若是用元丹收回霜隐的魂魄，那么她就可以复生，然而这并非那么容易的事情，催动元丹需要耗费极其多的灵力，那不仅仅是临时的耗费而已，而是永久的丧失。

“我想求你一件事。”江月明说道。

锦澜仙君望着他。

“封印我的记忆，关于她的那部分。”封印了他的记忆，即使有朝一日他苏醒过来，也不会再为这些事而痛苦了。

锦澜仙君有些诧异，然而看到他深沉如夜的目光，终于缓缓地点了点头。

江月明微微一笑，再也没了顾虑，压在心头多年的担子终于卸下，如今他终于可以什么也不顾，就这样直直地沉落下去，直到无尽的眠龙渊底。

他已经受了玲珑剑一刺，又失去了元丹，等待着他的，将是无尽的长眠……

此后，机缘巧合之下，他因为得到了幼弟龙湛的灵珠，又逐渐苏醒过来。然而，醒来之后的他虽然记得曾经的大多数事情，但关于霜隐的那部分记忆却已经被锦澜仙君封印了。虽然他知道有她的存在，却记不起来她最后的结果，更忘记了当年亲手救她的人正是自己，甚至，他忘了自己曾经对她几百年的思念。

江月明更不知道，在他沉于眠龙渊中后，锦澜仙君的确按照约定利用元丹寻回了已经死去的霜隐。然而谁也没有想到的是，因为霜隐属于魔族，并没有寻常人所有的三魂七魄，在锦澜仙君找到她的时候，她只剩下了一魂一魄，连一个缥缈的人形都幻化不出了。令死者复生，并且是一个魔女，这完全是逆转天意的事情，然而锦澜仙君却依旧去做了。他用元丹将霜隐仅存的那丝魂魄纳入其中，这才确保她不会如烟云一般彻底消失在这人世间。

找到霜隐魂魄的地方在一个小村里，那是一个平静的村落，村民们过着最简单的耕织生活，简单而幸福。

他永远忘不了在那个日头还未升起的清晨，他找到霜隐魂魄的时候，她在元丹之中所说的那句话。

“人为什么要有心呢……心……好痛……”

她的声音缥缈虚幻，如同来自云端，令他心底一颤。元丹中的女子虽然还无法幻化成人形，但已经恢复了意识。

这个问题，他答不上来。当年看到她立地成魔以后，他就疯了一般地刻苦修炼，以期早日成仙去帮助更多的人，然而如今纵使他成了上仙，却发现还是有那么多事情身不由己。

天渐渐亮了，早起赶集的人也陆续回来。一位农妇还未走到门口，远远看见自己的男人在门前劈柴，于是大着嗓门说道：“今天的菜真好，尤其是这洋葱啊，又新鲜又便宜！”

那男人也不说话，笑着继续劈柴，早晨的阳光落在他穿着粗布衣裳的身上，空气里有青草的香味，那是一种令人沉醉的味道。

“这样的生活，好幸福……”霜隐的声音带着显而易见的羡慕和无奈。

“如果有机会给你过这样的日子，你愿意吗？”

霜隐的声音带着沉沉的叹息：“可惜，我永远也没有机会过上这样的日子了。”

“若是有呢？”

“若是有，若是有……”霜隐的声音忽而带了浅浅的笑意，“若是有机会，我不愿再为人了。我愿意做一棵洋葱，洋葱是没有心的，没有心，也便不会痛了吧……”

说完这最后一句话，这含着浅浅笑意和深深无奈的一句话，霜隐沉沉睡去，再也没了意识。她不会知道，当她再次醒来的时候，一切都因为她的这句话而改变了。

回到天庭以后，锦澜仙君辞去了一切职务。在外界的眼中，他在同魔界一战之中和战龙共同除了魔女霜隐，使得魔军失去了主心骨而溃不成军，立下了大功。天帝本要嘉奖他，但锦澜仙君不要任何嘉奖，只求挂个闲职，并主动要求在记载中将这场战争的经过省略过去。天帝虽然惜才，但见他如此坚决，也就答应了。

所有人都道锦澜仙君的大半修为是在同魔女霜隐一战之中失去的，这件事也成为很多仙人口中的传奇，但没有人知道究竟实情如何，锦澜仙君自己也从不提起。久而久之，当年的那些事也被人们渐渐淡忘了。

不会有人知道，那棵在他的菜园里看似不起眼的翡翠白菜其实只是一个遮掩，它的实体其实是江月明的元丹，是它在最初的时候保持着霜隐魂魄不散。而那个不知什么时候从他的菜地里冒出来的洋葱小仙杨淙淙，其实就是重生后的霜隐。

当年，霜隐虽然魂魄仅残存丝毫，然而强大的魔力仍在，若是重生了，那魔力便会一日日恢复，那么她总有一天会重复当年的命运。于是，他用自己的鲜血在她体内结成契印，将他的生命同她的连成一体，用性命将她的魔力封印，并一并封住了她前世的全部记忆。

这一世，她不再是霜隐，她只是他的杨淙淙，那个单纯善良，有点儿懒、有点儿馋，偶尔还会有些小赖皮的小洋葱。他曾以为他可以保护她安稳一世，一直过着这样简单而平静的日子，却没料到她的仙劫竟然这么早到来了。

是啊，她是仙身，早晚都会历经仙劫的，谁都改变不了，谁也都躲不过。一切的一切，只能靠她自己去经历、去感受。该来的，也终究会来。

这些事情江月明先前根本就不知道，他已经忘了当年的许多事情，一心只想通过烈凰阵找回元丹，却没有料到元丹归体的一刻，也是记忆恢复的一刹那。

他想起了那些事情，也知道了在这三百年里锦澜仙君所做的一切，知道自己误会了他，也知道了杨淙淙到底是谁。在从烈凰阵中重生而出的一瞬间，他立刻向杨淙淙的方向赶来，却未料到刚一来就看到了她仿佛着了魔一般地用鲜血绘着莲花，知道她或许是魔性发作了，于是立刻阻拦住了她。

杨淙淙当然是不知道这些陈年旧事的，也从未将那个传说中的魔女霜隐同自己联系到一起。在江月明赶来之前，她的脑子几乎是一片空白，连她自己也不知道自己在做着什么。她分明是不会血莲术的，可是在刚才的那一瞬间，她几乎是无意识地就召唤出了一朵血莲，并且用自己的鲜血在滋养着它，令它越开越大，险些失去控制……

经历过三百年前那场浩劫的六界众生都记得，血莲绽开的那日，天地间无比昏暗，仿佛是无穷无尽的永夜。

江月明不能告诉杨淙淙他这些天干什么去了，于是随口找了个借口，将话题又转回了杨淙淙身上。想到她刚才控制血莲时的样子，双目空茫，周身有隐隐紫光散发，不由得暗自心惊。

杨淙淙此时想起刚才的事，也觉得不可思议，呆呆地望了自己的手掌片刻，有些失神地低声说道："我的身体里，似乎住着另一个人。"

江月明心里猛地一抽。

小洋葱很少出现这么茫然无助的时候，看得他心里隐隐作痛。那一瞬间他有一种想把她抱在怀里的冲动，可还是忍住了。

杨淙淙当然不知道他心里的想法，她方才的情绪只持续了片刻，注意力就又集中到了宫墙外那层看不见的屏障上。江月明看出了她有心事，也感觉到了笼罩在这皇宫周围的强大的能量，就问她到底怎么了，于是杨淙淙把偷听到的沈越和蒋茹嫣的话告诉了江月明。

可是，听了杨淙淙的话，江月明却蹙起了眉。

“你不能进去。”

“为什么？”杨淙淙吃惊地睁大了眼睛，她以为江月明会帮她想想办法，没想到他竟然在阻拦她。

江月明的表情分外严肃：“小洋葱，你身为天界仙子，应该对天条很熟悉。人世间的朝代更替兴衰自有其规律，任何仙界的人都不能加以干涉，否则就是犯了天条，会被抽去仙骨，打成凡胎的！”

他的话说得很重，在听到最后“抽去仙骨，打成凡胎”几个字时，杨淙淙的身子颤了一下。

“听我的，不要插手这件事了，对你没有任何好处。”他继续说道，“沈仪心有他自己的命运，这在他出生的时候就已经注定了，你无法帮他改变命运。”

“你说什么？”杨淙淙听得出他似乎话里有话。

江月明叹了口气，说：“不瞒你说，沈仪心命中有此一劫，他可能无法活着见到明天的朝阳了。”

他的话无异于晴天霹雳，杨淙淙倒抽了口冷气，镇定了片刻后问：“你怎么知道的？”

江月明生来就是神族，有着不同于常人的能力，在第一次见到沈仪心的时候就觉得他命格特异，于是卜算了一番，发现他命中有一个巨大的劫难，几乎无法逾越，时间正是在这一天。

江月明如实跟杨淙淙说了，然而杨淙淙却沉默了。

“这么说，你早就知道他会有这一劫，对不对？”

江月明沉默片刻，点了点头。在此之前他从没跟谁说过这件事，包括杨淙淙，因为他无心插手世间任何人的命运。但如今情况已经不同了，如果他不告诉杨淙淙这些，那么她就会义无反顾地跳入这个巨大的旋涡之中。

他原以为杨淙淙听了以后会气鼓鼓地瞪着他，甚至会教训他一番，可没想到她只是看着他，眼睛里的神色让他看不透，仿佛是悲伤，又仿佛是失望。

“原来我从一开始就没有看透你。”杨淙淙的唇角浮上一抹自嘲的笑，说道，“我从来没有求你做任何事，我自己的事自己去做。”

说着，她的周身又现出隐隐的紫色，眸子里某种潜藏许久的东西如波涛一般涌动着，仿佛呼之欲出。她再次抬起手来，掌心中一朵血莲正在缓缓出现。

“不行！”江月明怒喝，伸手欲阻拦，谁知杨淙淙竟然一挥袖，将他扫到了一旁。

不对……小洋葱不可能有这么深的修为，眼前的人究竟是谁？

再看眼前的女子，头发已经完全变成了紫色，眸子里隐隐透着妖异。她的脸上挂着奇怪的笑意，仿佛是冷笑，又似乎隐藏了某种刻骨的恨。

“霜……霜隐……”

江月明恍然明白过来，是被封印在杨淙淙体内的霜隐的魔力开始苏醒了！

这么多年，江月明忘记了旧事，一心想找回元丹涅槃重生，却直到在烈凰阵中重生的一刻才想起前世的事情来。

原来，除了锦澜仙君的鲜血以外，另一个在这么多年来帮助封印着霜隐魔力的东西还有那颗元丹，如今元丹已经被他收归体内不再起作用了，那被封印着的魔力也就逐渐苏醒，这正是杨淙淙近日来不时会魔化的原因。

想到这里，江月明既后悔，又心惊。如果他不帮她，她就会这样魔化下去，若是任由强大的魔力在她的体内苏醒，那么她总有一天会被其控制。如果他帮了她，任由她去告诉沈仪心她所知道的事情，那她一定会因此而触犯天条。对于她而言，若是被抽去仙骨，打成凡胎，那么也会导致魔力的苏醒……那时的她，或许就会成为第二个霜隐！

不管怎么选择，最终的结局似乎都只有一个。

不，不会的，一定有第三条路的！

想到这里，江月明的心里忽然有了办法。

“小洋葱！”他大喊着，“我有办法了！”

杨淙淙怀疑地看着他，看到他的眼神里没有丝毫欺骗以后，才慢慢地相信了他。她方才在空中无风自动的衣袂也垂了下来，眼眸中妖异的紫色渐渐褪去，须臾间又恢复了原本的模样。

杨淙淙是不记得自己魔化时的情形的，因而也不知道刚才发生了什么。见到江月明说有办法了，她眼睛一亮，急忙凑过来问：“你有什么办法？”

“我的办法就是……”

杨淙淙只听到了这句话，忽然感到意识一阵恍惚，眼前的世界也朦胧起来。意识消失前的一瞬间，她听到他仿佛叹息一般的低语。

“我一定不惜任何代价来保护你，哪怕……”

第十一章 心字成灰泪两行

御林军是皇宫的保卫军，非常重要。腊月的时候，整个庞大的队伍统一换上了新的冬装，那是沈仪心命御衣坊特制的，表示对士兵的关照和体察。由于蒋堃当日在建州救驾有功，已经被擢升为御林军总统领，处处可以显出皇帝对他的信任。

这天，阳光照在御林军整齐的盔甲上，腊月十八到了，这正是皇帝大婚的日子。

相比普通的婚礼，皇家的自然更加隆重，也更加奢靡，婚仪荣华盛大，是举国上下的“天喜”。各个宫都能看到用红色绸缎搭起来的彩架，大红喜字随处可见，宫人们的脸上也都是喜气洋洋的。

从早晨开始，整个流程就在一丝不苟地进行当中。满载绫罗绸缎、金银珠宝的宝马香车排成长长一列，来到皇后的娘家，也就是李宰相家中。李宰相的夫人表面上恭敬地领旨谢恩，心里早已乐开了花，连平日里不苟言笑的李宰相表情都轻松了许多。

纳彩、大征之后就是颁发金册、金印……每进行一个环节，他的胜算似乎就多了一分。只要过了今天，他的女儿就是稳稳当当的当朝皇后了，而他这个国丈的地位也必将坚不可摧。

到了午后，原本晴好的天气却忽然变阴了，天际布满铅灰色的彤云，沉沉地压了下来，仿佛要压到人的头顶上。不多时，风也起了，北风裹挟着雪花落了下来。

大婚早晨天现红光，午后又突然落雪，似乎隐隐预兆着不祥。人人都心知肚明，但却没有人敢说出来，只道是“瑞雪兆丰年”，是大吉之兆。

沈仪心听着这些明显是溜须拍马的话，淡淡一笑，不置可否。抬头望天，还真是黑云压城城欲摧啊。

一天终于过去了，由于是阴天，日头落得比平时早许多，雪越下越大，到了天黑的时候已经落了厚厚的一层积雪。沈仪心没有去皇后的宫殿之中，他径自来到了自己的寝宫里。

在他寝宫的一个角落，放着一个不起眼的花瓶，将花瓶拿开，下面有一个暗格。探手到暗格之中，他摸到了一个凸起的按钮，轻轻按下去，只听得“轰隆”一声，后面的墙从中间裂开，出现了一条密道。看看左右无人，沈仪心走进了密道里，身后的墙缓缓合上，看不出一丝痕迹。

密道不止一条，是连通着好几个方向的，中间有一间密室，此时已经有几个人立在那里等着了。这些人都是沈仪心的心腹之人，如今也管辖着朝廷里的各个关节，其中的两个便是李翰和玉生。

今天上午，沈仪心独自在寝宫里，江月明忽然出现在他眼前。此前他就知道江月明绝非普通人，此时见他忽然出现也并没有感到惊讶，令他惊讶的是他带来的消息——沈越会趁着他大婚的这天，在夜里采取最后的行动。

江月明没有多说什么便再次消失了，如同他来时一样，只留下了一句话。

“好好对淙淙。”

听到这句话，沈仪心忽然有一瞬间的愣神。回过神来的时候，江月明已经不见了。

沈仪心虽然不知道江月明为什么要忽然告诉他这些，只知道他绝不是危言耸听，于是便命自己的心腹手下暗中去查。此时的密室之中，几个人把最新的情况一一向沈仪心禀报，果然都和江月明所说的契合。

听完禀报，沈仪心冷冷一笑，这只老狐狸，终于要忍不住了吗？

早知道会有这一天，也已部署了多时，如今又有如此精确的消息，可谓是胜券在握。再一次确定了晚上的方案之后，沈仪心走出了密室。窗外夜色渐沉，大片大片的雪花飘落下来，落在他的发梢，须臾间融化成了透明的水珠儿。

这深沉夜色之中，隐隐酝酿着血腥的气息，到了明天，会是一个全新的世界吗？

杨淙淙从一片混沌中醒来，发现自己身处一个水阵之中。她想起来先前江月明竟然用术法将自己弄晕了，不由得气不打一处来，又忽然想到他最后说的那句话，顿时吓了一跳。

“我一定不惜任何代价来保护你，哪怕……”

他这句话她越想越不对劲，这句话怎么有一点儿……有一点儿交代遗言的意味？呸呸呸，乱想什么呢！不过这句话确实令她心惊不已，这个家伙该不会是替她去把那些消息告诉沈仪心了吧？这可是触犯天条的事啊！

杨淙淙再也坐不住了，急急忙忙就往水阵外面冲，谁知道那水阵像一个透明的圆球一样软软地将她笼罩在里面，她费尽了全力也冲不出去。她试着使用术法，却发现这个水阵中术法是无效的，急得她团团转。情急之下，也顾不得想那么多，对着水阵一阵拳打脚踢，想把它弄出一道裂口来，哪怕是缝隙也好。

胡乱敲打了一阵，只听得轻轻一声脆响，水阵化作无数水珠儿飘散了，杨淙淙心里一喜就要出去，忽然被人从背后拎着领子提了起来。那人个子高挑，身姿虽然纤秀，但提起个子矮矮的她来还是毫不费力。

“是谁？竟然敢这么对本姑娘！信不信姑奶奶我……”杨淙淙在半空中踢腾着，奋力挣扎，费了好大劲儿才转过身去，在看到来人的一刹那顿时惊呆了，“仙……仙君？”

没错，身后的这个人身姿颀长，面容温和，身穿粗布长袍，闲散中带着半分儒雅，正是她多时未见的锦澜仙君。

“信不信姑奶奶你怎么样啊？”锦澜仙君松开了手，笑着问道。

“呜哇……仙君！”杨淙淙积攒多时的情感终于爆发了，一头扎进锦澜仙君的怀里哭了起来，一把鼻涕一把泪，全抹到他的衣襟上了。

锦澜仙君看着这个好像一直没长大的小洋葱，无奈地笑着任她在自己怀里哭，轻轻地拍着她的背。待杨淙淙哭够了，从他怀里起来，他才轻轻掸了掸自己的衣襟，上面那些污痕就全没了，仿佛全新的一样。

“对了，仙君，”杨淙淙鼻子一抽一抽的，眼睛红得跟小兔子一样，“你这次下凡是做什么的？”

“我？”锦澜仙君一笑，只见他稍一挥袖，顷刻之间，那先前一直笼罩在皇宫周围的隐形墙壁就消失不见了。

杨淙淙激动得跳了起来：“仙君，你真是太厉害了！”这么强大的结界就被他轻而易举地消除了，她真是越来越崇拜自家仙君了。

“小菜一碟。”锦澜仙君轻描淡写地说道，“因为这个结界本来就是我设的。”

什……什么？

杨淙淙简直不敢相信自己的耳朵，不可置信地看着眼前的人，他为什么要这样做？

“听着，淙淙。”锦澜仙君脸上的笑意消失了，神色忽然变得无比严肃，“你，绝对不能去帮沈仪心。”

杨淙淙愣愣地看了他半天，从没有觉得眼前的人如此陌生过。她原本以为自己会抗议的，可是到了这个时候，她知道抗议根本是无效的。再没有人比她更了解锦澜仙君了，他平时真的是无敌好脾气，然而真到了认真的时候，已经决定了的事无论如何也不会改变。

为什么，为什么他和江月明都要阻拦她？难道这真的是不可更改的“天命”吗？

“你在人间已经历练得足够了，现在跟我回去吧，这里的事就不要管了，任由它去吧，无论结果怎样跟你都没有关系了。”

见到锦澜仙君来到这里，杨淙淙就知道自己不可能再插手这件事情了，无论后来情况如何，锦澜仙君都不会放她去的。可是这一切真的跟她没有关系吗？沈仪心的生死，她真的能坐视不理？

点点滴滴的往事浮上心头，历历在目，如同昨日。那夜破庙里烤鸡的香味犹存，记忆中并肩而坐的江边灯火依然闪烁，难道这就是他和她在这人世间匆匆的最后一面？

“咚”的一声，杨淙淙跪在了锦澜仙君的面前。

似乎早已料到她会这样，锦澜仙君叹了口气，没有说话。

“我知道今时今日，仙君是一定不会让我插手这件事了。”杨淙淙哽咽着说道，“但是，就请仙君看在他和我相识那么久、曾经同甘共苦的份儿上，允许以我以一个局外人的身份见他最后一面吧……”

她虽然哽咽着，但话语却是无比坚定，锦澜仙君看着这个在他身边跟了三百年的人，心里复杂万分。她从来都是闹闹腾腾的，偶尔犯了错或是有什么事要求他，也大多都只是摇着他的胳膊撒撒娇就行了，如今看到她跪倒在他的面前，为了一个只相识数月的人这么郑重地求他，他心里不知道为什么在隐隐地拧着疼。

许久，他长长地叹了口气。

“明天日出，这是最后的期限。”

杨淙淙的心里一阵惊喜，正想感谢锦澜仙君，却见他手指往虚空处一弹，指尖有浅蓝光芒流转，如流萤一般飞散而去，落在了杨淙淙的身上。杨淙淙看到自己的身体逐渐变得透明，最终彻底隐身。

锦澜仙君看了她一眼，转身离开，一句淡淡的话语随风飘入她的耳中。

“记住，你只是一个旁观者。”

当杨淙淙终于能来到皇宫中的时候，已经过了夜晚子时，出现在她眼前的是这样一幅场景：

黑夜沉沉，大雪还在下着，地上厚厚的积雪中印着各种凌乱的脚印。宫殿里的大红喜字变成了绯色的火焰，正熊熊燃烧着，仿佛连天都能烧着。

宫人四处奔逃，惊叫和呼号之声不绝于耳。喊杀声震天，金戈交鸣的声音在沉沉的夜色中分外清晰和刺耳，仿佛要戳破人的耳膜。

原先的喜事变成了丧事，到处都有倒下的尸体，有的身穿盔甲，有的则是普通的宫人，不知道倒在了冰冷的地上躺了多久，尸身已经快被大雪掩埋住了。

整个皇宫仿佛变成了一个修罗场，处处火光耀天，血流成河。

杨淙淙被锦澜仙君的术法隐身了，不时有人从她的身边跑过，但没有一个人能看到她。杨淙淙脚步匆匆，越靠近沈仪心的寝宫，她的心就揪得越紧。

相比起宫里的其他地方来说，沈仪心的寝宫算是目前相对安全，也是人最多的一个场所了。

数百身穿盔甲的御林军手持兵器将宫殿层层保卫起来，全都高度戒备。宫殿里面聚集了很多人，除了沈仪心以外，太后、刚加封了皇后的李金兰，还有蒋茹嫣等人都在这里。虽然人多，但整个大殿里鸦雀无声，个个都是面如土色，谁都不敢多说一句话。

谁也没有想到，身为皇叔的睿王沈越竟然在皇帝大婚之夜起兵造反！

睿王先前一直在养兵蓄锐，谋划已久。此次造反的除了睿王自己的亲卫军以外，还有驻守在皇城附近的某支军队，总计约有上万人。虽然如此，由于皇城这里沈越控制的兵力有限，加上御林军奋力抵挡，所以叛军一时也没有占到上风。除此之外，百里之外几支早已接到皇令的将军的军队已经在叛军行动之前就开始紧急行军，最晚天亮就可以到达，到那时就胜券在握了。

尽管如此，但沈仪心也依然不敢掉以轻心，情况瞬息万变，任何一个疏忽都有可能导致满盘皆输，不过不管心里如何着急，他面容依然是十分镇定的。看到沈仪心如此镇定，殿中众人的情绪也稍稍舒缓了下来。李金兰依然穿着中午受封时的皇后朝服，一直陪伴和安慰着太后，最让人看不懂的是蒋茹嫣，她自始至终一直站在一旁，脸上没有任何表情，不知道心里在想着些什么。

没有一个人能看到杨淙淙，包括沈仪心。

杨淙淙站在沈仪心的身边，仔细地看着他。玉生、李翰等人不时来汇报情况，沈仪心时而沉思，时而简短指示几句，对形势的判断准确而果断，直击对方要害。当他沉思的时候，眼睫微微低垂，如同冬日飘忽的落雪般令人心疼，然而当他抬起眼睫的时候，眼眸中有着一种睥睨天下的气势，那落雪仿佛在须臾间便结成了锐利的冰剑，直刺敌人的心脏。

这样熟悉的容颜啊……

脑海中回忆起曾经和他相识的情景，一路走来，仿佛就发生在昨天。按理说，看着他从一个出逃皇帝变成了现在这样一位果敢、有魄力的帝王，将天下大局握于一手，她终于可以放心离开了，可是为什么眼眶却红了呢？

如今情势虽然复杂，但沈仪心已经有了充足的准备，临危不乱，令杨淙淙也放心了许多。这样就好了吧，她想，他的命运始终是握在他自己的手中的，而她，不过是一颗偶然间掉落在他身旁的小石子，不会在他的生命中激起一丝涟漪，虽然曾经和他并行了一段路，但始终是要离开的。

不忍再看他的容颜，每看一次，那容颜就深入她的心中一分，仿佛再也无法抹去。杨淙淙定定地立了片刻，手指缓缓握紧，决心离开。虽然此刻离锦澜仙君给的最后期限还有几个时辰，但她不想再承受这种折磨了，早点儿离开，早点儿解脱，或许是最好的选择吧。

心里虽然已经做了离开的决定，但身体却仿佛不受控制一般，还是定定地立在那里，仿佛不舍得远离一步。

杨淙淙的心里现在着实纠结得很，既着急，又担忧，除了这里的形势之外，江月明也十分令她放心不下。先前他阻挡了她向沈仪心传递信息，但此刻她来到这里，发现沈仪心已经得到了消息，也就是说，江月明已经来过了。

身为仙界中人，这样做就是干扰了人世间自行运转的秩序，江月明这样做同样是犯了天条。被抽去仙骨，打成凡胎，这对任何一位神仙来说都是致命的惩罚。想到这里，杨淙淙更是焦急无比，江月明现在到底在哪里，他的情况又究竟怎么样了？

就在她的心里焦急又担心地想着这些的时候，殿中忽然冲进来一名浑身血污的士兵，跪在了沈仪心面前，拼命地想说什么。沈仪心脸色微变，立刻令左右上前扶住他。

“御……御林军……总统领……蒋……蒋堃……”话还没说完，不知道从哪里飞来一支乱箭，直直插入士兵后背。士兵倒了下去，气绝身亡。

一石激起千层浪，一时间，士兵的话让众人稍微平缓些的情绪再次紧绷了起来！

沈仪心的眉头蹙了起来，为什么他冒死也要进来禀告，而那后半句没说完的话究竟是什么？不久前曾传来消息，御林军已经将叛军克制住了，而身为御林军总统领的蒋堃现在又如何了？

就在这时，一名太监急匆匆地跑来，对沈仪心说道：“皇……皇上，御林军蒋统领到了，他……他还带着……”

话音未落，一个身披战甲、腰悬长剑、身形魁梧的人便大踏步地走了进来。若是在平时，任何人都是不能在面圣的时候携带兵刃的，但此刻不比平时，也就无法追究了。

来的人正是蒋堃，他大踏步走到沈仪心面前，一行礼，说道：“禀告皇上，臣已将乱臣贼子沈越擒来！”

一句话令众人又惊又喜，唯有沈仪心表情没有丝毫变化。这时候，门口有两名士兵架着一个满身血污的人进来，那人头发散乱，衣袍虽然破损了许多处，但依然看得出其名贵的质地。只不过在这时候，这更相当于一种讽刺了。

沈仪心踱步到沈越面前，审视了他片刻，开口道：“皇叔。”

他一直是唤沈越皇叔的，从还是个孩童时的少不更事到如今历尽沧桑，他都是这样叫他，却是截然不同的意味。曾经那么多年，沈越把持朝政的时候丝毫不把他放在眼里，此时此刻，沈越浑身血污地跪在他的身前，他则是居高临下地俯视着他。

沈越冷冷地说道：“成王败寇，无须多言。我沈越今天败了就是败了，要杀要剐悉听尊便，但求让我死得痛快！”

听到他这样说，沈仪心却笑了起来：“你以为朕会那么容易就让你死吗？”

说这句话的时候，他的语气很轻，脸上甚至是笑着的，却不由得令人齿寒，尤其是就在一旁却没人能看到的杨淙淙。这一刻的沈仪心变得很陌生，那种带着恨意、轻蔑，甚至有一丝玩味的笑容，是她从来没有见过的。

听到这句话，沈越也打了一个寒战，他终于知道自己低估这个侄子了，如今的沈仪心已经绝非当时当日，他的狠辣犹胜自己。

沈仪心一扬手，一旁的太监拿上来一块染血的白布，沈仪心拿在手中展开来，放在沈越面前让他好好看个明白。这正是黄志平临死前罗列出的沈越的罪状，一桩桩一条条写得分外明白，任何一条都是诛九族的罪名。沈仪心当然不会这样随随便便就将他杀了，他要用确凿的证据来定沈越的死罪，在天下人面前杀一儆百，令所有人心服口服！

“皇叔，”沈仪心弯下腰去，看着沈越，“自本朝开国以来，还没有人被处过凌迟之刑，如今你就要成为这第一人了，是不是要感谢朕？”

沈越咬牙切齿，却说不出一句话来。沈仪心冷冷一笑：“来人，将他打入死牢，听候处置！”

沈越被拉下去了，就在这时，一直立在旁边的蒋堃走上前来，低头抱拳说道：“皇上，臣有一事禀告……”

说时迟，那时快，就在这时候，蒋堃忽然抽出了悬挂在腰间的佩剑，长剑划出一道凄厉的鸣响，直刺向沈仪心胸口！

剑气如龙，奔袭而来，快得根本来不及躲开。那一刻，所有人都惊呆了，包括一直在一边旁观的杨淙淙。她想飞身上去为沈仪心挡剑，然而，长剑透过了她的身体，仿佛划过空气。

她只是一个局外人，真真正正的局外人。

然而，就在这个时候，却有另一道身影扑了上来。长剑穿透了那个身影，剑梢还是没有止住的势头，继续没入了沈仪心的胸口。

“金兰！”杨淙淙听到沈仪心的惊呼，定睛望去，一个衣饰华丽的女子躺在沈仪心怀中，胸口血流如注，正是不久前被册封了皇后的李金兰。

侍卫们几乎是在顷刻之间将蒋堃拿下，蒋堃跪在地上，眼眸中有一种火一般燃烧的恨意。

自从杨淙淙被关进天牢到如今已经有不少时间，这期间她一直没有见过李金兰，今天一见，发现她瘦了许多，脸上的轮廓也明显了，虽然肤色依然比较深，但已经有了些动人的姿色。不过，她的脸色很不好，虽然擦了脂粉，但依然难掩满面憔悴。

杨淙淙想起沈仪心上次跟她说的话，李金兰因为她入狱的事情而多方奔走，劳心劳力。她虽然是太后选定的皇后，但是她知道皇帝的心并不在她这里，她或许也不比自己好受许多吧……

“金兰，金兰！”沈仪心唤着李金兰的名字，今夜以来第一次乱了方寸。

李金兰在沈仪心的怀里，目光落在他的脸上，从未有过的温柔。而沈仪心，也第一次没有避开她的眼神。

“皇上……咳咳……臣妾有件事要告诉你……”李金兰的声音很弱很弱，“其实，在我们回京途中的那次，大家都吃了酒酿圆子中毒，不是因为配方问题，咳咳，是……是因为……”

或许因为刚才那一剑刺伤了她的肺部，她一直在咳嗽，却依然在努力地说着：“我爹给了我一包毒药，药粉藏在我常戴的那个镯子中，他让我下到你们的食物里去……咳咳，我不愿意，他就以死相逼……我没办法，所以就换了另一种不致死，但能致人腹痛的药进去，企图骗过我爹……”

“皇上……”她拼尽最后的力气，握住了沈仪心的手，“看在金兰替你挡了一剑的分儿上，放……放过我爹……咳咳，好吗……不然……我……我死不瞑目啊……”

沈仪心凝眸沉思了片刻，咬牙说道：“好。”

李金兰的脸上绽开了一个笑容，这是她一生中最美的笑容。这一笑，仿佛在她的脸颊上流转了霞光，醉了所有的光阴与华年。

她的手从他的掌心摔落，气绝离世。

沈仪心将她小心地放在地上，站起身来。他身上其实穿了金丝软甲，刚才的一击对他毫无伤害。在起身的那一刹那，他眉宇中前一刻充盈的伤痛已经消失不见，取而代之的是一种冰冷和狠厉。那是一种睥睨天下的气势，是一种铁血、无情的气息。

身为一位帝王，最终要做到“无情”。深情自会被累，只有无情，才能震慑天下，才能无惧于一切。

“你为什么要刺杀朕？”沈仪心冷冷地说道。

侍卫的刀架在蒋堃的脖子上，而他却毫无惧意，双目中全是仇恨的火焰：“昏君！你还记不记得二十多年前因为文字狱而被抄家的蒋家？”

沈仪心微微一惊，看着眼前的人和蒋茹嫣略有相似的眉眼，惊道：“原来你就是……”

事实的确如此，蒋茹嫣其实还有一个兄长，名叫蒋茹琛，不过当年就失踪了，至今下落不明。原来他竟已经改名，又进入朝廷之中，还担任了军中要职。

“不错，就是我！”蒋堃说道，“当年一次寿宴时，你爹那老昏君让我爹作诗一首，我爹当即作了，那时你也在，那老昏君问你的看法，你说这诗作得不怎么好，似乎对皇帝有不敬之意。他当即大怒，下令将我爹罢官流放！可怜我爹一介文人，一生对朝廷忠心耿耿，竟然死在了一首诗上，真是何其之冤！”

沈仪心终于明白蒋堃为什么那么恨他了，原来他的父亲竟是丧命在自己的一句话上。然而，当初身为太子的沈仪心只有几岁年纪，还是不懂事的时候，也早已彻底忘了自己曾经说过什么话。若不是蒋堃今日提起，他已经根本不记得当初那件事了。

沈仪心说道：“所以你这么恨朕，并想方设法将你的妹妹送入宫中，表面上看她是沈越的人，其实是你的人？”

“没错。”

“你计划了很久，可惜，你败了。”

“我败了吗？”蒋堃阴森地笑了笑，忽然大声喊道，“都给我进来！”

话音刚落，数百名身穿铠甲的御林军从外拥入，手持兵器全部对着里面的人。蒋堃得意地说道：“沈仪心，你别忘了，保护着你这座宫殿的是我的人，你的生死也掌握在我的手里。”

“是吗？”沈仪心淡淡一笑。

就在这时，宫中有淡淡的香味飘出，是回龙香的气味，飘满了整个大殿，并继续向外扩散着。那些全副武装的士兵忽然开始骚动起来，浑身又痛又痒，如同千百只毒虫在爬一样，有的人脸上和身上甚至出现了大片的红斑，不停地用手抓挠着，斗志全没了。

“别抓了，抓破了皮肤，那些毒汁流到哪里，哪里就会也变成这样。”沈仪心冷冷地说道。

原来，早在秋宴行刺事件的时候，他就已经派李翰和玉生去追查，发现虽然这件事表面上很像沈越所为，但其实另有玄机。经多方暗查，他们发现了隐藏得更深的那方势力——蒋堃，也发现了他的谋反之心。

沈仪心之所以把蒋堃升任成御林军总统领，表面上是信任他，使他放松警惕，实则将御林军的左、右统领等都任命成了自己的人，将他架空了。并且，在入冬时御衣坊新为御林军赶制的衣服是用一种特殊的染料染过的，平时穿着没什么影响，但一旦接触回龙香就会发生中毒反应，轻者浑身溃烂瘙痒，重者会失去生命。也正因为如此，沈仪心才会成竹在胸。

“原来……你早就料到了……”

蒋堃眼见自己的计谋早就被识破了，不由得抬头望着苍天，嘴角流露出一丝苦笑。沈仪心冷冷地看着他，正想说什么，只见他头一偏，脖子撞在了一直架在他颈间的侍卫的刀刃上，竟自杀了。

“哥——”

一声凄厉的哭喊响起在殿中，悲戚至极，一直以来都表情淡漠的蒋茹嫣终于再也压制不住心中的情绪，哭着扑倒在兄长的遗体前。这么多年以来，为了所谓的报仇大计，她虽然和兄长同在宫中，却完全不能相认，能见到他的时候少得可怜，并且见面所说的话的内容都是谈论如何报仇，如何暗算。

她很累了，真的很累了……

“昏君！你杀了我吧！”忽然，她抬起头来，满眼赤红地望向沈仪心。立刻就有侍卫的刀架在她的脖子上，但她竟然笑了起来，笑得令人遍体生寒。

沈仪心看着蒋茹嫣，看到她满脸的泪水，也看到她满眼的恨意，脑海中不由得想起多年前和父皇在殿上的情形。这么久以来他一直以天下万民为先，以为自己总还算做得不错，谁知如今……呵呵，昏君……难道他真的是个昏君吗?

他不知道，他的头很痛很痛，已经不能再想。

见沈仪心久久没有说话，一旁的小太监小心翼翼地轻声问道：“皇上，您打算怎么办……”

沈仪心叹了口气，沉声道：“先把她押下去，另行处置。”

在蒋茹嫣怨毒的叫喊声中，她被押了下去，而蒋堃的遗体也被抬了出去。此时，殿里最紧张的就是一众听到蒋堃的命令后拥上来的御林军，他们此刻都因中毒而痛苦难耐，又不知沈仪心会怎么处置他们，个个恐惧得浑身发抖。

沈仪心环顾四周，开口：“朕可以给你们解药，不过你们必须为朕做一件事，那就是——诛杀李宰相满门！”

此话一出，杨淙淙不由倒抽了一口凉气。刚才沈仪心答应李金兰的场景还在眼前，然而此刻他却似乎把自己刚才说过的话抛到了九霄云外，眉眼间俱是冷酷决绝，没有一丝犹豫。

她终于懂了，他刚才答应李金兰的话原本就不曾打算遵守，只是为了让李金兰安心离去才这样说的。李宰相实力强大，并且立场不定，如今没有李金兰的皇后之位去牵制他，他就是对沈仪心的一个重大威胁。如果此时放过了他，就等于放虎归山，定然会遗患无穷。

她理解沈仪心的做法，可是她还是觉得心里很难受，与铁血手腕的强硬帝王相比，她更怀念当初那个心底柔软的善良小跟班。可惜，他们都回不去了。

有小太监给这些御林军每人发了一颗能暂时性抑制毒性的丹药，他们忙不迭谢恩，匆匆地去执行沈仪心的命令了。小太监告诉他们，这些丹药的效果只能维持几个时辰，时间到后，如果任务完成，他们可以回来领取真正的解药。

看着那些人远去的背影，沈仪心的眼睛微微眯了起来。其实他们所中的毒根本没有解药可解，几个时辰后毒性会更猛烈地发作，到时候神仙难救。那些人以为自己只要完成了任务就可以活命，却不知知晓了皇家秘密的自己根本活不到明天……

沈仪心的脸上没有任何表情，如同他已经冰冷得不带任何感情的心一样。经历了这么多事情，他早已麻木，再没有什么能令他在意了，除了她。淙淙，你别怕，待到今夜过去，我一定会将你从天牢之中救出，从此你将与我携手并肩，共同立于这人世之巅。

一想到她，他的脸上就会浮起一抹极淡的笑，如天空中最浅的薄云一般，有一种虚浮的美。

“皇上！”就在这时，一个风一般的身影从殿外而来，原来是一名侍卫，面色惊慌。他来到沈仪心身前，似乎欲言又止。

沈仪心显然认得这个人，见到他来到这里，心头一紧，道：“怎么了？”

“天牢……天牢传来消息……”那侍卫因为紧张而有些结结巴巴，最后终于一气喊了出来，“那位杨姑娘在不久前中毒身亡了！”

瞬时间，一切都安静了下来，仿佛天地万物都在那一瞬间全都失去了生息。

“不可能……”沈仪心跌跌撞撞地退了几步，嘴里喃喃念着，也不知道是说给别人听还是说给自己听。虽然一连说了几个“不可能”，但脸色已经变得无比苍白，方才的镇定自若早已被惊慌和担忧所取代。

“你们妄想骗朕！”沈仪心怒吼着，拿起宝剑就要向那人劈去。就在这时，忽然听到外面打斗之声再次响了起来，声音巨大，并且离众人所处的位置很近了。

怎么回事？沈越已经被打入死牢，蒋堃死了，还有谁能在这时候打入宫中？难道是李宰相的人？又或者，是来救驾的？

喊杀声越来越近了，似乎有一种不可阻挡的气势。看情形，这些人势如破竹，应该是附近几名将军的军队来救驾了。殿中的人都面露喜色，想着这下彻底胜利了，可沈仪心还皱着眉头。

不对……如果是救驾的部队，为什么在宫里的局面已经基本被沈仪心这方控制住的情况下又打杀了起来？除非这些人不是来救驾，而是来造反了！

刚一想到这里，外面忽然有无数飞箭从四面八方射了进来，殿里的许多人猝不及防，纷纷中箭倒地。箭尖上闪烁着隐隐的蓝色，显然涂了剧毒，外面的人果然是来要他们的命的！

“兄弟们，冲啊！抓住了沈仪心，王爷大大有赏！”外面嘈杂的声音中，有一个声音高声喊道，那些人已经冲到了殿外。

王爷？什么王爷？沈越不是已经被压下去了吗？难道……

远远望去，只见人群中间的地方有一个人骑着黑色骏马，衣着华丽，正冷眼看着这边的情况，他的面容正是沈越无疑！在他的身边有几个人也骑着马，正是那几名调兵前来的将军。

沈仪心恍然明白了，原来先前被抓住的那个“沈越”是假的，只是一个替身而已！目的就是释放一个障眼法，以此来迷惑沈仪心。沈越这个老狐狸，哪里有那么容易被抓住，他早已经和那几名将军串通好了，在最后时刻一起攻了进来。

兵败如山倒。

敌方人数如此众多，殿中数人根本没有还手之力，尤其是在毒箭的猛烈攻势下。敌人很快就攻了进来，为了活捉沈仪心，他们不再用箭，而是用短兵器进攻。

就在这时，从房顶上落下来几十个黑衣人，和敌人打了起来。这些人是保护沈仪心的死士，不到最险要的关头是不会现身的，此时真的已经到了生死存亡的时刻。

“皇上，快，快到密室去！”玉生从人群里杀了过来，满身满脸都是血。

虽然黑衣人的武功很高，但是双拳难敌四手，对方人数实在是太多了，因此也纷纷倒了下去。

然而，沈仪心却依然站在原地。

“皇上，快！”玉生大吼着，冲进了人堆里拼命厮杀。沈仪心悲哀的目光落在他的身上，看到他染血的衣衫，看到他虽然满是血污却依然坚定的脸庞，双手握了握，又缓缓松开。

一把刀从玉生的后背透了过去，他的动作滞了一下。紧接着有无数把刀刺进了他的身体，大量的鲜血从他嘴里涌出，他缓缓地倒了下去。倒下去的时候，他还是望着沈仪心的方向，嘴唇开合了一下，却发不出声音来，似乎在说：“快走……”

沈仪心站在原地，缓缓闭上了双眼。

玉生，对不起，我不能走。你们为了我将性命都搭上了，为了你，为了那些死去的弟兄，我岂能苟且偷生，一人独活？

况且，她也不在了……在这个世上，他再也没有了活下去的意义。

敌人团团围住，包围圈里只剩下了沈仪心与太后两个人。这些人终归是有所忌惮的，虽然面对的只有两个人，却迟迟不敢上前。

“心儿……”太后此时不再叫沈仪心“皇帝”，而是叫起了他的乳名，心儿。

这个名字，她当妃子时一直这么叫他，直到她被立为皇后，就再也没叫过。如今再叫当年的乳名，不由得感慨万分，心酸万分。

“有一件事，哀家一直没有告诉你。”她的脸上带着悲戚，“杨淙淙那丫头，是哀家下令处死的。”

沈仪心骤然震惊，满脸不可置信的表情！

“的确是哀家，”太后接着说道，“只有她死了，你才能死心，才能安心地坐稳江山。所以哀家暗中给天牢的人下了命令，在你成亲之夜将她赐死……心儿，哀家是为了你好，你不要恨我……”

沈仪心的身体已经在发抖了，他用剑支撑着，勉强站住。

为什么，为什么连最亲近的人都要背叛他？

什么为了他好，什么为了安心地坐稳江山，这是她的梦想，却不是他的！为了他好，所以杀了他最爱的人，这就是为了他好吗？

他怎么能不恨？怎么能不恨！

生亦何欢，死亦何惧。生死于他，到如今真的已经没有分别了。

“心儿……为娘对不住你……先走一步了……”太后无限不舍地看了沈仪心最后一眼，忽然拔下了头上的金簪，以极快的速度刺向了自己的眉心！

她的动作极快，在所有人都没有反应过来的时候，金簪锋利的尖端刺进了她的眉心，她直直倒下，双目圆睁，仿佛有千万的不甘。

沈仪心惊愕地看着倒地的太后，眼中无数种情愫激荡汹涌着。震惊，悲伤，痛苦，绝望……所有的感情仿佛织成了一张网兜从头套下，将他勒得几近窒息。

为什么所有人都离他而去了？在这茫茫人世，重重敌海，终究只剩他一个了……

想到这里，他却忽然无所畏惧了。他站直了身子，持剑在手。他的剑通体纯黑，样子很是古拙，却有一种隐隐的王者之气。他持剑而立，身姿修长，面容冷然，竟有一种若有若无的仙人之气，令包围着他的人没有一个敢上前。

“兄弟们，一起上，活捉了他！”

不知道谁在人群中喊了一声，带头冲了上来，剩下的人也纷纷上前。沈仪心自小就练武，身手并不弱，一连砍杀了十几个人，却终究因寡不敌众而身负重伤。

那些人一想到活捉沈仪心后的奖赏，不由得都红了眼，拼命往前杀。沈仪心拼尽全力从人群中突围出去，翻身跃至一盏较高处的宫灯旁边，居高临下地看着下方黑压压的人，嘴角浮上一丝轻蔑的冷笑。

只见他扭动了一下那盏宫灯下的一个旋钮，忽然间大殿顶上稀里哗啦泼下来许多液体，一闻竟是火油。原来他曾经料想过可能会有这么一天，于是提早安好了机关。

这是最后一步，走投无路的时候才能走的一步，与敌人一起毁灭的一步。

杨淙淙一直在旁边看着，心紧紧地揪着，简直不能呼吸。从他持剑独立的那一刻开始，她就已经泪流满面。她知道这是他的命，早已注定会有这么一天，可是为什么，为什么她却只能在一旁看着，却帮不上他丝毫?

沈仪心一脚将那宫灯踢翻下去，火苗一见油就立刻熊熊燃烧起来，很快整个大殿就变成了一片火海。

那些人全都大惊失色，想要跑出去，奈何殿中挤的人太多了，惊慌之下全都乱作一团，谁也出不去，烧死了好些人。沈仪心无力地坐在火海的一角，看着眼前奔腾的火焰，听着四周惊慌尖叫的声音，忽然觉得好疲惫，好疲惫。

他走不掉了，他也从来没有打算要走。

他的剑，缓缓地搭在了自己的脖子上。

“不要！”杨淙淙失声尖叫，想要夺过他手中的剑，然而她却根本触碰不到他。她的手从他的身体中穿过，仿若无物，她的声音他也丝毫听不到。

“淙淙……”他轻轻地呢喃着她的名字，眼中浮现出一种虚幻的神采来，“如果在临死之前还能再见你一面，我就真的死而无憾了……”

“我在，我在……”杨淙淙哭喊着，虚抱着他的身体，仿佛真的将他抱在怀中一样。她哽咽着，叫着他的名字。

她就在他的身边，而沈仪心，却根本不知道她的存在。

咫尺的距离，却比天涯更远。

“不要……沈仪心，不要……”她哭喊着，看着他缓缓握紧了剑。

沈仪心的眼神渐渐模糊起来，大火熊熊，映在他的眸中，恍然间仿佛变成了那一夜江边阑珊的灯火。明月当空，他坐在她的身边，小心翼翼地问她。

“你愿意跟我走吗？”

一朵血花，绽开在他的颈间，仿佛是她最后的回答。

第十二章

三百年华如梦过

袅袅烟云萦绕着巍峨宫殿、玲珑回廊，如同烟波一般。烟波之中，不时有身穿五彩锦衣的仙子款款而来，莲步轻移，足下生香。不知从何处传来隐隐的仙乐之声，浮于云端，轻柔得如同梦境一般。

这就是天庭，无数人向往的天庭。

千万年来，它一直在这里，承载着人间的尊崇和仰望。

无数的人想修炼成仙，却没有人知道，在这看似平和安然的天庭背后，隐藏的，是多么深的寂寞。

杨淙淙回到了天庭，就在沈仪心挥剑自刎的那一刻，到如今，已经过去了三百年。

三百年华如水一般流逝，回首望来，恍如一梦。曾经以为时间可以令人淡忘一切，却没有想到，时间可以将有些人推远，也能将有些人拉得更近。

江月明消失了，当年在宫墙外的那次见面是她和他的最后一次相见，他的离开像他的出现一样突然。

杨淙淙以为他因为触犯天条被惩罚了，但查了所有被打入凡间的神仙记录，却都没有发现他。

江月明仿佛失踪了一样，六界之中再也找不到他的任何消息。

也是回到天庭以后杨淙淙才知道，原来身为一棵洋葱的自己本身是没有心的，最多只能修炼了三百年，如果还是找不到心的话就会死，这就是她的仙劫。

锦澜仙君派她下去寻找的，其实就是一个爱她的人，只有爱她的人才能成为她的一颗心。而成为她的心的那个人，是注定要死去的。沈仪心是自杀，自杀的人是无法入轮回的，只能游离在六界之外，成为一缕游魂。

她终于知道了，却什么都晚了……杨淙淙捂着自己的心口，想着沈仪心的音容笑貌，落下泪来。

杨淙淙不知道的是，其实成为她的那颗心的并不是沈仪心，而是江月明。他为了她犯了天条，又不忍看着命中注定的杨淙淙和沈仪心分开，于是请求锦澜仙君让自己成为她的心，并且不要让她知道这件事情。

江月明不是消失了，而是化作了她的心，在她的胸膛之中。可是这一切，杨淙淙都不知道，她，或许永远都不会知道了……

因为杨淙淙曾在人间用仙力杀过人，所以要相应地受到惩罚。不过，因为她杀人是在迫不得已的情况之下，再加上锦澜仙君、景若仙子、孔雀仙子等人为她求情，天帝最终对她从轻发落，处以在幽域禁闭两百年的惩罚。

幽域是一处位于缥缈之境的地方，其中有流水楼阁，景致倒也精美，却是个与外界隔绝的所在。被禁闭于幽域里的仙人可以在有限的范围内自由活动，却不能离开这里，有些类似于人间的软禁。

被关在这里，最折磨人的不是别的，而是深深的孤单和寂寞。

然而这些，她却早已习惯。

在这里，杨淙淙没日没夜地修炼，仿佛换了一个人一般，修为突飞猛进。

两百年很快过去，她离开了幽域，但依然和在其中的时候一样刻苦修炼。锦澜仙君看着心疼，劝她歇一歇，她只歇息了半刻钟就又继续练习了。

她的身上因为练习法术失败被反噬而增添了无数伤痕，疼痛无比，她却连一下眉头都没有皱过，仿佛根本不知道它们的存在一样。

锦澜仙君看着她拼命练功的身影，叹了口气。

她不知道，在她回到天庭的时候，锦澜仙君再次用自己的鲜血将她体内即将苏醒的魔力封印住了，又将杨淙淙脑海中相关的记忆都抹去了，因此杨淙淙并不知道自己的体内被封印着如此强大的魔力，更不知道自己其实就是重生后的霜隐。为此，锦澜仙君的仙力又折损了许多，甚至有时候还会咳出血来，可是他刻意隐瞒着杨淙淙，因此她也毫不知情。在她眼里，锦澜仙君还是以前的那副样子，淡然，悠哉，有事没事去侍弄侍弄自己的菜园。

三百年很快过去，又到仙界比武大会的时候了。

仙界比武大会的规矩是，所有修为在一千年以下的小仙都可以报名参加，之后随机抽签确定对手，比赛采取淘汰制，只要输了一次就算失败了。在这个比赛中，最热门的夺冠人选是坞邕，他现在已经有九百年的修为了，实力十分强大，而杨淙淙，则没有几个人看好她。

然而，后面的事实完全证明了杨淙淙刻苦修炼的结果。在之后的比赛中，杨淙淙连连战胜数名对手，一路打进了决赛，虽然也曾遇到过劲敌，但好在最终都有惊无险。

杨淙淙决赛的对手，正是坞邕。

决赛那天，擂台旁人山人海，都是来观战的，白珠珠也想办法混了进来。天帝和天后坐在上首的宝座上，全程观看比赛，而下面围观的人则自动分成了两拨，一拨是支持坞邕的，另一拨是支持杨淙淙的。

杨淙淙原本已经做好了自己这边的人寥寥无几的心理准备，没想到竟然还挺多，几乎所有跟她打过点儿交道的仙人都来了，站了一大片。

白珠珠、白算算站在最前面，手里拉着一条红色的横幅，上面写着“**杨淙淙必**

胜”，旁边的锦澜仙君手里竟然也拿了一面三角形的小旗子，在那里兴高采烈地摇啊摇的，看样子还玩得挺高兴。

杨淙淙不由得笑了出来，心里先前的紧张消散了许多。她并不知道，这些来支持她的人其实是锦澜仙君他们几个人在比赛前几天通过威逼利诱、撒娇、耍赖种种方法叫来的，目的就是鼓舞她的士气。

决赛分为仙术比赛和武功比赛两部分，只听得“咚”的一声，战鼓敲响，仙术比赛开始了。

杨淙淙毫不犹豫，身影直飞过去，抢占了先机。只见擂台上一时间各种颜色的光芒闪烁，速度奇快无比，几乎晃得人睁不开双眼。过了不久，五色彩光分为两种颜色，一种是绿色的，那是坞邕，而紫色的则是杨淙淙。

只见绿色光芒越来越盛，越来越强，将紫光几乎压得看不到了。

白珠珠和白算算的心简直提到了嗓子眼，但锦澜仙君则开始无聊地玩手。

过了片刻，那几乎看不见的紫光忽然凝聚，化作一把锋利无比的光剑直直从下方劈刺而来，速度快若闪电，就在那一瞬间，先前无比强势的绿光在此一击下忽然一暗，旋即化作无数光点消散不见了，而紫色的光剑则愈加显眼，如同一道霓虹一般绚烂夺目。

杨淙淙赢了！

人群中一阵欢呼，白珠珠和白算算把横幅举得高高的，嘴都快咧到耳根了，而锦澜仙君也抬起了头来，看着台上的杨淙淙微笑。他先前已经看出杨淙淙是在故意示弱，以退为进了，早料到这时的胜利是必然的。

但是比赛还没有结束，武功比赛也是非常重要的一部分。

说到武功，虽然杨淙淙已经无比努力了，但身为女子，和身强体壮的坞邕相比仍是有些劣势，但也正因如此，她比坞邕更加灵活。

武功比赛中，两个人可以各选一种武器进行比拼，坞邕选了一根巨大的狼牙棒，那正符合他的性格，也能发挥出他在力气方面的优势，而杨淙淙则选了一条轻薄无比的白绫，令众人都捏了把冷汗。

比赛开始了，这次坞邕不再犹豫，一个箭步冲上来举起狼牙棒就向杨淙淙砸来，被杨淙淙侧身避开。之后，杨淙淙几乎不再主动攻击，只是单纯地防守，擂台上面的情景仿佛老鹰捉小鸡一样，杨淙淙舞着白绫在前面轻巧地躲避，而坞邕拿着巨大的狼牙棒在后面沉重地追击。

明眼人都看得出来，杨淙淙这是故意耗尽坞邕的力气，然而坞邕身在擂台之中，脑子里却糊涂了。他喜欢的白算算就在擂台下面，他暗恋了她三百年一直没有结果，此时想着一定要在她面前表现出自己的英雄气概来，所以就一路追击，毫不退缩。

没过多久，坞邕就气喘吁吁了。

杨淙淙一看时机已到，迅速移到坞邕身侧，以极快的身法和坞邕过了几招，随后翻身一跃，跳到了坞邕身后。坞邕正想转身，却发现身子移动分外不灵活，原来杨淙淙借着刚才过招的机会将白绫缠到了他的身上。

此时杨淙淙站在他的身后用力一拉，裹在坞邕身上的白绫顿时就被拉紧，将坞邕裹成了一个茧，手脚都被缠紧，他想动都动不了，只能拼命地扭来扭去。他想用全身的力气将白绫撑破，但这白绫是由天锦织成的，强韧无比，他越撑白绫就缠得越紧。杨淙淙抓紧机会，对失去反抗能力的坞邕一阵猛攻，坞邕号叫连连，最后终于撑不住认输了。

"赢了！"白珠珠和白算算率先跳了起来，丢掉了手中的横幅抱在一起欢呼，旁边的锦澜仙君也兴高采烈，想和她们一样找个人抱起来，一看旁边是一脸胡子的雷霆战将，不由得默默地将已经转过去一半的身子又转了回来……

此时，有一名仙子缓步走到擂台中央，对着众人说道："各位仙人，天帝有令，从今年起，凡是在一开始支持的人是最后获胜者的，都可以获得天帝御赐的东海夜明珠一颗。"

话音未落，下面响起了巨大的欢呼声，那些先前还很不愿意来支持杨淙淙的人都高兴得跳了起来，东海的夜明珠啊，百年难遇的奇珍，竟然就这样轻易地得到了！

那仙子看着大家欢呼，微笑着等众人的情绪平复下来，转身对杨淙淙说道："杨淙淙仙子，天帝有请。"话音刚落，擂台和天帝的宝座之间出现了一条由五彩祥云搭成的台阶。

杨淙淙缓步走上去，心"怦怦"直跳，即使是在刚才比赛时，她也没有这么紧张。

威严的天帝难得像此刻这般和蔼，他还记得这个三百年前被关进幽域的洋葱小仙。他笑着对杨淙淙说道："你刚才表现得很好。作为这次比武大会的优胜者，你想要什么？"

杨淙淙双拳攥得紧紧的，掌心全是汗，低头看着自己的脚尖，好半天才抬起头来，鼓起勇气说道："我想让一个人复活。"

"哦？"天帝也略感意外，以往获胜的人都是为自己要某样东西，却从没听说过为了别人的，于是问道，"那个人是谁？"

"他叫沈仪心，是以前人间的帝王，后来自刎而死。"既然已经开了口，杨淙淙就不再犹豫，"我的心脏是他给我的。"

此话一出，所有的人都十分震惊，尤其是知道她和沈仪心之间事情的几个人。白珠珠急得跳了起来，而白算算连连跺脚，傻淙淙啊，你可想过这样说的后果吗？

天帝思索了片刻，叫来司命星君去查一查这件事。片刻后司命星君回来了，在天帝身边耳语了一番，天帝微锁的眉头就舒展了开来。

“你可想过这样做的后果？”天帝问道，“如果他活了，你的心脏就没有了，你很可能会死，你不后悔吗？”

杨淙淙抬起头来，坚定地说道：“我，不后悔。”

“好。”天帝赞许地看了她一眼，说道，“他是自刎身亡，复活是不能了，但我可以让他再去人间，开始新的生活，你看这样可好？”

杨淙淙大喜过望，想跪谢天帝，却没想到眼前一黑，晕了过去。她以为自己死定了，自己死倒没什么，只是对不起关爱她的朋友和锦澜仙君，总觉得心中有愧，但此时，她也只能愧对他们了。

没想到，她竟然醒了过来。

“怎么回事，我竟然没死？”杨淙淙是被食物的香味勾醒的，坐起来一看，自己正躺在自己的床上，桌边放了一碗冒着热气的牛骨髓白果粥，香得要命，她的口水一下就流下来了。

就在这时，一个人影从外面走了进来，系着围裙，手里端着一碟小菜，正是上得厅堂又下得厨房的锦澜仙君。

“仙君，这是……”

锦澜仙君笑眯眯地看着她，说道：“这是给你吃的。”

杨淙淙三下五除二把粥吃完，想到晕倒前的情景，说道：“珠珠和算算呢？”

“她们本来见你晕倒了，很担心，后来仙医来看过，说你只是饿晕的，她们就走了。”

原来是这样……杨淙淙无语，自己竟然是饿晕的？看来吃货的本性还是改不了啊……

“仙君，我晕倒几天了？”

“五天。”

“啊！”杨淙淙叫了一声，天上一天，人间一年，这么说来，现在的沈仪心已经五岁了？

她跳起来就要下凡去，临走前忽然想到一个问题，于是转头问锦澜仙君：“对了，仙君，为什么我没有死？”

锦澜仙君眨了眨眼睛，对她说了两个字：“秘密。”

杨淙淙撇撇嘴，随后又笑嘻嘻地扯着他的衣角：“仙君，我想喝你煮的芥菜汤啦！还有，菜园里的小青菜长得特别好……唔，天河里的鱼这个时候应该特别肥美……”

看着她那一脸无赖的模样，锦澜仙君无奈地叹了口气，说：“快去吧，我煮好饭等你回家一起吃。”

“仙君最好了！”杨淙淙欢呼雀跃，猛地扑向了锦澜仙君。锦澜仙君没防备，竟然被她一下子扑倒在地，闹得狼狈不堪。

杨淙淙知道自己闯祸了，吐了吐舌头，身形一晃，闪下了凡去。

她的身影刚一消失，锦澜仙君脸上挂着的笑容就是一僵，他咳了几声，嘴角上竟然沁出了血来。

他摇头苦笑，想从地上爬起来，却好半天都使不上力气。

“当年叱咤风云的锦澜仙君如今竟然到了这步田地，不知道外人知道了会怎么想？”

一个声音从屏风后传来，伴着声音，一个人缓缓走出。那是个身穿纯黑衣袍的男子，面容冷峻，给人一种不可接近的疏离感。

他，正是天庭中掌管生死轮回之事的司命仙君。

“你就别笑话我了。”锦澜仙君跟他是多年的老友，知道这人面冷心善，也不多做计较。当下慢吞吞地从地上爬起来，拍了拍衣襟。

司命仙君皱了皱眉：“看到你这副模样我就来气，何苦呢？把自己的身体搞成这个样子，值得吗？”

锦澜仙君笑着，轻轻说道：“有些事情没有值不值得，只有愿不愿意。”

司命仙君冷哼了一声，坐了下来：“按照你说的，我已经把沈仪心转世重生的地方告诉她了。”

“谢谢你。我为她做的那些事情……她不知道吧？”

“不知道，没有你的吩咐，谁敢告诉她啊？”司命仙君摇了摇头，“除了这个，她也不知道她的心并不是沈仪心给她的，所以即使沈仪心复活了，她也不会死。天帝当初也是看透了这一点，所以才答应她的。不过，她在不知情的情况下竟然宁愿自己死都要让沈仪心复活，相比起这一点，你对她的付出，她根本毫不知情呢。”

“不知情才好，我不想让她背负着那些沉重的负担。只有什么都不知道，她才能回到以前那个快快乐乐的小洋葱……”

浮云变幻中，温儒淡雅的男子望着天际，轻声喃喃。

“只要她快乐，就好。”

这一天，阳光正好。

有一个名叫施家屯的地方，以盛产洋葱著名，杨淙淙来到这里。

根据从司命仙君那里打听到的消息，现在的沈仪心就出生在这里。

越靠近屯子，杨淙淙的心里就越紧张。三百年没见，不知道他现在变成什么样子了，又过得好不好？

走着走着，忽然听到了一阵哭声，远远看去，只见一个五六岁大的小男孩正哭着跑过来。

杨淙淙心里一颤，那种越来越明显的感觉告诉她，眼前的人是谁……

小男孩哭着没有看路，一下撞到了她的怀里，这一刹那，她看到小男孩的脖子上有一条狭长的胎记，如同用刀剑割出的一般，这让她再次确认了他是谁。

没想到自己和他的初遇竟然是这样的，杨淙淙哭笑不得，原本那种伤感的情绪也被一冲而散了。

小男孩见走不动了，干脆一屁股坐到了地上，边哭边喊道："呜呜，我不吃……我不吃……"

杨淙淙为他擦干净哭得花花的小脸，不由得起了好奇心，问道："你不吃什么呀？"

小男孩正想回答，身后远远地跑来了一行人，为首的是个微胖的中年人，跑得气喘吁吁的，见到小男孩在这里终于松了口气。

这中年人姓施，正是小男孩的父亲，也是这屯子里的员外。

"多谢姑娘，多谢姑娘！"见到小男孩平安无事，他松了一大口气，对杨淙淙连连道谢。

杨淙淙好奇心起，问道："员外，这孩子刚才一直边哭边说'我不吃'，他不吃什么呀？"

施员外无奈地笑着说道："这孩子是我的儿子，名叫阿团。说也怪了，他从小就不挑食，什么都吃，却唯独不吃洋葱，可是我们这里就盛产洋葱啊。刚才他娘想给他喂饭，饭里有洋葱，他死活都不吃，趁他娘一不留神就跑出来了，我们好不容易才找到他。"

原来如此，杨淙淙心里说道。原来现在的沈仪心叫施阿团，好可爱的名字，她想到他死活都不吃洋葱的样子就觉得好笑。

这时，施阿团已经不哭了，亮晶晶的眼睛看着杨淙淙，忽然开口说道："大姐姐，你长得好像一棵洋葱哦。"

施员外吓了一跳，立刻呵斥道："胡说八道，怎么能这么说大姐姐！"又连连对杨淙淙道歉，一行人返身回到屯子里去了。

施阿团在爹爹的怀里，转头对杨淙淙笑，还挥动着小手跟她道别。

杨淙淙看着看着就笑了，心里暖暖的。

春日的阳光如此明媚，一切，都宛如新生。

她胸膛里的那颗心，江月明化作的那颗心，跳动着，在她不知情的情况下，永远守护着她。

就像……她守护着沈仪心一样。

——全文完——

意林品牌书系推荐

意林女生文学 ·《小小姐》品牌书系 中国女生文学第一品牌，纯正、阳光、向上，优质女孩必选文学读物

萌灵小说系列

《悠莉宠物店 I》	18.80
《悠莉宠物店 II》	18.80
《悠莉宠物店 III》	19.90
《悠莉宠物店 IV》	19.90
《悠莉宠物店 V》	19.90
《封印之书 · 九尾狐》	19.80
《封印之书 · 独角兽》	19.80
《玛丽晴异闻录》	19.90
《薇妮天使旅行》	19.90

冒险励志系列

《迷藏 · 海之迷雾》	18.80
《迷藏 II · 月影迷踪》	19.90
《花与梦旅人 I》	19.80
《花与梦旅人 II》	19.90
《萌侦探纪事 I》	18.80
《萌侦探纪事 II》	19.80
《萌侦探纪事Ⅲ》	19.90
《迷宫街物语》	19.80
《艾蜜儿宇航日记》	19.90

幸福蔷薇系列

《蔷薇少女馆 I》	18.80
《蔷薇少女馆 II》	18.80
《蔷薇少女馆 III》	19.80
《蔷薇少女馆 IV》	19.90
《蔷薇少女馆Ⅴ》	19.90

浪漫古风系列

《七寻记 I》	18.80
《七寻记 II》	19.90
《七寻记Ⅲ》	19.90

果绿年华系列

《蝴蝶飞过旧时光》	19.80
《第一女执政官》	19.90
《风之少女琪琪格》	19.90
《霓裳小千金》	19.90
《两生花开时》	22.00

月舞流光系列

《前方江湖请绕行》	19.90
《三色堇骑士之歌》	19.90
《守望彼岸星海》	19.90

星愿大陆系列

《星愿大陆①：天命巫女》	19.90
《星愿大陆②：白银蔷薇》	19.90
《星愿大陆③：幻月手杖》	19.90
《星愿大陆④：永恒星钻》	19.90
《星愿大陆⑤：夜之王子》	19.90

萌淑女驾到系列

《萌淑女驾到之美女训练营》	19.80
《萌淑女驾到之天使候补生》	19.80
《萌淑女驾到之人鱼的信奉》	19.90
《萌淑女驾到之天鹅公主成人礼》	19.90

浪漫星语系列

《处女座：完美年华初相见》	20.90
《天蝎座：假面黑桃 Q》	20.90
《双子座：闯进你的孤单星球》	20.90
《巨蟹座：追梦的水晶鞋》	20.90
《天秤座：优雅走过下雨天》	20.90
《白羊座：裙摆是花开的地方》	20.90

最佳少女文学读本

《青春在歌唱（新版）》	16.80
《盛夏的幸福时光（新版）》	16.80
《遇见最美的年华》	18.80
《踮脚跳支圆舞曲》	18.80

淑女风尚馆 · 气质养成系列

《我要我的淑女范儿》	18.80
《优雅女孩的秘密》	18.80

小 MM 迷你爱藏本

《蝴蝶停在十六岁》	18.80
《焦糖玛奇朵天使咒》	18.80
《那一年，花开半夏》	18.80
《雨季微凉时》	18.80
《只穿一天公主裙》	18.80
《月色银蔷薇》	18.80
《傲娇公主的美丽回旋》	18.80
《花田明月照年少》	18.80

重磅作家系列

《薄荷香女孩》	19.80
《不说再见好吗（上）》	17.90
《不说再见好吗（下）》	17.90
《风走过树林》	17.90
《忆棠的夏天》	17.90

唯美新漫画系列

《钢琴小淑女（第一季）》	17.90
《钢琴小淑女（第二季）》	17.90
《钢琴小淑女（第三季）》	17.90
《钢琴小淑女（第四季）》	17.90
《七寻记 · 鎏金龙纹镯（漫画版）》	15.00
《七寻记 · 夔龙黄玉佩（漫画版）》	15.00
《天鹅座 · 鹅黄》	18.80
《天鹅座 · 柳青》	18.80
《天鹅座 · 冰蓝》	18.80
《天鹅座 · 禧红》	18.80

绘色缤纷系列

《淑女绘·花的学校》 22.00

《淑女绘·童话诗人》 22.00

《淑女绘·雪花的快乐》 22.00

日光倾城系列

《巧克力色微凉青春 I》 20.90

纯美小说系列

《少女果味杂志书①：甜心草莓号》 14.80

《少女果味杂志书②：蜜桃慕斯号》 14.80

《少女果味杂志书③：焦糖布丁号》 16.80

《少女果味杂志书④：香草海绵号》 16.80

《少女果味杂志书⑤：可可森林号》 18.80

《少女果味杂志书⑥：果果米苏号》 18.80

《少女果味杂志书⑦：香橙泡芙号》 18.80

《少女果味杂志书⑧：樱桃芝士号》 18.80

《少女果味杂志书⑨：蓝莓布朗号》 18.80

《少女果味杂志书⑩：薄荷方糖号》 18.80

蝴蝶蓝系列

《蝴蝶蓝（第一季）·千面桃花姬》 19.90

《蝴蝶蓝（第二季）·紫莲山庄》 19.90

班花朵朵系列

《班花朵朵①·我是艺术生》 20.90

《班花朵朵②·电影初体验》 20.90

《班花朵朵③·偶像保卫战》 20.90

小 MM 四周年主题书

《现在是女生时代！》 28.80

《现在是女生时代！②·我们闺蜜吧》 28.80

欢乐联萌系列

《养只萌呆镇镇宅①》 19.90

《养只萌呆镇镇宅②》 19.90

《养只萌呆镇镇宅③》 19.90

《养只萌呆镇镇宅④》 19.90

天使在身边系列

《路过心上的哈士奇》 20.90

《当心！浣熊出没》 20.90

《萌动之森①·雪地精灵伶鼬》 20.90

《意林·轻小说》·轻文库品牌书系　引领校园小说阅读新潮流

绘梦古风系列

《公主驾到》 23.80

《花颜错》 23.80

《山寨世家》 23.80

《倾世迷迭书》 23.80

《凤九卿 1》 23.80

《凤九卿 2》 23.80

《美人千千泪西楼》 23.80

恋之水晶系列

《致淡玫瑰色的你》 22.80

《宁负流年不负君》 22.80

《世界第一的假面殿下》 25.00

《脱线萌星易容记》 25.00

《指尖花凉忆成殇》 22.00

《欢歌犹在意微醺》 22.00

《见习保镖呆呆兽》 25.00

《可可少女梦想纪》 25.00

奇幻仙境系列

《天命玄鸟·蜃世歌》 23.80

《玫瑰帝国·荆棘鸟之冠》 25.80

《玫瑰帝国·黑羽蝶之翼》 25.00

《玫瑰帝国·白蔷薇之祭》 26.80

《彼渡少年与妖怪契约》 23.80

《神典·末夜公主》 23.80

《御灵骑士团·诺茵与彩狸》 23.80

《逆世界之瞳》 23.80

暗影迷踪系列

《终极推理事件簿》 22.80

《超级学园探案密码》 22.00

新炫武侠系列

《邻家武圣》 23.80

星光璀璨系列

《轻星球·仙女星云号》 19.80

灵气少女系列

《星有灵犀遇见你》 20.80

《萌熊改造计划》 20.80

《守护极速甜心》 20.80

《元气星女倾城记》 20.80

《意林·小文学》品牌书系　阳光阅读·快乐写作

成长物语系列

《艾丽鲨半成年》 19.90

《换双翅膀飞翔》 19.90

《琥珀青春》 19.80

爆笑学园系列

《鬼马女神捕①：绝密卧底（上）》 14.80

《鬼马女神捕②：绝密卧底（下）》 14.80

《天神学院·魔女见习生》 19.90

魅力悦读系列

《程家兄妹·永不毕业的少年》 19.90

幻之星球系列

《地球假日①：寻找洛神》 19.90

动物奇缘系列

《萌兽报到，请多关照》 19.90

意林青少年国际大奖小说系列（少年励志正能量丛书） 总统的选书标准，世界级童书大奖

国际大奖小说系列

《鲸武士》	22.90
《囧男孩日记》	19.90
《阿萨的心事》	14.90
《冬天的小木屋》	12.90
《河豚少年》	12.90
《林克的流浪之旅》	13.90
《墓地低语》	16.90
《铅十字架的秘密》	19.90
《少女骑士变身记》	22.90
《雪橇犬之歌》	14.90
《沼泽女孩》	25.90

一生必读的经典名著系列

《80 天环游地球》《海蒂》	19.90
《吉卜林动物故事集》	16.90
《木偶奇遇记》	15.90
《青鸟》	15.90
《森林王子》	12.90
《所罗门王的宝藏》	16.90
《汤姆·索亚历险记》	15.90
《小飞侠彼得潘》	16.90

意林全世界最美的课文系列 中高考“提分阅读”丛书

《世界名校大“淘课”（第 1 卷）》	25.90
《世界名校大“淘课”（第 2 卷）》	25.90
《世界名校大“淘课”（第 3 卷）》	25.90
《世界语文·英国语文（第 1 卷）》	25.90
《世界语文·英国语文（第 2 卷）》	25.90
《世界语文·德国语文（第 1 卷）》	25.90
《世界语文·德国语文（第 2 卷）》	25.90
《世界语文·美国语文（第 1 卷）》	25.90
《世界语文·美国语文（第 2 卷）》	25.90
《世界语文·美国语文（第 3 卷）》	25.90

意林红石榴品牌书系 时尚·情感·励志

女性情感励志系列

《灰姑娘的星动时代 I 艺路星碎》	25.90
《灰姑娘的星动时代 II 艺往情深》	25.90

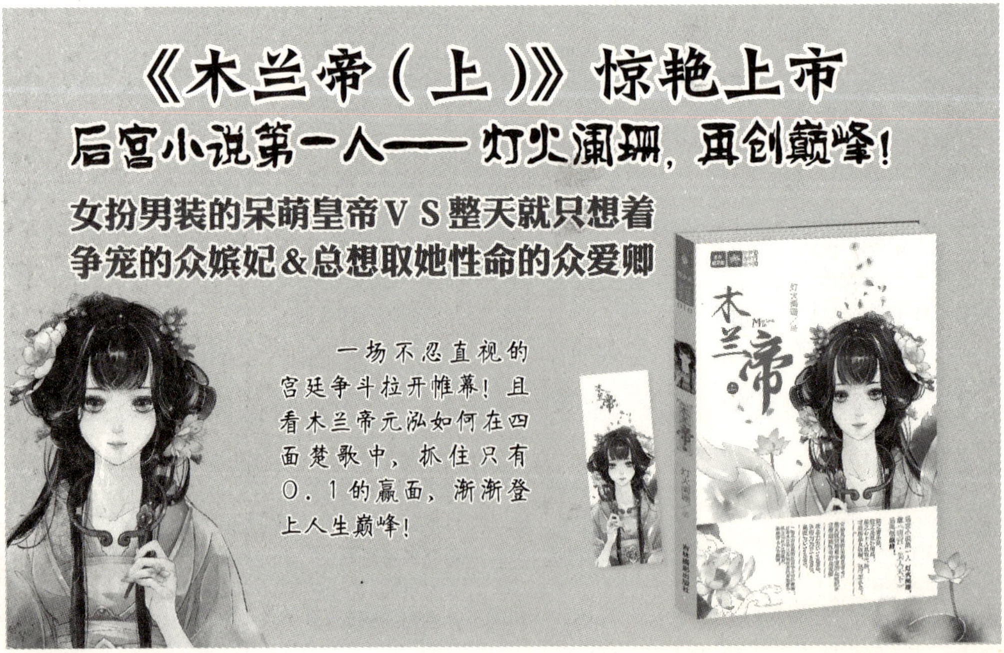